단국대학교 현대문학연구소 학술총서1

자연과 근대와 현실

-1930년대 한국 현대시의 일면

김옥성 김희원 유상희 공저

지식과교양

서문

-학술총서 제1권 간행을 기념하여

단국대학교 현대문학 연구소는 온고와 지신, 탐구와 창조의 정신으로 현대문학 연구의 심화와 확대, 그리고 학문 후속세대 양성을 위해 2021년 5월 설립되었다. 교내외의 전공자들과 긴밀히 협력하여 인문학 활성화와 대학원생 역량 강화에 힘쓰고 있다.

단국대학교는 2008년 서울 한남동에서 용인 죽전으로 옮겨왔다. 그 과정에서 대학원도 큰 진통을 겪을 수밖에 없었다. 필자는 2009년 단국대학교에 현대문학 교수로 부임하여 여진을 수습하면서 새로운 시대를 개척하고자 고투하였다. 방학을 반납하고 대학원생들과 세미나를 하면서 활로를 모색하였다. 그동안 수많은 위기와 난관을 헤쳐나오면서 우리 현대문학 연구실은 단련되었다. 물론 앞으로 우리가 가야 할 길이 더 험난할 것이다. 그러나 우리는 함께 그 길을 헤쳐나갈 것이다.

본서는 단국대학교 현대문학연구소 학술총서 첫 번째 책이다. 여기 수록된 논문들은 현대문학연구소 구성원인 대학원생 및 수료생들과 함께 스터디한 결과물이다. 자연, 근대, 현실 등에 주목하여 1930년대를 전후한 시기 한국 현대시를 탐구했다. 1930년대는 사회 정치적으로 가장 어두웠지만, 한국 현대시사에서는 가장 풍요로운 성과를 거둔 시기이기도 하다. 그간 이 시기 우리 시에 대한 연구가 상당히 축적된 것도 사실이다. 하지만 여전히 조명해야 할 부분이 많이 남아있다. 그런 의미에서 우리는 1930년대 한국 현대시를 자연, 근대, 현실이라는 코드로 고찰한 것이다.

1장과 2장은 필자의 단독 논문이고, 이하는 학문 후속세대 역량 강화 차원에서 필자가 지도하고 우리 연구원들이 집필한 논문이다. 부족한 부분이 많지만 더 나은 미래로 도약하기 위하여 과감하게 첫걸음을 내딛는다. 동학 제현의 질정과 조언을 기대한다.

2023년 1월 죽전의 법화루에서

저자를 대표하여

단국대학교 현대문학 연구소 소장 김옥성

| 차례 |

자연과 근대와 현실
- 1930년대 한국 현대시의 일면

제1장

김기림시의 보편주의와 초월적 시선 연구
– 초기시를 중심으로

김 옥 성

1. 서론

김기림은 기교주의 논쟁에서 모더니즘의 기교와 경향문학의 참여의 절충점을 모색하였으며[1], 1930년대부터 해방 후까지 변함없이 민족과 세계의 조화, 민족 문학과 세계 문학의 조화와 균형을 추구하였다[2]. 해방기에는 좌파 진영 속에서 우파 진영의 목소리를 수용한 절충적인 목소리를 내었으며[3], 정부 수립 직후에는 우파 진영에서 좌파 진영의 목소리를 수용한 절충적인 견해를 내놓았다[4]. 그는 일관되게 극단적인 사조

---

1) 「시와 현실」, 『김기림 전집』2, 102쪽(『조선일보』1936. 1. 1.-1.5.).
2) 「新民族主義 문학운동」, 『김기림 전집』2, 228쪽(『동아일보』1932.1.10.) ; 「將來할 조선문학은」, 『김기림 전집』3, 130쪽(『조선일보』1934.11. 14-15.) ; 「민족문화의 성격」, 『김기림 전집』3, 158쪽(『서울신문』1949. 11.3.).
3) 「우리 시의 방향」, 『김기림 전집』2, 138쪽(「전국문학자대회에서의 강연」,1946. 2.8.).
4) 해방기와 정부 수립 직후 김기림의 비평에 대한 논의는 다음을 참고. 강정구 · 김종회, 「해방기의 김기림 비평에 나타난 민족 기표의 양상」, 『한국문예창작』26, 한국문예창작학회, 2012. 12.

를 거부하고, 예술(시)의 자율성과 현실 참여, 민족주의와 세계주의, 자본주의와 사회주의 등의 균형점을 모색한 것이다.

모더니즘과 사회성의 종합, 민족 문학과 세계 문학의 조화, 지식인과 프로레타리아를 포함한 만민(대중) 주체의 모색 등에서 단적으로 드러나듯이 김기림의 지적 여정은 변증법적인 발전을 도모하는 양상을 보여주었다. 선행 연구에 의해 어느 정도 공인된 '형식 논리적인 절충'이라는 비판도 충분히 설득력이 있지만, 그것은 한계이지 본질은 아니다. 중요한 것은 그가 특정한 사조에 정체되기를 거부하고 끊임없이 "전진"[5]을 도모하였다는 사실이다. 그렇다면 그러한 강력한 지향성의 원동력은 무엇일까.

그 핵심은 이성의 절대성에 대한 믿음과 보편성에 대한 의지, 두 가지로 정리된다. 양자가 분리된 것은 아니지만 편의상 나누어 살펴볼 수는 있다. 첫째, 이성에 대한 믿음은 중세적인 '신'에 대한 철저한 부정의식과 연결되어 있다. 김기림은 절대적인 '신'을 의식적으로 거부하였다. 그에게 '근대적 이성'은 '신'을 대체한 절대에 가까운 것이었다. 그는 신이 아닌 이성의 힘으로 세계와 역사를 통찰하고자 하였다. 김기림에게 이성은 비판적 성격을 지닌 것이었다. 「午後의꿈은 날줄을 모른다」에서 주체는 '신의 죽음'을 선포한다("創造者를 絞首臺에 보내라"). '신'은 비행기를 띄워 올리거나 로켓을 쏘아올릴 수 없다. 그러나 인간의 이성은 그렇게 할 수 있다.[6] 이 시에서 김기림은 '신'의 도움이 아니라 이성

---

5) 「우리시의 방향」, 『김기림 전집』2, 142쪽.
6) 홍 創造者를 絞首臺에 보내라. (중략)//하누님은 원 그런 재주를 부릴 수 있을가? - 「午後의꿈은 날줄을 모른다」, 『원본 김기림 시전집』, 83-84쪽(『태양의 풍속』, 23-24쪽).

의 힘으로 세계를 통찰하겠다는 의지를 드러낸다. 「連禱」에서도 화자의 "신"은 영적인 "피난처"나 "안식"이 아니다. 그의 '신'은 보편주의와 진보를 향한 "내 싸움 속"에서 "나를 지키고 고무하는 소리"이며, "연약하려는 낙망하려는 나를" "노려"보고 채근하는 초자아적인 '이성'이다.[7]

둘째, 보편성(보편적 진리)에 대한 지향성은 이성의 절대성에 대한 믿음에 토대를 두고 있다. 여러 글과 전기적 사실들에서 드러나듯이 김기림은 보편적 진리를 찾아 부단히 노력하는 인물의 모습을 보여준다. 그는 끊임없이 자기 자신을 날카롭게 성찰하였으며, 세계를 비판적이고 객관적으로 이해하면서 보편적인 진리에 도달하고자 하였다. 보편적 진리를 향한 김기림의 예리한 자의식은 다양한 글에서 쉽게 찾아볼 수 있다.[8] 모두에서 언급하였듯이 그가 예술(시)의 자율성과 현실 참여, 민족주의와 세계주의, 자본주의와 사회주의 등의 조화와 균형을 모색한 것은 그가 폐쇄적인 사조를 거부하고 보편적인 진리를 추구하였음을 단적으로 보여준다. 그에게 보편적 진리를 향한 의지는 '진보'에 대한 집착과 맞물려 있다.

그렇다면 김기림 '시'에서 이성, 보편주의적 진리, 진보에 대한 믿음

---

7) 내神은/ 내港口도 避難處도 安息도 아니오/ 내싸움속에서 나를지키고 鼓舞하는 소리리라./ 연약하려는 落望하려는 나를 노려보는 엄숙한눈쌀이리라. -「連禱」, 『원본 김기림 시전집』, 321-322쪽(『바다와 나비』, 61-62쪽, 『조광』 4권 4호, 1939.4.).

8) 다음 글들은 김기림의 '보편적 진리'를 향한 '진보'에의 의지를 잘 보여준다. "그러니까 來日은 이 주막에서 나를 찾지마러라. 나는 벌서 거기를 떠나고 없을 것이다."-「어떤 친한 '시의 벗'에게」, 『원본 김기림 시전집』, 63쪽.(『태양의 풍속』, 5쪽) ; "나를 얽매인 이 現在로부터/ 나는언제고 脫走를 계획한다./ 마음이 추기는 진정하지못하는 소리는 오직/ '가자 그리고 도라오지마자' -「서시-동방기행」, 『원본 김기림 시전집』, 334쪽.(『바다와 나비』, 74쪽) ; "시의 정신이란 구경에 있어서는 전진만을 아는 정신이며"-「우리시의 방향」, 『김기림 전집』2, 142쪽(「전국문학자대회에서의 강연」, 1946.2.8.).

은 어떻게 나타나는 것일까? 이성, 보편주의적 진리, 진보에 대한 집념은 김기림 시에서는 '초월적 시선'의 관점에서 구체적으로 살펴볼 수 있다. 이성과 진리에 대한 굳센 믿음은 김기림이 철저하게 근대적 세계관에 입각해 있었다는 것을 의미한다. 근대적 세계관의 가장 큰 특성 중의 하나는 인류의 초월적 시선 욕망이다.

주지하듯이 중세적 세계관에서 초월적 시선은 신의 몫이다. 근대는 인류가 초월적 시선을 신에게서 탈취하면서 시작되었다. 중세적 세계관에서 세계를 굽어볼 수 있는 특권은 오직 신에게만 주어졌지만[9], 천체 망원경의 발명이 상징하듯이 근대인은 초월적 관점에서 우주와 세계, 지구를 원근법적으로 조망할 수 있는 능력을 획득하고자 하였다. 천체 망원경은 '눈'으로 표상되는 앎의 주체가 '신'이 아니라 '인간/이성'으로 전환되었음을 상징적으로 보여준다[10]. 천체 망원경에 반영된 근대인의 '초월적 시선' 욕망은 '이성'에 입각한 앎에의 욕망, '객관적' 혹은 '보편적' 진리에 대한 욕망이라 할 수 있다. 본고에서 김기림 작품 분석에 적

9) 고대-중세적 세계관에서 '눈'-'앎의 주체'는 신이었다. 임철규는 신화에 나타난 태양-눈-신의 관계를 다음과 같이 설명한다. "인간에게 태양은 언제나 저 위에서 이 아래를 내려다보는 존재였다. 마찬가지로 신과 같은 초월적 존재들도 언제나 '저 위에서 이 아래를 내려다보는' 존재들이었다. 저 위에서 이 아래를 '내려다보는' 존재라는 점에서 그들은 때때로 '눈' 자체와 동일시된다." - 임철규, 『눈의 역사 눈의 미학』, 한길사, 2009, 46-47쪽.

10) 이와 관련하여 다음을 참고. "코페르니쿠스의 영향은 천문학에만 그친 것이 아니다. 중세의 우주관과 그것에 바탕을 둔 사고방식은 밑둥부터 무너지게 되었다. 지구는 우주의 중심이고, 인간은 그 위에 사는 가장 존엄한 존재였는데, 이제 인간은 여러 행성들 가운데서도 비교적 작은 별에 거꾸로 매달려 돌아가는 존재임이 드러났다. 인간은 우주 안에서 자신의 위치를 다시 생각해야 했으며, 부질없는 꿈에서 깨어나야 했다. 이렇게 해서 중세체제는 차츰 깨어지고 근대로 넘어오게 되었으니, 코페르니쿠스야말로 이 변화의 첫 신호를 올린 사람이었던 것이다." -김영식 외, 『과학사』, 전파과학사, 1995, 71쪽.

용하고자 하는 '초월적 시선'은 절대자의 초월적 자리를 이성으로 대체한 이성의 절대성에 입각한 시선, 보편적 진리를 향한 지적 욕망에 입각한 시선을 의미한다[11].

김기림의 여러 시편들에는 근대적인 초월적 시선 욕망이 선명하게 드러난다.[12] 김기림은 여러 면모를 지닌 시인이다. 본고는 '세계 시민', '식민지 조선인 사회부 기자', '시인' 등의 세 관점에서 김기림 시에 나타난 초월적 시선의 욕망, 그리고 그것과 연결된 보편주의 정신을 탐구한다.

'세계 시민의 시선'과 관련된 선행 연구는 '문명 비판'에 초점이 맞추어져 있다. 초기의 연구들은 그의 문명 비판을 피상적인 세계 인식으로 치부하는 경향이 강했지만 최근의 논의들은 당대의 국제 정세와 근대 문명의 명암을 섬세하게 비판한 것이라는 평가가 지배적이다.[13] 기존 논의는 문명 비판에 주목하면서, 세계 시민으로서의 지구-공동체 의식

11) 본고의 '초월적 시선' 개념은 '원근법적 시선', '메타적 시선' 개념과 상당히 겹친다. 그러나 김기림의 시에는 '신적 시선의 초월성'에 대항하는 '이성 시선의 초월성'에 대한 강력한 신념이 나타나는 점을 고려하여 이 개념을 적용한다. 이는 '중세적인 신성의 절대성'에 대항하는 '근대적인 이성의 절대성'에 대한 김기림의 신념을 강조하기 위해서이다.

12) 본론에서 상론하겠지만, 「午後의꿈은 날줄을 모른다」의 "화성"과 "지구", 「海圖에 대하야」의 "해도" 등에는 지구-공동체의 운명을 관망하고자 하는 초월적 시선이 반영되어 있다. 「시체의 흐름」과 관련된 산문 「두만강과 유벌」의 "지도"가 공간적 차원에서 격동의 국제정세에 휩싸인 조선을 조망하려는 초월적 시선을 반영한다면, 「훌륭한 아침이 아니냐?」, 「어둠 속의 노래」의 "칼렌다"는 시간적인(역사적인) 차원에서 식민지 조선의 현실을 통찰하려는 의지를 담아내고 있다. 「화물자동차」에서 "하누님의 눈동자"는 감상적 자아와 이성적 자아를 조망하는 초자아적 시선을 함축하고 있다.

13) 국제 정세 인식과 문명 비판에 대한 논의로는 다음이 대표적이다. 전봉관, 「1930년대 한국시의 아방가르드와 데카당스 : 김기림 「기상도」의 현재적 의미를 중심으로」, 『한국시학연구』20, 한국시학회, 2007 ; 방민호, 「김기림 비평의 문명비평론적 성격에 관한 고찰」, 『우리말글』34, 우리말글학회, 2005.

은 간과해 왔다. '문명 비판'의 심층에 놓인 '지구-공동체'에의 소속감을 조명할 필요가 있다. 본고는 국제 정세를 통찰하고자 하는 초월적 시선에 반영된 김기림의 지구-공동체 의식을 살피보고자 한다.

본고가 '식민지 조선인 사회부 기자의 시선'과 관련하여 보고자 하는 것은 '민족'과 '세계'에 대한 김기림의 인식이다. 특히 김기림의 민족의식의 특수성에 주목하고자 한다. 이와 관련된 초기 연구들은 김기림에게 민족의식이 결여되었거나 피상적이었다고 비판한다.[14] 그러나 최근에는 김기림의 민족의식이 재조명되고 있다. 최근의 논의들은 김기림의 민족의식이 특정한 관점에서는 피상적일 수 있지만 나름대로 식민지 현실에 대응한 독자적이고 의미 있는 것이라는 점을 강조하고 있다. 민족의식과 관련된 논의는 대체로 2차 유학 이후에, 그리고 산문에 집중되어 있다는 한계를 지닌다[15]. 본고는 '초기시'[16]를 대상으로 '세계'와

14) 송욱, 「한국 모더니즘 비판」, 『시학평전』, 일조각, 1963 ; 김우창, 「한국시와 형이상」, 『궁핍한 시대의 시인』, 민음사, 1977(『세대』60, 1968) ; 김인환, 「김기림의 비평」, 『문학과 문학사상』, 열화당, 1970.
다른 차원의 논의이긴 하지만, 비교적 최근의 논의에서 구모룡은 김기림의 민족의식을 '식민지 근대성의 한 양상'으로 비판한다. 구모룡, 「김기림 재론」, 『현대문학이론연구』33, 현대문학이론학회, 2008.

15) 일제말기 김기림의 민족의식을 "침묵을 통한 저항"으로 규정하는 논의로는 다음이 대표적이다. 김재용, 『협력과 저항』, 소명출판, 2004 ; 조영복, 「김기림의 예언자적 인식과 침묵의 수사」, 『한국시학연구』15, 한국시학회, 2006 ; 홍기돈, 「식민지 시대 김기림의 의식 변모 양상」, 『어문연구』48, 어문연구학회, 2005.
여기에서 한 걸음 더 나아가 강정구는 구모룡의 비판적인 시각이나 김재용의 옹호적인 시각 모두 '국가주의' 관점에 갇혀있음을 지적하고, 탈국가주의적 관점에서 2차유학 이전과 이후의 민족의식을 고찰한다. 강정구, 「식민지 시기의 김기림 비평에 나타난 민족 표상의 성격 재고」, 『한민족문화연구』45, 한민족문화학회, 2014.

16) 본고의 논의는 주로 김기림의 2차 유학 이전, 『태양의 풍속』, 『기상도』 시기의 산문과 시편들을 대상으로 한다. 그러나 논의의 편의를 위해 그 이후의 산문과 시편들도 일부 자료로 활용한다.

'민족'을 객관적으로 바라보고자 하는 그의 초월적 시선 욕망에 반영된 특수한 민족의식을 살펴보고자 한다.[17]

'시인의 시선'과 관련하여서는 '감상성'과 '지성'을 조망하는 초월적 시선을 고찰할 것이다. 이와 관련된 기존 논의는 김기림의 감상론을 재인식할 필요가 있다는 점을 밝혀내었다는 점에서 의의가 있지만 대상이 '시론'에 한정되어 있다.[18] 본고는 '시'에 구체화된 '감상성'과 '지성'에 대한 김기림의 초월적 시선 욕망을 조명하고자 한다.

'형식 논리적 절충'이라는 비판은 대체로 전체 시론과 그 이후의 시론에 대하여 가하여졌다. 본고는 전체 시론 이전과 그 무렵의 초기시편을 중심으로 보편주의와 초월적 시선을 고찰하고자 한다. 그리하여 보편주의와 이성의 초월성에 대한 신념이 문단활동 초기부터 김기림의 문학정신을 관류하는 본질적인 것이었음을 밝히려고 한다.

2. 세계 시민의 시선과 종말론적 상상력
– '지구–공동체'의 발견과 종말에 대한 경고

1920-30년대의 한국 현대시에는 '지구'의 이미지가 빈번하게 출현한

---

17) 기존의 논의에서는 대체로, 김기림의 '변증법적 종합' 혹은 '형식 논리적인 절충'이 기교주의 논쟁을 계기로 한 '전체시론'에서 시작된다고 보는 경향이 강하다. 본고는 그 이전의 산문과 작품을 중심으로 이미 김기림이 초기부터 보편주의와 초월적 시선을 지향하고 있었음을 밝히고자 한다.

18) 김기림 시론의 '감상'에 대한 논의로는 다음이 대표적이다. 오세영, 「김기림의 '새로운 시'」, 『한국시학연구』8, 한국시학회, 2003 ; 류순태, 「1930년대 전기 김기림 시론의 탈감상주의적 태도 연구-"감상주의"의 공백적 가능성을 중심으로」, 『배달말』52, 배달말학회, 2013.

다.[19] '지구'의 이미지는 여러 가지 의미를 지니지만 대표적인 것 중의 하나는 '지구'라는 '공동 운명체'의 발견이다. 그것은 개항 이후 상당한 시간이 흐르면서 조선의 지식인들이 국제정세를 어느 정도 이해하면서 어렴풋하게나마 '세계 속의 조선'이라는 개념을 갖게 되었다는 것을 말해준다. 그들은 이제 '조선인'이면서 한편으로는 지구 공동체에 소속된 '세계 시민'인 것이다.

1920-30년대 조선에는, 제1차 세계 대전(1914-1918), 세계 경제 대공황(1929-), 제네바 군축 회의(1927, 1932)의 결렬과 군비 확장 경쟁 등을 경험하면서 전 지구적으로 팽배해진 위기의식이 전달되었다. 다양한 기사는 당대 조선의 지식인들에게 널리 퍼진 지구-운명 공동체 의식과 종말론적 위기의식을 잘 보여준다.[20] 사회부 기자로서 김기림은 국

---

19) 다음이 그 대표적인 시편들이다. 김기림, 「海上」, 「海圖에 대하야」 등, 임화의 「지구와 '빽테리아'」, 「탱크의 출발」, 「담(曇)-1927 - '사코' · '반제티'의 命日에」 등, 정지용의 「바다2」, 「다시 海峽」 등, 신석정의 「날개가 돋쳤다면」, 「화려한 풍선을 타고」 등.

20) 가령, 다음과 같은 기사는 좋은 예가 된다. ①大民 譯, 「인민의 평화」,『동아일보』, 1920. 05.23. ; ② 「과학과 발명」, 『동아일보』, 1931.10.07. ①에서 대민은 영국노동당 당수 아서 핸더슨(Arthur Henderson)의 글을 발췌 번역하여 국가주의를 견제하고 세계 평화를 강조하면서, 제1차 세계 대전을 통해 "전 세계 인류"가 경험한 "세계의 종말적" 고통과 희생을 상기시킨다. 나아가 그러한 "종말적" 재앙이 인류에게 여전히 잠재하고 있음을 지적하면서, "민족의 자결과 자유하는 원칙을 세계적으로 승인"하여 세계 평화를 실현할 것을 제안한다. 그는 "안전한 세계"가 없다면 "안전한 국가"도 없다는 점을 강조하면서, 세계 평화를 바탕으로한 "국제주의"를 제안한다. 그러한 주장의 근저에는 지구-운명 공동체 인식이 자리 잡고 있다. ②『동아일보』의 '과학과 발명' 관련 기사는 "항공"의 발달이 어떤 면에서는 인류에게 행복을 가져다 줄 수도 있지만, 전쟁에서 "파괴의 긔구"로 사용된다면 문명 종말의 "참극"으로 이어질 수 있음을 지적한다. 기자는 "이번 군비축소회의에 이태리와 불란서에서 참가를 거절하엿스며 또는 비행긔에 대한 군비축소는 실현될 가망이 업스니 장래의 세계 대전쟁은 상상만하여도 두려운 일이다."라고 전 세계에 잠재하는 세계 대전의 종말론적 위기를 경계한다.

제 정세와 조선의 현실을 누구보다도 정확하게 통찰하면서 조선의 운명을 지남(指南)하고자 하였다. 그렇다면 김기림의 시에서 지구-운명공동체를 조망하는 시선은 어떻게 형상화되는가.

> (전략) 그래도 地文學의 先生님은 오늘도 地球를 圓滿하다고 가르쳤다나./ '갈리레오'의 거짓말쟁이.//
> 홍 創造者를 絞首臺에 보내라.// 하누님 단한번이라도 내게 성한 날개를 다고. 나는 火星에 걸터앉아서/ 나의 살림의 깨여진 地上을 껄 껄 껄 웃어주고 싶다.// 하누님은 원 그런 재주를 부릴 수 있을가?
> -「午後의꿈은 날줄을 모른다」, 『원본 김기림 시전집』, 83-84쪽(『태양의 풍속』, 23-24쪽).

「午後의꿈은 날줄을 모른다」에서 "오후의 꿈"은 "창조자"-"하누님"에게 전적으로 의존하는 중세적 세계관을 의미한다. 시적 주체는 중세적 절대자를 제거한 자리에("創造者를 絞首臺에 보내라") 인간을 정위시키고자 한다("나는 火星에 걸터앉아서~웃어주고 싶다."). 주체는 절대자를 대체한 초월적 시점에서 당대의 위기("나의 살림의 깨여진 地上")를 조망하려고 한다.

김기림은 중세적 절대자는 결코 초월적 시점을 제공해주지 못한다는 점을 강조한다("하누님은 원 그런 재주를 부릴 수 있을가?"). 그렇다면 주체는 어떻게 초월적 시점을 확보할 수 있는가. 초기시에서 빈번하게 등장하는 "기상도", "해도", "지도", "비행기", "SOS 신호", "갈릴레오" 등은 주체의 과학과 문명에 대한 신뢰를 잘 보여준다. 김기림은 과학과 문명-이성의 힘에 의해 초월적 시점을 확보할 수 있다고 생각한 것으로 추정된다.

주체는 "화성"이 표상하는 초월적 시점에서 지구-공동체의 운명을 가늠하고자 한다. 「海上」, 「海圖에 대하야」 등은 지구-공동체가 당면한 종말론적 위기를 함축하고 있다.

> SOS// 오후 여섯시 三十分.// 突然// 어둠의 바다의 암초에 걸려/ 지구는 파선했다.// '살려라'// 나는 그만 그를 건지려는 유혹을 단념한다.
>
> -「海上」, 『원본 김기림 시전집』, 88-89쪽(『태양의 풍속』, 28-29쪽).

「해상」에서 주체는 초월적 시점에서 지구의 시한부 종말을 선고한다. "오후 여섯시 삼십분"은 '밤'이라는 임박한 종말을 앞둔 시간이다. 화자는 난파한 지구를 구제할 방도를 모색하지만 이내 단념하고 만다. 그렇다면 지구가 난파한 이유는 무엇일까. 「해도에 대하야」는 「해상」에 나타난 사유를 보다 구체화하여 보여준다.

> 山봉오리들의 나즉한 틈과 틈을 새여 藍빛 잔으로 흘러들어오는 어둠의 潮水. 사람들은 마치 지난밤 끝나지 아니한 約束의 계속인 것처럼 그 漆黑의 술잔을 드리켠다. 그러면 해는 할 일 없이 그의 希望을 던저 버리고 그만 山모록으로 돌아선다.// (중략) 집 이층집 江 웃는 얼굴 交通巡査의 모자 그대와의 約束…… 무엇이고 差別할 줄 모르는 無知한 검은 液體의 氾濫속에 녹여버리려는 이 目的이 없는 實驗室 속에서 나의 작은 探險船인 地球가 갑자기 그 航海를 잊어버린다면 나는 대체 어느 구석에서 나의 海圖를 편단 말이냐?
>
> -「海圖에 대하야」, 『원본 김기림 시전집』, 92-93쪽(『태양의 풍속』, 32-33쪽).

「해상」이 어둠이 밀려들기 직전인 오후 여섯시 삼십분을 시간적 배경으로 설정했다면, 「해도에 대하야」는 어둠이 쏟아져 들어오면서 모든 것을 삼키기 시작한 때를 배경으로 한다. "흘러들어오는 어둠의 潮水", "무엇이고 差別할 줄 모르는 無知한 검은 液體의 汎濫" 등이 생성하는 어두운 분위기는 「해상」보다도 한 층 더 종말에 대한 불안과 공포를 고조시킨다.

알려진 바와 같이 이 시는 세계 경제 회의(1933)의 실패와 영국의 보호 무역주의 강화의 영향으로 세계적으로 팽배해진 위기감을 반영하고 있다.[21] 이 시에서 불안과 공포의 분위기를 형성하는 "어둠"은 지구-공동체의 종말론적 위기와 불투명해진 미래를 함축한다.

"나는 대체 어느 구석에서 나의 海圖를 편단 말이냐?"는 위기와 불확실성에 직면한 화자의 절망적 심경을 반영하고 있다. 화자는 초월적인 시점에서 상징적인 "해도"를 펴고 "탐험선인 지구"라는 공동체의 비관적인 운명("希望을 던저 버리고")을 예견하고 있다.

김기림은 제1차 세계 대전, 세계 경제대공황, 제네바 군축 회의의 결렬, 세계 경제회의 실패 등 국제 정세에서 읽어낸 지구-운명 공동체의 종말론적 위기를 형상화하면서, 한편으로는 근대 문명 비판의 차원에서 종말론적 위기를 경고하기도 한다. 「옥상정원」과 「비」는 도시-근대 문명에 나타난 종말의 징후를 형상화하여 보여준다.

「옥상정원」은 근대 문명이 지닌 디스토피아적 경향을 폭로한다. 근대 문명은 "카나리아"를 조롱 안에 가두듯이 인류를 "75센티의 벽돌" 속에 가두려한다. "콘크리트와 포석"과 "아스팔트"로 상징되는 도시는 티끌

---

21) 전봉관, 앞의 논문, 50-51쪽 참고.

하나 없는 "네모진 옥사(獄舍)"의 이미지로 제시된다. 김기림은 "옥상정원"과 "지하실"을 대조시키면서, 근대 문명이 지닌 "옥상정원"으로의 상승의 꿈은 결국 "지하실"-"옥사(獄舍)"라는 종말("질식")로 곤두박질치고 있음을 경고한다.[22]

「비」의 주체는 비 내리는 "아스팔트"에서 바다를 연상한다. 나아가 지나가는 전차들에서 "대서양을 건너는 타이타닉호"를 연상한다. 종이우산을 받치고 길을 건너는 "여자"와 "사나히"는 구조선에 매달려가는 조난자에 비유된다.[23] 주체는 "아스팔트"로 표상되는 도시-근대 문명에서 "타이타닉호"와 같은 "좌초"의 위기를 읽어내고 있는 것이다. 이처럼 『태양의 풍속』의 작품들에서 주체의 초월적 시선에 포착된 지구-공동체의 운명은 종말로 치닫고 있다.

『기상도』의 앞 6부는 『태양의 풍속』의 종말론적 상상력을 고스란히 계승하고 있다. 그러나 마지막 부에 해당하는 7부 「쇠바퀴의 노래」는 종말 이후 재건되는 새로운 세계에 관한 낙관적 상상력을 담고 있다. 「쇠바퀴의 노래」는 김기림의 초월적 시선의 욕망을 반영하는 중요한 의미를 내포함에도 불구하고 간과되어 왔다.

널리 알려졌듯이 시집 『기상도』에 수록된 작품들은 『중앙』과 『삼천리』를 통해 발표된 것을 다듬은 것이다. 그 중 「세계의아츰」, 「시민행렬」, 「태풍의기침시간」등은 『중앙』, 1935년 5월호에 「자최」와 「병든풍경」은 『중앙』 1935년 7월호에 발표되었다. 「올배미의 주문」은 『삼천리』 1935년 11월호에 「기상도(종편)-올배미의 노래」로 발표되었다. "기상

---

22) 「屋上庭園」, 『원본 김기림 시전집』, 101-103쪽(『태양의 풍속』, 41-43쪽).
23) 「비」, 『원본 김기림 시전집』, 94-96쪽(『태양의 풍속』, 34-37쪽).

도(종편)"이라는 표기에서 알 수 있듯이 김기림은 「올배미의 노래」로 『기상도』를 마무리 지을 계획이었다. 그러나 한 달 뒤 『삼천리』1935년 12월호에 「쇠바퀴의 노래」에 해당하는 「車輪은 듯는다」를 발표한다.

6부 「올배미의 주문」은 "내일이 없는", "밤이 간뒤 새벽이" 오지 않는, '영원한 밤'에 대한 절망과 탄식이 주조를 이룬다. 당대 전 지구를 휩쓴 위기의식을 반영하고 현대 문명에 대한 경고의 메시지를 담아내는 데에 집착하면서 부정적인 결론으로 치닫게 된 것이다. 「올배미의 노래」를 발표하면서 김기림 스스로도 "기상도"의 결론("종편")을 어떻게 할 것인가로 많은 고민이 있었음이 작품에도 드러난다. ""페이지"를 번지건만 너머ㅅ장에는 結論이 없다."[24]에 나타나듯이 절망과 탄식이 과연 "결론"으로 적절한가에 대한 그의 고민이 깊었음을 추정할 수 있다.

그는 고민 끝에 『기상도』의 새로운 결론으로 「차륜은 듯는다」를 집필 발표한다. 미래를 예측하기 어려운 혼란기에 당면한 김기림은 「올배미의 노래」에세 제시한 '영원한 밤'이라는 부정적인 결론을 폐기하고, "밤이 간뒤"에는 반드시 "어린 태양"이 다시 떠오른다는 "우주의 법칙"을 결론으로 선택한다.

김기림은 초월적 시선으로 당면한 세계의 혼란을 직시하고 문명의 위기를 경고하고자 하였으며, 나아가 위기를 넘어 맞이하게 될 새 세계의 비전까지 제시하고자 하였던 것이다. 그 배후에는 민족이나 국가보다 더 큰 공동체인 '지구'라는 운명 공동체에 대한 소속감이 자리잡고 있었다.

---

24) 「기상도(종편)-五.올배미의 노래」, 『삼천리』, 1935. 11.1.

3. 사회부 기자의 시선과 민족의식
- 코스모폴리타니즘과 민족주의

김기림에 대한 대표적인 선입견 중의 하나가 '코스모폴리탄'이다[25]. 1930년대 식민지 조선의 코스모폴리타니즘은 어떤 측면에서는 일제에 저항하는 합법적이고 모던한 삶의 방식이다. 그러나 그 이면에는 일본 제국주의 대신 유럽적 제국주의를 지향하게 되는 함정이 도사리고 있다. 당대의 코스모폴리타니즘은 자본주의와 식민주의의 분위기가 농후한 유럽적 근대지향성이 지배적이었기 때문이다[26].

앞장에서도 고찰하였듯이 그는 선명하게 세계 시민 의식을 드러내었다. 그렇다면 김기림은 코스모폴리타니즘의 함정에 어떻게 대응했는가. 만약 그가 '식민지 조선'의 특수성을 간과하고 유럽적 근대를 맹목적으로 추구하였다면 손쉽게 그 함정에 휘말렸을 것이다. 그러나 사회부 기자로서 김기림은 세계적 보편성과 민족적 특수성을 객관적으로 조망하는 초월적 시선을 지향하면서 그 함정을 아슬아슬하게 피해가는 양상을 보인다.

김기림은 1930년대 전반기부터 일관되게 세계(문학)와 민족(문학)의 조화와 균형을 추구하였다. 그는 코스모폴리타니즘을 표방하면서도 민족과 민족문화의 중요성과 그 미래에 대해 끊임없이 고민하였다[27].

---

25) 가령, 구모룡은 "김기림은 민족, 민족주의보다 세계인, 세계주의를 추구한다"라고 단정한다. 구모룡, 앞의 논문, 232쪽.

26) 주지하듯이 김기림은 1930년대 후반에 이르러서 유럽적 근대에 대한 회의를 보인다. 본고는 김기림이 동양주의, 아시아주의에 영향을 받기 이전 시기, 2차 유학 이전의 작품을 대상으로 한다.

27) 김기림은 「新民族主義 문학운동」(『김기림 전집』3, 228쪽(『동아일보』, 1932.1.10.)에

세계 시민으로서 김기림은 먼 미래에는 민족 문학과 민족어가 소멸하고 세계 문학과 세계어의 길로 나아갈 수도 있다고 생각하였다.[28)]

그러나 아직은 세계 문학과 세계어의 단계가 아니라는 입장을 명확하게 드러내었다. 왜냐하면 식민지 치하 조선의 피지배 상황의 부조리를 명확하게 인식하고 있었기 때문이다. "단일문화의 실현은 역시 민족들 사이의 物的 境界가 없어지고 훨씬 뒤에 올 일이 아닐까"[29)]에는 피지배 현실에 대한 그의 입장이 잘 드러난다. 김기림은 세계 문학과 세계어로 나아가기 위해서는 우선 피식민 상황의 왜곡된 근대의 문제가 해결되어야 한다고 보았다. 요컨대 김기림은 '세계주의'라는 보편주의의 이상을 지향하면서, '조선'이라는 특수한 현실을 직시하고자 하였다. 거기에는 '근대-세계'와 '민족-조선'의 균형점을 통찰하고자 하는 김기림의 초월적인 시선에 대한 의지가 작동하고 있었다.

식민지 권력의 검열 시선까지 꿰뚫어 봐야하는 김기림의 세계와 민족

서 사회주의 문학의 공식주의와 전통주의 계열의 복고주의를 비판한다. 김기림은 그 대안으로 "신민족주의 문학"을 제안하는데, 그것은 '조선의 현실을 직시하고', "조선민족의 생활의 근저에서 물결치는 굳센 힘과 그 정신 속에서 새어오르는 특이한 향기를 파악"하면서, 세계 문학에 기여하는 것이다. 「將來할 조선문학은」(『김기림 전집』3, 130쪽(『조선일보』, 1934.11. 14-15.)에서도 김기림은 바람직한 조선문학의 방향을 조선적인 것과 세계 문학의 조화와 균형에서 찾는다. 그는 "독특한 조선적인 것"을 발굴하여 세계 문학에 기여하면서 세계 문학에 동참할 것을 권유한다.

28) "금후 세계의 문학은 더욱더욱 類似性을 많이 나타내는 반면에 어떤 민족의 독특한 문학적 성격같은 것은 차츰 형성되면서 있는 세계 문학 속에 해소되고 말지나 않을까." -「將來할 조선문학은」, 『김기림 전집』3, 130쪽(『조선일보』, 1934.11. 14-15.). "나는 역사의 마지막 날까지도 어느 민족이 그 언어를 끌고 가야만 된다고까지는 말하지 않는다. 그런 固執하고 어리석은 생각이 어디 있을라고.(중략) 民族語의 소멸, 민족문화의 소멸, 그래서 단일문화의 실현은 역시 민족들 사이의 物的 境界가 없어지고 훨씬 뒤에 올 일이 아닐까. 암만해도 그게 옳은 생각이다." -「民族과 言語」, 『김기림 전집』6, 129쪽(『조선일보』, 1936. 8. 28.).

29) 「民族과 言語」, 『김기림 전집』6(『조선일보』, 1936. 8. 28.).

에 대한 시선은 복합적이고 다층적인 성격을 띠게 된다. 김기림은 사회부 기자이자 지식인으로서 식민지 조선의 부조리를 선명하게 인식했지만, 한편으로는 검열의 시선을 피하면서 "생활"을 지키려는 강한 의지도 드러낸다[30]. 그는 '기자'라는 직업과 '생활'을 유지하기 위해 검열의 시선을 피하면서, 세계와 민족의 현실을 진단하고 미래를 설계하는 방식을 취한다.

'검열', '세계', '민족'을 조망하기 위해 김기림이 지향하는 초월적 시선은 관념적인 차원에 머무르지 않았다. 그가 지향하는 시선은 사회부 기자로서 취재-경험에 입각한 구체적인 것이었다.

> 벗이여-이것이 국경이다. 그대는 그대의 앞에 地圖를 펴놓고 북위 45도와 동경 1백 30도의 지점을 상하하는 地理學者의 그려놓은 平圓한 曲線에서 그대의 이상주의는 다만 무의미한 '브랑크'밖에 지각하지 못하리라. 그러나 이 국경선은 한낱 공허이기는 너무나 많은 눈물과 피에 엉클여 있는 무서운 현실이다. 나는 '센티멘탈'해진다.
>
> -「두만강과 유벌」, 『김기림 전집』5, 289쪽(『삼천리』 1930. 9.).

---

30) 「어둠 속의 노래」에서는 "생활"은 '발꿈치에서 떨어지지 않는' "바짝마른 이리 한 마리"이다. 「나의 聖書의 一節」에서 화자는 "생활-현대에 잇서서는 대부분 그것은 자기의 학살이다", "결국 신숙주가 최고의 생활철학자엿다"라고 말한다. 식민 치하 김기림 문학에서 "생활"은 결국 "자기학살"이라는 부정적인 것이다. (「어둠 속의 노래」, 『원본 김기림 시전집』, 242-243쪽 ; 「나의 聖書의 一節」, 『원본 김기림 시전집』, 539쪽(『조선문학』2권 1호, 1934.1.).
반면, 「쇠바퀴의 노래」에서 화자는 "나의 생활은 나의 장미"라고 노래한다. 여기에서 그는 "생활"이 부끄러움이 되는 식민지 치하와는 '다른' 시대가 도래하여 "생활"이 아름다움("장미")이 되는 상황을 예언자적으로 노래하고 있다.
-「쇠바퀴의 노래」, 『원본 김기림 시전집』, 49쪽(『기상도』, 25쪽).

세계를 조망할 수 있는 "지도"는 근대인이 지향하는 초월적 시선 욕망을 상징한다. 그러나 '지도'를 매개로 확보되는 조망은 관념적이고 제국주의에 취약하다[31]. 김기림은 그 관념적 지도-시선을 "이상주의", "공허"로 규정한다. 사회부 기자로서 김기림은 관념적인 시선에 머무르지 않고 현장에 뛰어들어 "눈물과 피", "무서운 현실"을 구체적으로 경험한다. 그는 국경에서 조선 민족의 비참한 현실을 목도한 것이다. 김기림이 지향하는 초월적 시선에는 이처럼 '지도'의 조망적 시선과 취재-경험에 입각한 구체적 시선이 뒤엉켜있다.

「두만강과 유벌」은 '간도사건(1930)' 취재길에 체험한 국경의 현실을 기록하고 있다. 그는 검열의 눈을 의식한 듯 앞부분에서는 "國境警備 제일선의 무장경관의 빛나는 銃끝이 물샐 틈없이 日本帝國의 안전 보장과 평화를 위하여 '시베리아'와 北滿洲에 향하여 버티고 있다"라고 말하면서, 뒷부분에서는 "이 국경선은 한낱 空虛이기는 너무나 많은 눈물과 피에 엉클여 있는 무서운 현실이다", "그러나 지금 이 시간에 그들의 피를 받은 자손의 흐린 眼界에 전개되는 것은 죽음과 같은 침묵과 그리고 荒廢뿐이다."라고 식민 치하 국경의 비참한 현실을 폭로한다.[32] 김기림의 시선은 검열의 시선과 조선의 현실을 날카롭게 꿰뚫어내면서 조선의 현실을 진단하고 있다.

그렇다면, 작품 속에서 세계와 조선에 대한 주체의 초월적 시선은 어떻게 형상화되어 있는가. "생활"을 지키기 위하여 직설적으로 하지 못

31) 세계를 조망하려는 근대의 초월적 시선 욕망은 제국주의적 지배 욕망과 맞물려 있다. 박주식(2001), 「제국의 지도 그리기」, 『비평과이론』6-1, 한국비평이론학회, 142-148쪽.

32) 「두만강과 유벌」, 『김기림 전집』5, 288-289쪽.

한 말들은 어떤 방식으로 작품에 스며들어 있는가. 초기 시편 중에서 김기림의 민족의식이 두드러진 작품으로 「屍體의 흘음」, 「훌륭한 아침이 아니냐?」, 「어둠 속의 노래」등은 상호텍스트적인 요소가 많다. 이 세 작품은 전쟁, 죽음, 어둠, 더러움 등의 제재를 공유하고 있다. 세 작품에서 "하수도"는 그러한 제재들을 함축하는 중요한 이미지이다. 주체는 "하수도"의 이미지를 통해 조선(인)이 처한 비참한 현실을 암시한다.

> 曠野는 그 無限속에/ 情熱에 타죽은 靑春의 죽엄을/ 파무덧다// 火葬場/ 아모도 記憶하지 안는 죽엄을/ 하나/ 曠野에 심것다-/ 生長하여라 曠野여(중략) 써나려 오는 어름덩이 사이에서/ 沙工은 올을자버서제서른일곱번재의/ 죽엄과 對面햇다고/ 안해의 마음 너흔 때ㅅ상(飯床)에도/ 도라안지 안는 밤/ 沙工의 마음을 밤을 밝히며/ 낫모를 죽엄을 에워싸고/ 江을 나려간다
>
> -「屍體의 흘음」, 『원본 김기림 시전집』, 505쪽(『조선일보』, 1930. 10.11.).

「시체의 흘음」은 '간도사건'으로 인해 생지옥으로 변한 만주-간도 조선인의 현실을 형상화하고자 노력한 작품이다. 시의 서두는 광야에서 열정을 불태우고 죽어간 조선청년들에 대한 애도로 시작한다. 후반부에서는 "사공"이라는 인물을 등장시킨 서사를 통해 상황을 객관화시키고 있다. "사공"은 떠내려오는 얼음덩이 사이에서 벌써 서른 일곱 구의 시체를 건져올렸다. 밥맛을 잃고 밤마다 악몽에 시달리고 있다. 이러한 서사를 통해 김기림은 조선 청년들의 죽음은 과연 누구를 위한 것인가 묻고 있다. 한편으로는 "노-르만", "사장" "우스리", "흑룡강" "오호츠크"

등을 통해 조선인의 참담한 현실이 조선만의 문제가 아니라 국제 정세와 결부되어 있음을 암시한다.[33)]

주체는 열강의 각축전이 된 만주에서 "하수도"의 이미지를 발견한다.[34)] 그런 하수도의 이미지는 「훌륭한 아침이 아니냐?」, 「어둠 속의 노래」 등의 작품에서 보다 구체화되면서 식민지-조선의 참담한 현실을 비판하는 상징으로 활용된다. 「훌륭한 아침이 아니냐?」, 「어둠 속의 노래」, 이 두 편의 시는 동일하게 연말연시("칼렌더 한 장", "칼렌다-의 막장")에 즈음하여 창작된 작품으로 송구영신의 의미를 담고 있다. 그의 송구영신은 표면적으로는 근대 문명을 비판하면서 심층적인 차원에서는 조선의 '왜곡된' 식민적 근대성을 비판하는 형식을 취하고 있다.[35)]

「두만강과 유벌」, 「시체의 흐름」이 공간적인(지정학적인) 차원에서 세계(국제 정세)와 조선의 현실을 관망하는 초월적 시선을 보여준다면, 「훌륭한 아침이 아니냐?」, 「어둠 속의 노래」는 "칼렌다"를 매개로 시간적인(역사적인) 차원에서 근대 세계 속의 조선의 현실을 통찰하고자 하는 초월적 시선에의 의지를 반영한다.

---

33) 이 시는 산문 「간도기행」(『조선일보』, 1930. 6.12. -26.)과 상호텍스트적인 작품이다. 김기림은 「간도기행」에서 "각각 세 개의 무장한 정의가 존재한다"말한다. 만주-간도는 열강의 세력이 충돌하는 곳이다. 「간도기행」에는 "세 개의 세력 사이"에서 생존의 위협을 받으며 희생되는 조선인들의 참담한 현실("종족의 꺾꾸러진 시체")을 조선에 전달하고자 노력한 흔적이 나타난다. 당시 간도 사건은 쉽게 다룰 수 없는 소재였다는 점을 감안한다면 산문 「간도기행」, 시 「屍體의 흘음」은 문학사적으로 중요한 의미를 지닌다.

34) '우스리' 깁흔 下水道 속에/ 午後의 太陽이/ 혼자서 빠저죽엇다 -「屍體의 흘음」, 『원본 김기림 시전집』, 505쪽(『조선일보』, 1930. 10.11.).

35) 두 편은 동일하게 당대의 조선의 난맥상을 "戰野"로 표현한다.

蒼白한 하눌아래/ 戰野는 灰色이다./ 毒瓦斯의 화끈한 입김이 휩쓸고 간다./ 骸骨과 같이 메마른 空氣가 窒息한다.// 바람에 휘날려/ 下水道의 물우에 떠나려가는 「칼렌더」한장 잘가거라/ 말광양이 一九三0年.// 江邊의 屠殺場/ 날카로운 채찍이 빽빽한 空氣를 찢는다./ 動物들은 그 아래서 自己의번을 기다리는짧은동안을 뼈다귀를/ 다토며 소일한다./ (오- 榮光이 있어라. 人類에게)

-「훌륭한 아침이 아니냐?」, 『원본 김기림 시전집』, 235-236쪽(『조선일보』, 1931.1.8.).

「훌륭한 아츰이 아니냐?」는 1931년 1월 8일 발표되었다. 「시체의 흘음」과 시간적 격차가 크지 않은 작품으로 시적 분위기가 유사한 점이 많다. 김기림의 간도사건 취재 체험은 "전야(戰野)", "독와사", "해골" 등의 이미지로 표출된다. 시적 주체는 1930년을 '전쟁의 해'로 규정하고 새해에는 평화가 찾아오기를 기대한다.

「시체의 흘음」과 연장선에 놓인 "하수도"의 이미지는 "강변의 도살장" 풍경으로 이어지는데, 그것은 조선인의 시체가 떠다니는 흑룡강의 이미지를 연상시킨다. 동물들은 자기의 순서를 기다리면서 뼈다귀를 다투고 있다. 김기림은 강변 도살장 동물의 운명이 동물에 그치지 않고 '인류'("오-영광이 있어라. 인류에게")나 '조선인'에게도 해당할 수 있다는 사실을 암시적으로 경고하고 있다. 이 시에서 김기림은 검열의 눈을 의식한 듯 "프랭크", "후버" 등을 동원하여 조선의 현실에 대한 비판을 근대 문명 비판에 희석시키고 있다.

「어둠 속의 노래」[36]에서도 김기림은 근대 조선을 "하수도"에 비유한

36) 「어둠 속의 노래」, 『원본 김기림 시전집』, 242-243쪽(『태양의 풍속』).

다. 그는 하수도의 더러움을 "똥/ 먼지/ 타고남은 石炭재/ 棄兒 때때로 死兒/ 찢어진遺書쪼각" 등과 같이 구체적으로 제시한다. 제국의 쓰레기통이 되어가는 근대 조선의 현실을 예리하게 꼬집고 있다. 주체는 "하수도"와 같은 식민지 조선의 비참한 현실을 "어둠의 홍수"로 규정한다. "어둠의 흘음"이라는 상호텍스트적 표현은 이 시의 "어둠"이 "시체의 흘음"(「屍體의 흘음」)의 연장선에 놓인 식민 치하 조선인의 비참한 현실임을 방증한다.

거리에서는 조선의 빈민들이 죽어나가지만("거리의거지가 鐘閣에 기댄채 꿋꿋해버렸다.") 제국의 사주를 받은 언론은 "추위"의 탓으로 돌리며 본질을 호도한다("다음날아침 朝刊에는 그전날밤의 추위는 十六年來의일이라고 거짓말했다"). 주체는 일제의 농간에 의에 우민화되는 조선의 현실을 비판하고 있다("來日을 紳士와 淑女들은 安心하고 네거리로 나올게다"). 그는 소비적 근대 문명에의 중독을 그러한 우민화와 같은 맥락에서 비판한다. "하수도"가 되어가는 조선의 현실을 몰각한 채 극장에서 "탄산가쓰"를 들이켜고 스크린 속 여배우에 현혹되는 학생과 회사원의 이미지는 식민지 엘리트 계층의 우민화를 선명하게 보여주고 있다. 이 시에는 근대 문명과 조선의 특수한 현실에 대한 비판이 맞물려 있다.

「훌륭한 아침이 아니냐?」, 「어둠 속의 노래」와 함께 '이동건축' 편에 수록된 작품으로 「상공운동회」에도 김기림의 민족의식이 잘 드러난다.[37]

---

37) 이 세 작품은 『태양의 풍속』의 '이동건축' 편에 나란히 수록되어 있다.

「상공운동회」[38]는 표면적으로는 자본주의("拜金宗聖書")를 비판하고 있다. 그러나 심층적인 차원에서 본다면 김기림이 진정으로 비판하고자 한 것은 '조선'의 '왜곡된' 자본주의이다. 김기림은 당대 조선의 문제를 왜곡된 자본주의의 일면으로 소비문화의 만연을 지적한 바 있다.[39] 이 시에서 "장충단"에 주목할 필요가 있다. '장충단'은 을미사변과 임오군란으로 인한 순사자를 제사지내는 곳으로 반일, 항일의 의미가 강했다. 일제는 1910년 장충단을 폐사하고 1920년대 후반에는 벚꽃을 심는 등 시설을 갖추어 장충단공원으로 만들어 버렸다. 김기림은 1930년대 장충단을 민족의식의 무덤 위에 꽃피운 자본주의적 소비의 화려한 상징으로 제시하고 있다("主婦들은 그들의 집을/ 잠을쇠나 좀도적이나 늙은이나 어멈이나 고양이나 掛鐘에 맡기고는/ 奬忠壇으로 뛰여나온다. 기여나온다. 밀려나온다). 그 이면에는 소비적 자본주의에 의해 잠식당한 민족의식에 대한 비판이 함축되어 있다.

「훌륭한 아침이 아니냐?」, 「어둠 속의 노래」, 「상공운동회」 등은 '근대' 문명과 자본주의 비판, 그리고 '조선'의 왜곡된 근대 비판이라는 이중의 의미를 지닌다. 전자가 코스모폴리타니즘적 차원이라면 후자는 민족의식의 차원이다. 전자가 세계 시민으로서 근대 세계의 보편적인 문제점을 비판한다면, 후자는 조선인으로서 조선 민족의 특수한 현실을 꼬집고자 한 것이다. 표면적인 차원에서는 전자의 의미가 두드러지기 때문에 손쉽게 검열의 눈을 피할 수 있었다. 후자는 김기림이 맹목적으

38) 「商工運動會」, 『원본 김기림 시전집』, 245쪽(『조선일보』, 1934.5.16.).

39) 시간적 격차가 있지만 김기림은 「조선 문학에의 반성」(1940.10)(「우리 신문학과 근대의식」, 『김기림전집』2)에서 조선의 근대는 생산적인 면에서는 발전하지 못하고, 소비의 면에서만 일상생활 전면에 퍼진 비정상적인 것이라고 말한 바 있다. 「우리 신문학과 근대의식」, 『김기림 전집』2, 47-48쪽.

로 코스모폴리타니즘을 추구한 것이 아니라 이미 1930년대 초부터 조선의 특수한 현실에 대한 인식을 게을리 하지 않았다는 사실을 시사해 준다는 점에 주목할 필요가 있다.

4. 시인의 시선과 반감상주의
- 감상적 자아와 이성적 자아의 투쟁

김기림에 대한 선입견 중의 하나가 반감상주의의다. 김기림은 지성-오전의 시학을 내세우면서, 감상성-오후의 시학을 극복하고자한 시인으로 널리 알려져 있다. 그러나 과연 시에서 '감상성'을 배제할 수 있을까? 시의 영역에서 '감상성'은 '지성'에 비하여 훨씬 본질적인 것은 아닐까? 이러한 문제의식의 지평에서 김기림의 시론에 나타난 감상성을 고찰한 논의들은, 그의 시론이 표면적으로는 '감상성'을 배제하고 있지만, 심층적인 면에서는 그것을 포용하고 있음을 지적한다.[40]

김기림은 '본질적으로' 감상의 과잉을 견제하려고 한 것이지 감상성 자체를 부정하려는 의도는 아니었다. 그러나 감상성에 대한 견제가 비약되어 감상성 부정의 양상을 띠는 경우가 많다는 사실을 부인할 수는 없다. 한편으로는, 김기림이 시에서 '감상성'의 중요성을 인정하고 있었다는 사실도 간과되어서는 안 된다. 김기림의 '감상성'에 대한 논의는 주로 '시론'의 영역에 국한되어 왔다. 그 때문에서 김기림 '시'에 나타난 '감

40) 오세영,「김기림의 '새로운 시'」,『한국시학연구』8, 한국시학회, 2003 ; 류순태,「1930년대 전기 김기림 시론의 탈감상주의적 태도 연구-"감상주의"의 공백적 가능성을 중심으로」,『배달말』52, 배달말학회, 2013.

상성'의 양상과 의미는 별다른 주목을 받지 못하였다. 뿐만 아니라 김기림 '시'에 나타난 '감상성'에 대한 당대의 비평적 반응과 김기림의 진솔한 고백에 대해서도 별다른 검토가 이루어지지 않았다. 이 장에서는 김기림의 '감상성'에 대한 당대의 반응, 그리고 김기림 스스로의 고백과 시에 나타난 양상과 의미를 고찰한다.

우선 당대 비평을 검토해보면 이미 『태양의 풍속』에 나타난 감상적 경향이 지적되고 있음을 쉽게 확인할 수 있다. 김광섭은 김기림 시의 감상주의와 반감상주의의 대립 구도를 가장 날카롭게 지적한다.[41] 그는 『태양의 풍속』의 많은 시들이 "감상과 우울의 토대" 위에 서 있으며, 화자는 그러한 토대 위에서 있으면서도 "그것이 없는 포-즈"를 취하는 양상을 띠고 있음을 지적하고 있다. 이와 유사하게 김태오도 "그는 고독이 몰려오면 그것을 받아드리기 전에 물러서고 외로움이 스며드는 때는 그것을 잘근잘근 씹어 배앗는다. 비참한 파선의 경우를 맞난다고 하더라도 도리혀 슬픔을 잊으려고 애를 쓰는 것이 아닌가 그가 때로는 슬픈 시인이기는 하면서도 늘 센티멘탈리즘에서 벗어나 항상 명낭성에로 지향함을 본다."[42]라고 『태양의 풍속』의 센티멘털리즘과 명랑주의의 이중구조를 꼬집어내고 있다. 윤곤강은 "실상 근본적으로는 "로맨티시즘"의 계열에 속하는 한낱 "케오스"(혼돈)의 "자기 혹닉자"에 불과하다."[43]는 혹평을 가하고 있다.

이처럼 당대 문인들은 반센티멘털리즘의 기치를 높인 김기림 시의 저변에 센티멘털리즘이 깔려있다는 사실을 자명하게 인식하고 있었다. 뿐

41) 김광섭, 「기묘년시단총평 下-시집과 신세대론」, 『동아일보』, 1939. 12. 12.
42) 김태오, 「삼대시인의 고민상-二」, 『동아일보』, 1940. 02. 15.
43) 윤곤강, 「시에 관한 변해3- 감각적인 것 주지적인 것」, 『동아일보』, 1940. 07.03.

만 아니라 김기림 스스로도 자신의 감상주의에 대해 고백하였다.[44] 그에 의하면 자신의 반감상주의는 "굳은 시대의식"에 입각한 면도 있지만, 보다 절실한 이유는 자신의 "영혼의 죽자고나 하고 하는 고투의 표현"이었다는 것이다. 그는 자신의 "본래의 정체는 역시 감상주의자였다"고 고백한다. 자신의 시의 발생학적 기원은 감상주의라는 고백이다. 널리 알려졌듯이 김기림은 시대의식-문학사적 차원에서 1920년대의 '세기말적 낭만주의', '센티멘탈 로맨티시즘'을 극복하고 모더니즘을 수립하고자 하였다. 동시에 개인적 차원에서는 자신의 "본래의 정체"인 "감상주의"를 극복하는 일이 절체절명의 과제였던 것이다. 그간 김기림에 관한 논의에서 후자의 차원, 즉 김기림의 "본래의 정체"인 "감상주의자"의 면모는 간과되어 왔다.

초기시에는 감상주의에서 자유로울 수 없는 시인-자아를 성찰하는 '초자아적 시선'[45]이 잘 나타난다. 감상주의에 이끌리는 자아는 1920년대 낭만주의에서 흔히 찾아볼 수 있는 '밀실'의 이미지와 결부되어 있다. 반면 감상주의의 밀실에 이끌리는 자아를 경계하는 초자아적 시선은 지성-과학의 시선과 겹쳐진다.

---

44) "사실 나는 열다섯살 때에 중학교 작문 선생으로부터 '얘가 이 뽄으로 글을 쓰다가는 필경 자살하겠다'하는 경고를 받은 일이 있다. 나의 본래의 정체는 역시 감상주의자였다. 내가 오늘 감상주의를 극도로 배격하는 것은 나의 영혼의 죽자고나 하고 하는 고투의 표현이기도 하다. 물론 굳은 시대의식에서부터도 나오는 일이지만 그렇거나 말았거나 나의 어린 날은 확실히 갔다." -「사진 속에 남은 것」, 『김기림 전집』5, 314-315쪽(『신가정』 2권 5호, 1934. 5.).

45) 본고의 '초자아적 시선' 개념은 창작주체와 텍스트를 재해석하는 '메타적 시선' 개념에 가깝다. 그럼에도 불구하고 이 개념을 활용하는 것은 김기림 시에서 그것이 '초월적 시선'의 범주 안에 속하기 때문이다. 본질적으로 그것은 '이성의 초월성'에 대한 신념에 입각한 시선이다.

작은 등불을달고 굴러가는 自動車의 작은등불을믿는 忠實한 幸福을 배우고싶다.// 萬若에 내가 길거리에 슬어진 개여진自動車라면 나는 나의 '노-트'에서 將來라는 '페이지'를 벌-서 지여버렸을텐데……// 대체 子正이넘었는데 이 미운詩를 쓰노라고 벼개로 가슴을 고인 動物은 하누님의 눈동자에는 어떻게 가엾은모양으로비췰가? 貨物自動車보다도 이 쁘지못한四足獸// 차라리 貨物自動車라면 꿈들의 破片을 걷어실고 저 먼-港口로/ 밤을피하야 가기나할터인데…….

-「화물자동차」,『원본 김기림 시전집』, 86쪽(『태양의 풍속』, 26쪽).

「화물자동차」에서 김기림은 '자정이 넘도록 베개로 가슴을 고이고 시를 쓰는' 자아-시인의 모습과 "작은 등불을 달고 굴러가는 화물차"를 대조시킨다. 화자가 감상성이라는 밀실에서 매몰되어 밤을 새워 시를 쓰는 시인이라면, 화물자동차는 "작은 등불"하나로 어둠을 찢고 "먼- 항구"까지 달려가는 과학 문명의 총아이다.

여기에서 "하누님의 눈동자"에는 초월적 시선으로 세계와 자아를 통찰하고자 하는 욕망을 함축하고 있다. "하누님의 눈동자"는 지성-과학의 시선으로 해석할 수 있다. 지성-과학의 시선에서 감상성에서 자유롭지 못한 시인("미운시"를 쓰는 시인)은 "가엾은모양"으로 비친다. 반면 어둠을 찢고 달리는 화물자동차는 이상적인 대상으로 인식된다("自動車의 작은등불을믿는 忠實한 幸福을 배우고싶다."). 왜냐하면 그것은 감상성에서 자유로운 존재이기 때문이다.

이와 유사한 초자아적인 지성의 시선은 「기차」에서도 찾아볼 수 있다. 「기차」[46]에는 김기림의 감상성 혐오증과 시인으로서의 자의식이 선

---

46) 「汽車」,『원본 김기림 시전집』, 81-82쪽(『태양의 풍속』, 21-22쪽.).

명하게 드러난다. 화자는 바다를 바라보며 낭만적인 감상에 젖어든다. 기차의 기적 소리가 비웃듯이 낭만적인 감상을 깨뜨리자 그는 금방 화가 난다. 화자는 감정이 기복이 심한 '감상적인 시인'이다. 시적 주체는 감상에 지배당하는 자아를 성찰하면서 감상성에서 자유로운 기차를 동경한다.("나도 그놈처럼 검은 조끼를 입을가 보다하고 생각해본다.")

「화물자동차」와 「기차」는 김기림이 '감상에 이끌리는 감상적 자아'를 검열하는 자기 초월적 자아의 시선을 지향하였음을 잘 보여준다. "화물자동차"와 "기차"는 지성-과학의 산물이면서 감상성에서 자유로운 존재이다. 이러한 시들은 감상에 이끌리면서도 감상에서 자유로운 시를 쓰고자 고투하는 김기림의 내면을 잘 보여준다.

「감상풍경」은 다른 차원에서 '감상(感傷)'과 투쟁하려는 시적 주체의 의지를 보여준다.

> (전략)소들이 마을쪽으로 머리를돌리고/ 음메 - 음메 - 우든저녁에/ 너는 나물캐든 바구니를 옆에끼고서/ 푸른보리밭 사이 오솔길을 배아미처럼 걸어오더라.// 汽車소리가 죽어버린뒤의 검은들위에서/ 오늘/ 나는 삐죽한 광이 끝으로 두터운안개빨을 함부로 찢어준다./ 이윽고 힌배아미처럼 寂寞하게 나는 돌아갈게다.
>
> -「感傷風景」, 『원본 김기림 시전집』, 115쪽(『태양의 풍속』, 55쪽).

김기림은 정지용의 「향수」가 보여주는 전통적인 전원의 풍경과 달리 문명이 침투한 전원을 보여준다. "소들이 마을쪽으로 머리를돌리고 음메 - 음메 - 우든저녁"은 「향수」와 유사한 이미지이지만, "기차소리"가 개입되면서 「향수」류의 '감상풍경'은 깨어진다. "나는 삐죽한 광이 끝으로 두터운안개빨을 함부로 찢어준다."는 감상에 저항하는 김기림의 의지를 선명하게 보여준다. 이 시 또한 감상적 자아에 저항하는 초자아적 시선을 노출하고 있다.

「태양의 풍속」, 「噴水」, 「房」 등의 시편에서 "병실", "방", "지하실" 등은 "시대의식"의 차원에서는 1920년대 시의 '밀실' 이미지의 연장선에 놓인다. 그러나 다른 한편으로는 김기림의 고백에 비추어본다면 개인적인 차원에서 어두운 방안에서 홀로 시를 쓰는 자아의 감상주의를 표상한다 하겠다. 이러한 시들에서 '밀실'-'광장', '어둠'-'빛(태양)'의 이항대립적 구조가 선명하게 드러난다. '밀실'과 '어둠'이 감상주의를 의미한다면, '광장'과 '빛(태양)'은 감상을 극복한 지성과 과학의 세계를 의미한다 하겠다.

> (전략)太陽아/ 너는 나의가슴속 작은宇宙의 湖水와 山과 푸른잔디밭과 흰 防川에서 不潔한 간밤의서리를 핥어버려라. 나의시내물을 쓰다듬어주며 나의바다의 搖籃을 흔들어주어라. 너는 나의 病室을 魚族들의 아침을 다리고 유쾌한손님처럼 찾어오너라.// 太陽보다도 이쁘지못한 詩. 太陽일수가없는 설어운나의詩를 어두운病室에 켜놓고 太陽아 네가오기를 나는 이밤을새여가며 기다린다.
>
> -「태양의 풍속」, 『원본 김기림 시전집』, 79쪽(『태양의 풍속』, 19쪽).

시적 주체는 "어두운 병실"에서 탄생한 자신의 시를 "설어운 나의 시", "이쁘지 못한 시"로 규정한다. 주체는 스스로가 감상주의에 함몰되어 있음을 통찰하면서, "태양"이 떠서 "가슴 속 작은 우주"와 "어두운 병실"을 밝게 비추어주기를 고대한다.

그렇다면 "어두운 병실"-어둠의 풍속과 대조되는 "태양의 풍속"은 무엇인가. 그것은 감상을 배제한 세계가 아니라 싱싱한 "어족"[47]이 표상하는 '건강한 감상'의 세계이고 "병실"이 표상하는 감상적 내면과 대조되는 광장-외부의 세계이다. "태양"은 감상에 사로잡힌 자아를 굽어보는 초자아적 시선을 함축하면서 한편으로는 외부 세계를 투명한 지성과 건강한 감상으로 바라보는 지적인 시선이라 하겠다.

「태양의 풍속」과 유사하게 「분수」[48]도 지성과 감상 사이의 갈등과 고민을 반영하고 있다. "지난 밤"의 "어둠 속"과 "나의 가슴의 무덤 속", "병실" 등은 1920년대 낭만주의의 '밀실' 이미지의 연장선에 놓이면서 동시에 감상주의에 사로잡힌 자아를 표상한다. 반면, "칠흑의 비로-도 휘장을 분주하게 걷워간" "태양의 무수한 손"은 초자아적인 지성의 시선을 암시한다. 초자아의 시선은 자아를 에워싼 감상주의의 베일을 걷어내고 그를 태양-광장의 세계로 이끌어 낸다. 시적 주체는 감상적 '내면'에서 벗어나 "햇볕의 분수"가 쏟아져 내리는 광장-'외부'의 세계로 나아가고자 한다. 그가 묘사하는 광장-외부의 세계는 밝고 건강한 세계이다. "햇볕의 분수에 목욕하는 (어린 마돈나) 수선화", "표범"과 "독수리"는 「태양의 풍속」의 "어족"와 유사하게 그러한 건강한 세계를 표상한다[49].

「태양의 풍속」과 「분수」의 "병실"은 「방」[50]에서 "방"과 "지하실"로 변주된다. "술취한 윤선과 같이 흔들리우고" 있는 "겁 많은 방", "떨리는 웃

---

47) 다양한 의미를 지니기는 하지만, 김기림의 여러 시편에서 "어족"은 건강함-지성의 세계를 표상한다.

48) 「噴水」, 『원본 김기림 시전집』, 154-155쪽(『태양의 풍속』, 94-95쪽).

49) 이러한 이미지는 어둠-감상-내면(자폐)에 해당하는 "죽지가 부러진 希望의 屍體"의 이미지와 대조를 이룬다.

50) 「房」, 『원본 김기림 시전집』, 97-98쪽(『태양의 풍속』, 37-38쪽).

음소리 잔과 잔이 마조치는 참담한 소리……"로 채워진 "지하실"은 퇴폐적 감상주의를 표상한다. 초자아적 시선은 그러한 감상주의에 이끌리는 자아의 내면을 "절망"으로 규정한다. 초자아적 시선은 그러한 어두운 내면에서 벗어나 "새날"의 광장으로 나아가고자 한다.

이처럼 김기림 초기시에는 감상주의로 끌리는 자폐적 자아를 반성하고 견제하는 초자아적 시선이 빈번하게 나타난다. 초자아적 시선은 감상-내면을 견제하면서 광장-외부의 밝고 건강한 세계를 지향한다. 초기시에서 '밀실' 계열의 이미지들이 자폐적 자아와 감상성을 표상한다면, '태양'은 초자아적 시선과 지성의 세계를 표상한다. 이 장에서 검토한 시들은 김기림이 감상에 이끌리는 감상적(자폐적) 자아를 조망하는 초월적 시선을 욕망하였음을 보여준다. 김기림은 초자아적 시선으로 감상적 자아를 '극복하고자 노력하면서' 감상에서 자유로운 시를 모색하였다.

여기서 주목할 점은 당대의 평자들이 이미 적절하게 지적하였듯이 김기림 시가 감상성을 극복한 것이 아니라 오히려 감상성에서 출발한다는 점이다. 김기림은 자기 내면의 '감상적 자아'를 조명하면서 시의 감상적 속성을 간파했다 하겠다. 김기림의 시는 초자아적 관점에서 '감상적 자아'와 '이성적 자아'의 고투를 담아냈다고 할 수 있다. 그것은 김기림 시론의 반감상주의가 맹목적이거나 관념적인 차원의 것이 아니라 심각한 자기 고민을 수반한 것임을 말해준다. 감상적 자아와 이성적 자아를 관조하는 초자아적 시선은 일종의 메타시적인 성격을 함축한다는 점에서 의미심장하다.

5. 결론

김기림에 대한 가장 대표적인 선입견 중의 하나가 '형식 논리적 절충주의자'이다. 본고는 그것이 '본질'이 아니라 '한계'이며 피상적인 '현상'이라 파악하고, 그 이면에서 작동하는 보편주의와 초월적 시선에의 지향성을 고찰하였다. 선행 연구가 주로 '시론'과 '산문'에 편중된 것과 달리 본고는 초기시 텍스트에 반영된 초월적 시선의 욕망에 초점을 두었다. '세계 시민', '사회부 기자', '시인'의 시선의 관점에서 차례로 시적 주체가 지향하는 초월적 시선을 고찰하였다.

첫째, 김기림은 '세계 시민'으로서 국제 정세를 통찰하는 시선을 지향하였다. 제1차 세계 대전과 경제대공황을 거치면서 세계는 물론 조선의 지식인들에게도 '지구'라는 공동운명체에 대한 인식이 확산되었다. 김기림의 『태양의 풍속』과 『기상도』는 그러한 '지구-공동체의식'을 형상화하였다는 점, 나아가 근대 문명을 비판하면서 적극적으로 그 운명을 예견하고자 하였다는 점에서 시문학사적으로 중요한 의미를 지닌다.

둘째, '사회부 기자'로서 그는 세계적 보편성과 조선적 특수성을 조망하는 시선을 추구하였다. 김기림은 지구-공동체의 세계 시민임을 자임하면서도, 한편으로는 식민지 조선이라는 민족의 특수한 현실을 간과하지 않았다. 그는 사회부 기자로서 식민주의에 짓눌린 민족의 열악한 현실을 날카롭게 포착하였다. 김기림은 세계 문명의 흐름에 발맞추고자 노력하면서도 민족의 특수한 현실을 외면하지 않았다. 그러한 점에서 김기림은 맹목적으로 유럽지향적인 코스모폴리타니즘이나 쇼비니즘으로부터 일정한 거리를 유지했다 하겠다. 김기림의 시는 탈민족주의적 민족의식을 내면화하였다는 점에서 의의를 지닌다.

셋째, '시인'으로서 김기림은 시창작 과정에서 작동하는 감상성과 지성의 역학을 꿰뚫어보는 초자아적인 시선을 추구하였다. 이는 자신의 시작 과정에 대한 성찰에 제한되는 것이 아니라 보편적인 시창작에 대한 고민을 포함하고 있다. 흔히 김기림은 감상성을 철저하게 부정한 시인으로 알려져 있다. 그러나 선행 연구에서 밝혀진 바와 같이 김기림 시론의 심층에는 '감상성'을 어느 정도 포용하고 있다. 본고는 기존에 주목되지 못한 시 텍스트를 대상으로 그의 '감상성' 인식을 살펴보았다. 김기림은 초자아적 시선으로 감상에서 자유롭지 못한 창작 주체를 성찰하면서, 주체가 감상에 매몰되는 것을 견제한다. 이러한 김기림의 상상력은 창작 주체의 감상적 자아와 이성적 자아에 대한 성찰을 담은 일종의 메타시로서의 의의를 지닌다.

이처럼 김기림 시에 함축된 초월적 시선은 세계와 조선의 구체적인 현실에 대한 인식, 그리고 창작 주체의 감상과 이성에 대한 치열한 고민을 통해 생성된 것이다. 보편주의를 향한 열정에도 불구하고 그의 문학에는 일정한 한계가 노정된다.

널리 알려졌듯이 김기림은 1920년대 국민문학파의 노력을 국수주의로, 1920년대 낭만주의를 센티멘털 로맨티시즘으로 단순화하여 비판한다. 그것은 그가 근대주의에 입각해 있기 때문이다. 초월적 시선을 지향하지만, 근대 · 이성 · 과학에 무게를 두어, 그 대척점에 놓인 국민문학파의 '조선혼'이나 '조선심'이나 상징주의(낭만주의)의 '심령'의 세계를 배척한 것은 명백한 한계로 지적할 수 있다. 초월적 시선을 통해 보편주의를 지향하였지만, 결과적으로는 전통주의-낭만주의(상징주의)의 축을 견제하고 모더니즘-사실주의에 치우쳐버린 것이다.

그러한 점을 고려한다면 김기림이 추구한 초월적 시선-보편주의의 욕망은 불가능한 꿈이었다. 그러나 그가 시론과 작품을 통해 그러한 불가능한 꿈을 꾸고 '보편을 향한 전진'을 진정성 있게 실천하려고 하였다는 점은 높이 평가할 수 있다.

제2장

유치환 초기시의 노마디즘

김 옥 성

1. 서론

유치환은 생명의 시인[1], 허무주의 시인[2], 의지의 시인[3] 등으로 두루 알려져 있다. 그 외에도 그의 시에 나타난 '죽음', '무한', '절대', '숭고', '극한', '디아스포라' 등 다양한 주제가 다각적으로 논의되었다.[4] 한편으

---

1) 문덕수, 「생명의 의지-청마 유치환론」, 청마문학회 편, 『다시 읽는 유치환』, 시문학사, 2008(『현대문학』, 1957. 11-12. ; 『니힐리즘을 넘어서』, 시문학사, 2003) ; 오세영, 「생명파와 그 세계」, 『20세기 한국시 연구』, 새문사, 1989 ; 권영민, 「유치환과 생명의지」, 청마문학회 편, 앞의 책(『한국현대시사 연구』, 일지사, 1983).

2) 오세영, 「유치환에 있어서 허무와 의지」, 『한국시학연구』2, 한국시학회, 1999 ; 이재훈, 「유치환 시에 나타난 허무의식 연구」, 『한국문예비평연구』22, 한국현대문예비평학회, 2007.

3) 김용직, 「절대의지의 미학」, 청마문학회 편, 앞의 책(『현대시』, 1993.11.) ; 박철희, 「의지와 애련의 변증」, 청마문학회 편, 앞의 책(『한국근대시사연구』, 일조각, 2007).

4) 김종태, 「유치환 시에 나타난 죽음과 윤리의 문제」, 『한국언어문학』74, 한국언어문학회, 2010 ; 성은혜, 「유치환 시에서의 '죽음'의 의미와 인식 연구」, 『한국문학이론과비평』65, 한국문학이론과비평학회, 2014 ; 송기한, 「유치환 시에서의 무한의 의미 연구」, 『어문연구』60, 어문연구학회, 2009 ; 김윤정, 「유치환 시에서의 '절대'의 외연과 내포

로는 만주시편을 중심으로 친일적 성격에 대한 첨예한 비판이 제기되기도 하였다.[5] 명과 암이 다각적으로 조명된 것이다.

이처럼 여러 측면에서 이미 상당한 연구 성과가 축적되었지만 그의 방랑자적 면모는 간과되어 왔다. 그는 일제 강점기에 통영, 일본, 서울, 평양, 부산, 북만주 등으로 거주를 옮겨 다녔으며, 해방 이후에도 통영, 안의, 대구, 경주, 부산 등으로 이주하였다.[6] 그는 북만주에서만 거주지를 2~3회 옮기고 광활한 만주벌판의 동서남북을 답사한다. 그의 이러한 이동 성향에 대하여 문덕수는 "역마살", "방랑벽"이라 언급한다.[7]

유치환의 "방랑벽"은 전기적 사실뿐만 아니라 텍스트의 차원에서도 확인할 수 있다. 권영민은 "날개", "깃발", "바람" 등의 이미지로 전개되는 동적인 상상력을 조명하였다. 그는 유치환 시에서 "끊임없는 움직임과 떠돌아다님의 상태"로서 동적인 상상력이 형태적 상상력과 더불어

에 관한 고찰」, 『한국시학연구』26, 한국시학회, 2009 ; 이새봄, 「유치환 시에 나타난 수직적 상상력 연구 : 숭고의 의미를 중심으로」, 서울대 석사논문, 2004 ; 이연승, 「유치환 시의 숭고미 연구」, 『어문연구』76, 어문연구학회, 2013 ; 양은창, 「청마 시의 '극한'의 의미와 한계」, 『어문연구』64, 어문연구학회, 2010 ; 조은주, 「공동묘지로의 산책」, 『만주연구』18, 만주학회, 2014 ; 윤은경, 「유치환 시에 나타난 디아스포라적 의식과 혼종성」, 『비평문학』54, 한국비평문학회, 2014.

5) 박태일, 「청마 유치환의 북방시 연구 : 통영 출향과 만주국, 그리고 부왜시문」, 『어문학』98, 한국어문학회, 2007 ; 최현식, 「만주의 서정, 해방의 감각-유치환의 만주 시편 선택과 배치의 문화정치학」, 『민족 문학사연구』57, 민족 문학사학회, 2015 ; 김관웅, 「만주의 항일 영웅 조상지의 '수급'과 유치환의 시 「수」」, 『근대서지』12, 근대서지학회, 2015.

6) 송희복은 그의 이동 성향에 대해 다음과 같이 지적한다. "그는 생애에 걸쳐 여러 군데에 걸쳐 옮겨 살았다. 출생지인 거제에서부터 종생지인 부산에 이르기까지 많은 공간 이동을 한 것으로는 문인으로서 유례가 없을 정도이다." 송희복, 「유치환의 경주 시절과 시의 공간 감수성」, 『국제언어문학』33, 국제언어문학회, 2016, 66쪽.

7) 문덕수, 『청마 유치환 평전』, 시문학사, 2004, 112-117쪽.

두 축을 구성한다고 보았다.[8] 오양호는 "방랑 기질과 표박 내지 허무 의식이 『청마시초』로부터 『생명의 서』를 지배하는 사상"이라고 보고, 방랑과 표박의 원인을 일제 강점기라는 "민족의 비극적 현실"(181쪽)으로 규정한다.[9]

전기적인 차원에서나 텍스트적인 차원에서 이동 성향은 피상적으로 언급되어 왔으나 심층적으로 논의되지는 못했다. 본고는 그의 방랑벽이 피상적인 수준에 그치는 것이 아니라 문학적 정신과 직결되는 심층적인 것이라고 본다. 유치환 문학에 나타난 문학적 정신으로서 '방랑벽'은 '고정된 것'을 거부하고 '다른 것', '새로운 것'을 탐색하는 모험의 정신으로 이해할 수 있다. 유치환은 다양한 산문에서 기성 종교의 신 관념을 비판하고 자신만의 신 관념을 수립하려 한다. 즉, '다른 신', '새로운 신' 관념을 탐색한다.[10] 그러한 신 관념을 토대로 자신만의 인간론과 자아 정체성을 정립하고자 하는 노력도 보여준다. 기성의 신이나 인간에 대한 고정 관념을 비판적으로 검토하면서 그로부터 벗어난 자신만의 관념을 모색하는 것이다. 이는 관념적 영역에서의 '방랑'이라 할 수 있다.[11]

---

8) 권영민, 앞의 논문.

9) 오양호, 「청마시와 북만공간」, 청마문학회 편, 앞의 책(『한국문학과 간도』, 문예출판사, 1988).

10) 「구원에의 모색」, 「인간의 우울과 희망」, 「신의 자세」, 「회오의 신」, 「신의 존재와 인간의 위치」, 「신의 영역과 인간의 부분」, 「신과 천지와 인간과」, 「신의 실재와 인간의 인식」.

11) '다른 신'과 '다른 자아'를 모색하는 과정에서 다양한 모순들이 발생하기도 한다. 그러한 모순은 시작품에서도 종종 나타난다. 선행 연구에서 지속적으로 그의 시에 나타난 모순에 대해 지적해 왔고, 시인 스스로도 모순에 대해 고백하기도 했다. 다음은 유치환의 고백이다. "여기서 한 가지 덧붙여 두고싶은 것은 나의 思惟하는데 있어 前後가 矛盾되는 점이 흔히 없지가 않은데 예를 들면 神의 存在를 생각하는데도 어디서는 汎神的이었던가 하면 또 어떤 데서는 唯一神的이기도 한 것이다. 그런데 이러한 점은 내가 哲學者도 아니요 宗敎家도 아니요 어디까지나 느낌을 바탕으로 해서

이와 같이 유치환의 생애와 문학 등 다양한 면에서 확인되는 '방랑벽'은 문학적 정신에 가까운 것이다. 본고는 고정된 영역을 거부하고 끊임없이 다른 것, 새로운 것을 모색하는 그의 문학적 정신을 노마디즘으로 규정한다. 노마디즘은 다양한 의미로 사용되지만[12], 본고는 '구속과 체제, 고정된 상태로부터 탈주하여 자유로운 상태를 지향하는 정신'으로 규정한다.[13] 세부적으로 구분하자면 첫째는 공간적으로 특정한 장소에

直觀하고 思惟하므로서 不得已 結果되는 것이니 諒解있기를 바란다."
-「後記」, 『동방의 느티』, 신구문화사, 1959(『청마 유치환 전집』3, 123-124쪽).

12) 노마디즘은 매우 넓은 스펙트럼을 지니지만 다음 몇 가지가 대표적인 예이다. 첫째, 2000년대의 상업 광고를 통해 널리 알려진 개념으로 디지털 매체를 활용한 이동성에 중심을 둔 디지털 노마디즘. 1970년대 초에 마샬 맥루한이 디지털 노마드의 탄생을 최초로 예견하였다. 둘째, 정주민과 대조되는 유목민의 세계관과 삶의 방식으로서 상업적 노마디즘. 자크 아탈리는 인류의 장구한 역사 속에서 정주성은 잠시일 뿐이며 유목성이 중심을 이룬다고 본다. 그는 유목민의 입장에서 인류의 역사를 재조명하며 상업적 노마디즘을 논의한다. 셋째, 자아 성찰의 차원에서 자유로운 주체성을 강조하는 철학적 노마디즘. 들뢰즈 · 가타리의 철학적 노마디즘은 정착적이고 고정적인 삶의 방식과 대조되는 유동적이고 창조적인 삶의 방식이다. 그리고 기존 체제에 대한 저항의 색채를 띠며 창조와 생성을 강조하는 사유 방식이다. 넷째, 사회적 이동성으로서 방랑에 착목한 사회학적 노마디즘. 마페졸리는 모더니즘 사회와 대조되는 포스트모던 사회의 특성으로 노마디즘을 논구한다. 마페졸리가 제시한 노마디즘의 핵심은 '방랑 현상'이다. 그것은 포스트모던 사회의 '정체성 약화, 자율적인 개인의 강화, 제도의 약화, 거대 대중적 이데올로기의 약화, 개인적 방랑'(미셸 마페졸리, 『노마디즘』 268쪽) 등의 특징을 표상하는 메타포이다.
노마디즘의 다양한 양상에 대해서는 다음 참고. 김세희, 「한국 현대미술의 노마디즘에 대한 연구」, 서울대학교 석사논문, 2003 ; 김현, 「현대미술의 노마디즘적 경향과 이동성의 문제」, 홍익대학교 석사논문, 2008 ; 양순영, 「노마디즘으로 본 시각예술 연구」, 강원대학교 박사논문, 2011 ; 장윤수, 『노마디즘과 코리안디아스포라 문학』, 북코리아, 2011 ; 조윤경, 『새로운 문화 새로운 상상력』, 이화여대출판부, 2006 ; 미셸 마페졸리, 최원기 · 최항섭 역, 『노마디즘』, 일신사, 2008 ; 자크 아탈리, 이효숙 역, 『호모 노마드 유목하는 인간』, 웅진닷컴, 2005 ; 질 들뢰즈 · 펠릭스 가타리, 『천개의 고원』, 새물결, 2001 ; 최항섭, 「노마디즘의 이해」, 『사회와 이론』12, 한국이론사회학회, 2008.

13) 최항섭은 노마디즘 개념의 난맥상을 지적하고 마페졸리와 들뢰즈의 논의를 비교하

얽매이지 않고 자유롭게 이동하는 정신이다. 둘째는 정신적인 차원에서 고정된 관념에 얽매이지 않고 다른 관념, 다른 자아를 모색하는 정신이다.[14] 이러한 노마디즘은 탈근대적 속성을 지닌다. 따라서 본고는 근대적 공동체나 개인-자아와 변별되는 노마디즘적 공동체와 개인-자아의 이미지에 초점을 맞추어 논의를 전개하고자 한다.[15]

본고는 초기시를 대상으로 노마디즘적 사유와 상상을 조명한다.[16] 2장에서는 초기시에 미만한 방랑 충동과 방랑자로서의 정체성을 살피고

면서, 노마디즘의 본질적 특성을 밝힌다. 그는 본질적인 의미의 노마디즘을 다음과 같이 정의한다.

"노마디즘은 고정됨에서의 해방으로 이해된다. 즉 고정된 자아에 머물러 있지 않고 끊임없이 새로운 자아를 찾아나서는 것이다". "노마디즘을 쉽게 풀이하자면 그것이 장소이든, 사람이든, 생각이든 어떤 것에 고정되어 있지 않고 자유롭게 이동하는 상태를 의미한다." 최항섭, 앞의 논문, 163-164쪽.

14) 본고의 노마디즘은 물리적인 이동성과 정신적인 이동성을 모두 포함한다. 이와 관련하여 최항섭의 논의를 참고할 수 있다. 최항섭에 의하면 "마페졸리의 노마디즘은 물리적 공간에서의 자유로운 이동이 핵심"인 반면, 들뢰즈 노마디즘의 특성은 "물리적 공간에서의 이동 여부를 떠나 '앉아서 하는 노마디즘'도 얼마든지 가능하다"는 입장으로 "사유 체계에서의 이동 상태"를 강조한다. 위의 논문, 189-190쪽.

15) 노마디즘을 현대시와 연결한 논의로는 마페졸리의 견해가 있다. 마페졸리는 "여행하는 시인의 형상"을 전형적인 노마드적 주체의 모델로 제시한다. 구체적으로 보들레르, 횔더린, 릴케 등을 노마디즘의 예로 제시한다. 미셸 마페졸리, 앞의 책, 참고. 이러한 시인들은 근대 세계 외부에서 '다른 것'을 찾아 방랑하는 노마드적 주체들이라 할 수 있다. 이러한 논의를 참고하여 본고는 유치환 초기시에 나타난 노마디즘적 상상력의 양상과 의의를 고찰한다.

16) 본고에서 초기시는 해방 이전 작품으로 『청마시초』와 『생명의 서』에 해당하는 텍스트를 의미한다. 본고가 초기시에 주목하는 이유는 다음과 같다. 첫째, 미학적 완성도가 높다. 해방 이후는 다작으로 인하여 긴장이 풀어진 작품이나 완성도가 떨어지는 작품이 많다. 이에 비해 초기시는 형식적 내용적인 면에서 가장 완성도가 높다. 유치환의 대표작으로 알려진 많은 작품이 이 시기에 속한다. 둘째, 지속적으로 쟁점이 된 만주시편의 심층적인 토대를 가늠할 수 있다. 만주 시편은 독자적인 면모도 있지만 초기시 전체의 문맥에서 연속성을 지닌다. 만주시편은 노마디즘적 상상력에서 중요한 의미를 지닌다.

나아가 근대적 공동체와 변별되는 노마디즘적 공동체 의식의 특징을 논구한다. 3장에서는 "증오", "원수"의 의미와 '다른 자아'의 이미지를 고찰한다. 여기에서는 '다른 자아'의 모색 과정에서 기성 공동체로부터 '자아'를 분리시키는 동력을 "증오", "원수"의 이미지를 중심으로 살피고 나아가 '다른 자아'의 양상을 고찰한다. 끝으로 4장에서는 초기시의 노마디즘이 갖는 의의와 한계를 조명한다. 이러한 과정을 통해 궁극적으로는 협력이나 저항의 이분법적 논리로 환원되기 어려운 유치환 초기시 고유의 상상력을 구명한다.[17]

2. '다른 곳'에 대한 동경과 방랑자의 공동체

유치환 초기시에서 가장 두드러진 이미지 중 하나가 '방랑자'이다. 이 장에서는 방랑자로서의 정체성과 방랑자의 공동체 의식을 고찰한다. 노마드적 주체로서 방랑자는 정주민과 달리 '정착'이 아니라 '방랑' 자체를 삶의 목적으로 한다. 노마드적 주체는 '방랑'을 통해 고정된 세계에서 벗어나 타자와 접속하면서 다원성을 경험하고 자유로운 상태에 이르게 된다.[18]

---

17) 유치환 삶과 시의 방랑성은 주로 만주시기를 대상으로 피상적으로 언급되었다. 본고는 그 이전까지 거슬러 올라가 방랑성이 유치환 초기시 전반에 관류한다고 본다. 만주시편에 관하여는 친일적 성격에 관한 일련의 날카로운 논의들이 제기되었다. 유치환 시 일부에 나타난 친일적 성격은 부인하기 어려운 사실이다. 그러나 본고는 친일이나 반일, 협력과 저항의 이분법적 논리에서 벗어나기 위한 시도의 일환으로 노마디즘이라는 코드를 활용하여 초기시 고유의 상상력의 한 면에 접근하고자 한다.

18) 최항섭, 앞의 논문, 176-177쪽.

'방랑'은 기성 공동체로부터의 분리에서 출발하기 때문에 고독을 수반하게 된다. 그러나 노마드적 주체에게 고독은 고립이 아니다. 왜냐하면 고독을 통해 본래적 자아와 대면할 수 있고 타자의 본질과 교감할 수 있기 때문이다. 그러한 점에서 방랑자의 고독은 사회학적인 것이다.[19] 방랑하는 주체는 '다른 공동체'를 경험하게 되는데, 그것은 민족, 국가, 지역 공동체 등과 같은 근대적 개념의 기성 공동체와는 변별되는 탈근대적인 것이다. 방랑하는 주체의 공동체는 만남과 헤어짐 사이에 순간적으로 형성되는 '일시적인 공동체', '경계가 점선으로 이루어진 공동체(communauté en pointillé)[20]'이다.

유치환 초기시의 방랑자적 정체성이나 공동체 의식이 노마디즘이라는 탈근대 담론으로 고스란히 환원되는 것은 아니다. 양자 사이에는 여러 면에서 차이가 노정되어 있다. 하지만 상당한 부분이 겹친다고 판단하여, 본고는 이러한 논의들을 토대로 초기시의 방랑자 의식과 공동체 의식의 특성을 검토하고자 한다.

우선적으로 살펴볼 것은 초기시에서 가장 두드러진 주제 중의 하나인 방랑 충동이다. 대표작 「旗빨」과 같은 작품에는 '다른 곳(ailleurs)'을 향한 방랑 충동이 선명하게 드러난다.

---

19) 미셸 마페졸리, 앞의 책, 87-88쪽 참고.

20) 마페졸리는 모호하고 일시적이고 감각적이고 감정적인 공동체의 예로 보들레르 시의 「지나가는 사람에게」에 나타난 산책자의 공동체 이미지를 제시한다. 이 시에서 주체는 스쳐가는 한 여인과의 교감을 통해 순간적인 연대 의식을 형성한다. 방랑자의 공동체는 순간적인 만남과 흩어짐 속에 잠시 출현했다 사라지는 다소 신비주의적인 공동체이다. 위의 책, 88-89쪽.
유치환 초기시에 나타나는 공동체 의식이 마페졸리의 공동체와 같다고 할 수는 없다. 양자는 여러면에서 차이가 있지만, 본고는 일시적이며 감정적인 방랑자의 공동체라는 점을 토대로 초기시의 독특한 공동체 의식을 검토한다.

(전략) 저 푸른 海原을 向하야 흔드는/ 永遠한 노스탤지어의 손수건.(후략)

-「旗빨」 부분,『청마시초』, 18-19쪽.

우르르면 滿滿한 寒天에 紙鳶 몇 개/ 나의 鄕愁는 또한 天心에도 있었노라.

-「紙鳶」 전문,『청마시초』, 63쪽.

「旗빨」에서 깃발은 '지금 여기'의 깃대에 발이 묶여있지만, "저 푸른 해원"이라는 '다른 곳'을 동경한다. "저 푸른 해원"을 향한 "노스탤지어"는「지연」에서는 "天心"을 향한 "향수"로 변주된다. 거의 유사한 상상력을 지닌 두 편의 시에서 "노스탤지어", "향수"는 "영원한" 것이다. 그것은 '영원히' 달성될 수 없는 "향수"이다. 라캉 식의 표현으로는 주체는 도달할 수 없는 대상a를 욕망하고 있다. 이러한 도달할 수 없는 '다른 곳'에 대한 동경이 초기시의 방랑 충동의 원동력이다.[21]

초기시의 방랑 충동은 정주민으로서 '다른 곳'을 동경하는 것과는 다르다. 텍스트의 연속선상에서 보면 주체의 방랑 충동은 낭만적 아이러니에 의해 좌절되지 않는다. 다른 여러 시편들에서 주체는 '정주'의 영역을 벗어나 '방랑'의 영역으로 접어든다. 그리하여 '정주'가 아니라 '방랑'이 삶의 중심이라는 인식을 보여준다.

많은 시편들에서 주체는 방랑자로서의 정체성을 드러낸다. 「이별」,

---

21) 이러한 방랑 충동은「그리움」(『청마시초』),「소리개」(『청마시초』) 등에도 잘 드러난다. "旗빨" 이미지를 활용한「그리움」이「旗빨」과 유사하다면, 비상의 이미지를 제재로 하는「소리개」는「紙鳶」에 가깝다.

「백주의 정거장」, 「하일애상」 등에서 "정거장"은 방랑자 정체성을 환기하는 중요한 이미지이다. 주체는 정거장에 서서 방랑자로서의 자아 정체성을 확인한다.

飄然히 낡은 손가방 하나 들고/ 停車場 雜還 속에 나타나 얼쓸린다/ 누구에게도 잘 있게! 말 한 마디 남기지 않고//
새삼스레 離別에 지음하야/ 섭섭함과 슬픔을 느끼는 따위는/ 한갓 虛禮한 感想밖에 아니어늘/ (중략)//
나무에 닿는 바람의 因緣-/ 나는 바람처럼 또한/ 孤獨의 哀傷에 한 道를 가졌노라.
-「離別」 부분, 『청마시초』, 22-23쪽.

白晝는 陰影을 잃고 망연히 自失하고/ 멀건히 비인 廓寥한 停車場./ 가지가지 旅裝으로 어제밤 驛頭의 그 雜還은/ 希望에 지치인 數많은 人間의 旅愁의 幻花이었나니/ 보라/ 높다란 時計塔은 지금 헛되이 子午의 天邊을 가리치고/ 倉皇히 보따리를 들고 다름질하는 者---하나 없는 호-ㅁ에는/ 야윈 鐵柱만 느런히 지붕을 받들고 있어/ 아아 여기 한 가지못한 亡靈은 우두머니 남었나니/ 멀직히 默한 信號柱 섰는 곳/ 寂寥의 轢死한 하얀 옷자락이 널려 있고/ 어디서론지 호-ㅁ의 지붕우에 가마귀 한 마리/ 높이 앉어 스스로 제 발톱을 쪼고 있도다
-「白晝의 停車場」 전문, 『청마시초』, 120-121쪽.

피빛 맨드래미 피어 있는 閑가론 촌 停車場/ 벗나무 아쉬운 그늘 아랜/ 이 따가운 한낮의 쪼약볕은 避할 길 없나니/ 떠나지 못할 分身같은 깜안 影子를 앞세우고/ 오오 나는 어디메로 가려는고
-「夏日哀傷」부분, 『생명의 서』, 34-35쪽.

「백주의 정거장」에서 주체는 자신을 일상인들("잡환")과 차별화한다. 일상인들이 잠시 역사(驛舍)를 거쳤다가 일상으로 돌아가는 "잡환"("어제밤 驛頭의 그 雜還")이라면, 자신은 일상인들이 일터에서 일하는 대낮에 홀로 정거장에 서있는 방랑자("한 가지못한 亡靈")이다. 「하일애상」에서도 주체는 한낮의 정거장에 서서 방랑자로서 자아 정체성을 확인한다. 그는 목적지를 알지 못한다("오오 나는 어디메로 가려는고"). 이는 '방랑' 자체가 목적인 방랑자 정체성을 강조한다. 「이별」에서 방랑자 정체성은 스쳐가는 "바람"의 이미지로 변주되고 있다.

「이별」에서 방랑자 정체성은 고독의 형이상학에 대한 인식으로 이어진다("孤獨의 哀傷에 한 道를 가졌노라"). 앞서 언급했듯이 방랑자의 고독은 사회적인 성격을 갖는다. 주체가 고독을 매개로 타자와 관계를 맺는 방식은 「白晝의 停車場」에서 구체화되어 나타난다. 백주의 정거장에 홀로 남아 고독에 휩싸인 주체는 역사 지붕 위의 까마귀를 발견한다. 까마귀는 인간에게 환대 받지 못하는 새로서 타자적인 존재이다. 눈에 잘 띄지 않는 높은 곳에서 혼자 "스스로 제 발톱을 쪼고" 있는 행위는 까마귀의 타자성-외부성을 함축한다. 까마귀 또한 방랑자이다. 그러한 점에서 주체는 까마귀와 연대 의식을 느끼고 있다. 비록 인간과 인간의 공동체 의식은 아니지만 이러한 연대 의식은 방랑자 공동체의 성격을 잘 말해준다.[22)]

---

22) 유치환 초기시의 방랑은 상징주의 시인들의 '다른 곳'에 대한 열망과 겹친다. 보들레르나 랭보의 삶과 시에 충만한 방랑은 일상의 단조로운 표면에 묻힌 '다른 것'에 대한 발견으로 이어진다. 시인의 방랑은 고정된 자아를 버리고 새로운 자아를 찾는 과정이며, 경이로운 만남을 통해 타자와 교감하는 과정이다. 조윤경, 「현대 문화에 있어서 노마디즘과 이동성의 의미」, 『불어불문학연구』66, 한국불어불문학회, 2006, 345쪽 참고.

앞으로 살펴보겠지만 소수자-외부자로서 방랑하는 주체는 소수자-외부자로서의 타자들과 교감하며 연대 의식을 경험한다. 그리하여 순간적인 만남을 통해 '일시적인 공동체'를 경험하게 된다.

"까마귀"와 같은 타자적인 존재는 「동해안에서」, 「항구에와서」 등에서는 "거지"로 변주된다.

> 白日은 中天에 걸리어 나의 無聊에 連하고/茫茫한 潮水는 헛되이 干滿을 거듭하여 地表를 씻는 곳/ 여기는 나의 寂寥의 空洞/ (중략)/ 나는 호올로 이 無人한 白沙우에/ 乞人처럼 人生을 懶怠하노라
>
> -「東海岸에서」 부분, 『청마시초』, 30-31쪽.

> (전략) 그늘진 倉庫뒤 낮잠자는 젊은 거지옆에/ 나는 뉘도 기다리지 않고 앉었노라.
>
> -「港口에와서」 부분, 『청마시초』, 98쪽.

인용한 시편들에서 주체는 해안에서 유유자적하고 있다. 그는 생산과 노동의 세계 외부에서 배회하고 있는 것이다. 마페졸리는 벤야민의 산책자를 노마드적 주체로 해석한다.[23] 상업적 효율성과 생산 시스템이 정주민의 영역이라면, 그 외부를 떠도는 산책자의 유유자적한 세계는 노마드의 영역이라는 것이다. 산책자의 유유자적함은 상업적 효율성과 서두름에 대한 저항의 의미를 지닌다. 근대 문명의 주위를 배회하는 벤야민의 산책자와는 다르지만, 유치환 초기시의 주체는 정주민의 영역 외부에서 유유자적한다는 점에서는 유사한 면모를 보인다. 「東海岸에

23) 조윤경, 앞의 책, 131쪽.

서」에서 방랑하는 주체는 "걸인"과 동일시된다. 나아가 「港口에와서」에서 그는 "낮잠자는 젊은 거지옆에" 나란히 앉는다. 방랑하는 주체가 소수자-외부자로서 "거지"에 대하여 연대 의식을 드러내는 것이다.

이러한 연대 의식 속에는 방랑자의 공동체 의식이 내포되어 있다. 방랑자에게 '공동체'는 본질적인 것이 아니고 '방랑' 자체가 본질적인 것이다. 그렇기 때문에 그의 공동체는 순간적인 '만남'을 매개로 '일시적으로' 형성되고 '순간적으로' 사라지는 '모호한 공동체'이다.[24]

이러한 방랑자의 공동체 의식은 만주시편에서 보다 구체적인 양상으로 변주된다[25]. 초기시에서 만주는 정주를 위한 땅이 아니라 방랑자의 "객잔(客棧)"(「絶命地」, 『생명의 서』)이나 언제든지 떠나야만 하는 "부유하는 땅"[26]으로 인식된다.

> 胡ㅅ나라 胡同에서 보는 해는/ 어둡고 슬픈 무리(暈)를 쓰고/ 때 묻은 얼굴을 하고/ 옆대기에서 甛瓜를 바수어 먹는 니-야여/ 나는 한궈人이요/ 할아버지의 할아버지쩍 물려 받은/ 道袍 같은 슬픔을 나는 입었소/

---

24) "까마귀", "거지" 등을 단순한 동일화의 대상 혹은 객관적 상관물로 이해할 수도 있다. 그러나 다른 시편들, 특히 만주시편과의 연속성에서 본다면 연대 의식의 대상으로 충분히 이해 가능하다.

25) 만주시편에 대해 공동체의 문제를 제기한 논문으로는 조은주와 최현식 참고. 조은주는 「우크라이나 사원」을 "디아스포라의 공동체 재건의 문제"와 연결시키며 긍정적으로 평가한다(조은주, 앞의 논문, 128쪽). 반면 최현식은 만주시편의 소수자 연대의식을 "해방 후 건국의 열망과 그를 위한 자아-서사의 충동"이라는 맥락에서 비판적으로 해석한다(최현식, 앞의 논문, 267쪽, 294쪽). 이들의 논의는 각각 만주 체류 시기의 맥락과 해방 직후 문화정치학의 관점에서 접근하고 있다. 본고는 『청마시초』와 『생명의 서』의 연속성에 무게를 두고 초기시 전체의 고유한 상상력에 관심을 기울인다.

26) 마페졸리는 정착이 아니라 이동이 본질인 방랑자의 장소 인식을 "부유하는 땅"으로 규정한다. 미셸 마페졸리, 앞의 책, 93-129쪽.

벗으려도 벗을수 없는 슬픔이요/ ---나는 한궈人이요/ 가라면 어디라도 갈/ ---꺼우리팡스요

-「道袍」 전문, 『생명의 서』, 74-75쪽.

만주에서 주체는 "꺼우리팡스"[27]라는 비하 호칭으로 스스로의 정체성을 설정한다. 이는 조선에서 "까마귀", "거지"와 같은 소수자-외부자와 자신을 동일시하는 맥락에 맞닿아 있다. 그러나 그러한 정체성을 자기 비하로 보기는 어렵다. 오히려 주체는 "가라면 어디라도 갈" 자유로운 존재임을 부각시키면서 노마드적 주체로서 일종의 자부심을 드러낸다고 볼 수 있다. 이 시는 만주에서의 소수자-외부자로서 방랑자의 정체성을 선명하게 보여준다.

이러한 만주에서의 방랑자 정체성은 「나는 믿어 좋으랴」, 「우크라이나寺院」 등에서 노마드적인 공동체 의식으로 이어진다.

인사를 청하면/ 검정 胡服에 당딸막이 빨간 가네야마/ 핫바지 저고리에 꿀먹은 생불은 가네다/ 당꼬바지 납짝코 가재 수염은 마쓰하라/ 팔대장선 강대뼈는 구니모도/ 방울눈이 친구는 오오가와/ 그밖에 제멋대로 눕고 앉고 엎드리고---// 샛자리 만주캉 돼지기름 끄으는 어둔 접시燈 밑에/ 잡담과 엽초 연기에 떠오를듯한 이 座中은/ 뉘가 애써 이곳 數千里 길 夷狄의 땅으로 끌어온게 아니라/ 제마다 정처 없는 流浪의 끝에/ 야윈 목숨의 雨露를 避할 땅뺌이를 듣고 찾아/ 北만주도 두메 이 老爺嶺 골짝까지 절로 모여든 것이어니/ 오랜 忍辱의 이 슬픈 四十代들은/ 父母도 故

---

27) "꺼우리팡스=高麗房子. 즉 조선사람을 천시하여 부르는 말" -「道袍」의 주석(『생명의 서』, 75쪽).

> 鄕도 모르는이/ (후략)
>
> -「나는 믿어 좋으랴」 부분, 『생명의 서』, 110-113쪽.

> (전략) 異國의 땅에 고이 바친 삶들이기에/ 十字架는 一齊이 西녘으로/ 꿈에도 못잊을 祖國을 향하여 눈감았나니//
>
> 아아 우크라이나 우크라이나/ 보리빛 먼 하늘이여!
>
> -「우크라이나寺院」 부분, 『생명의 서』, 80-81쪽.

「나는 믿어 좋으랴」에서 만주의 조선인들은 한결같이 일본식 이름을 쓰고 있다. 그것은 식민지 조선인의 슬픈 현실을 간접적으로 드러낸다. 나아가 "오랜 인욕의 이 슬픈 사십대들", "부모도 고향도 모르는 이" 등은 이들이 소수자-외부자임을 강조한다. "北만주도 두메 이 老爺嶺 골짝"에 모여든 조선인들의 공동체는 일면 민족의식을 강하게 내포한 것으로 해석할 수도 있다. 그러나 민족의식은 해방 이후에 재구성되었을 가능성이 크다.[28] 본고는 다른 시편들과의 연속선상에서 볼 때 이 시에 나타난 공동체는 민족의 공동체보다는 방랑자-소수자-외부자들의 공동체에 가깝다고 판단한다. 이는 「우크라이나寺院」이 방증해준다.

「우크라이나 사원」에서 주체는 "우크라이나 사원"을 매개로 이국의 땅에서 희생당한 소수민족 우크라이나인들에 대한 공감을 드러낸다[29]. 이는 주체가 단지 조선인뿐만 아니라 만주의 다양한 소수 민족에게까

---

28) 최현식은 해방 후 간행된 『생명의 서』의 만주시편에 대해 "일제 말 만주국에서의 시국협력을 은폐하기 위한 자기 구원의 미적 전략"으로 평가한다. 최현식, 앞의 논문 참고.

29) 이 시에 대한 선행 연구로는 다음 참고. 조은주, 앞의 논문, 121-129쪽 ; 윤은경, 앞의 논문, 260-261쪽.

지 공동체 의식을 확장하고 있다는 것을 말해준다. 「나는 믿어 좋으랴」에서 소수자-외부자로서 조선인들과 일시적인 공동체를 경험했다면, 「우크라이나 사원」에서는 소수자-외부자로서 우크라이나인과 일시적인 공동체를 경험하고 있는 것이다. 즉, 주체가 경험하는 공동체 의식은 우연한 만남에 의하여 순간적으로 경험되는 소수자-외부자들의 공동체이다.[30] 그것은 근대적 공동체와 같이 경계가 명확한 것이 아니라 모호하다. 근대적 공동체론의 관점에서 본다면 과연 그것이 공동체인가 하는 의문이 제기될 수도 있다.

『청마시초』와 비교해보면, 『생명의 서』에 수록된 만주시편에는 민족의식의 색채가 진하다. 표면적으로 만주시편의 공동체 의식을 민족의식의 차원에서 해석할 수 있다. 그러나 본고는 『청마시초』와의 연장선에서 만주시편의 공동체 의식의 '본질'은 민족의식이 아니라 방랑자 의식이라고 본다. "나는 한궈人이요/ 가라면 어디라도 갈/ ---꺼우리팡스요"에서 "한궈人"에 무게 중심을 두면 민족의식이 두드러져 보이지만, 한편으로 "가라면 어디라도 갈"에 초점을 두면 '방랑자 의식'이 부각된다. 이미 알려졌듯이 해방 이후에 간행된 『생명의 서』의 민족의식은 재구성되었을 가능성이 있다. 그러한 점들을 고려했을 때 초기시의 공동체 의식의 핵심은 '민족'보다는 '방랑'이다.

초기의 여러 시편들에는 방랑 충동과 방랑자 의식이 충만하다. 주체는 방랑자로서 자아 정체성을 선명하게 보여준다. 소수자-외부자로서 방랑하는 주체는 소수자-외부자인 타자들과 연대 의식을 형성하며 일

---

30) 만주 시편에서 이러한 공동체 의식이나 연대 의식은 「道袍」("니-야"), 「哈爾濱 道裡公園」("슬라브") 등에서도 확인된다.

시적인 공동체를 경험한다. 이 시기 공동체는 민족의 공동체보다는 방랑자의 공동체에 가깝다. 주체는 '정주'나 '공동체'보다는 '방랑'에 무게를 두고 있다. 방랑자의 공동체는 근대적 공동체가 추구하는 전체주의적 속성이나 지속성보다는 개인주의적 속성과 순간성을 더 중시한다. 그것은 개인주의적-코스모폴리탄적-탈근대적 성격을 지닌다.

3. "원수"에 대한 "증오"와 '다른 자아'의 모색

초기시에서 "원수"에 대한 "증오"는 '다른 곳'에 대한 동경과 맞물린 중요한 요소이다. 많은 시편들에서 "증오"는 "원수"라는 시어와 맞물려 주체의 적대감을 함축한다. "원수"는 여러 시편들에서 모호하게 사용되고 있는데 주체를 에워싸고 있는 일상 세계라는 포괄적인 의미로 해석할 수 있다. 주체에게 일상 세계는 자아를 "아늑한 거리"(「내 너를 내세우노니」)에 안주하게 하거나 쉽게 '애련에 물 드는'(「원수」, 「바위」) 나약한 존재에 머물게 하는 고정된 세계이다. 다시 말해 일상 세계는 안정적이지만 자아를 나태하게 하는 고정된 세계라는 양가적인 영역인 것이다. 일상 세계는 안정성을 제공해주지만 자아를 매몰시켜 주체성과 창조성을 박탈하는 속성을 지닌다.[31)]

주체는 이러한 일상 세계를 "원수"로 설정하고, 그에 대한 "증오"를

---

31) 본고의 '일상 세계'는 하이데거와 르페브르의 '일상성' 개념을 염두에 둔 것이다. 이들은 일상성의 양면성을 지적한다. 조형국, 「M.하이데거 : 일상의 발견」, 『하이데거연구』15, 한국하이데거학회, 2007. 4 ; 앙리 르페브르, 박정자 역, 『현대 세계의 일상성』, 주류 · 일념, 1995.

'방랑'의 동력으로 활용한다.[32] 주체는 "원수"를 "증오"하면서 일상 세계로부터 스스로를 분리시켜 '방랑'에 나선다. 초기시의 '방랑'은 자아 정체성 탐색의 의미를 지닌다. 일상 세계는 자아를 매몰시키며 자아 정체성을 은폐하는 속성을 지닌다. 노마드적 주체는 그러한 일상 세계의 포획력으로부터 탈주하고자 끊임없이 '다른 자아'를 탐색한다.[33]

이 장에서는 방랑의 동력으로서 원수에 대한 증오와 노마드적 주체의 표상으로서 다양한 자아 정체성의 모색 양상을 구체적으로 살펴보고자 한다.

> (전략) 그들은 모다 뚜쟁이처럼 眞實을 사랑하지 않고/ 내 또한 그 거기에 살어/ 汚辱을 팔어 吝嗇의 돈을 버리하려거늘/ 아아 내 어디메 이 卑陋한 人生을 戮屍하료.//

---

32) 유치환 초기시의 "증오"와 "원수"에 함축된 적대감은 들뢰즈의 노마디즘 관점에서 접근할 때 윤곽이 뚜렷해진다. 이는 노마드적 주체의 '고정된 것들과의 싸움'으로 이해할 수 있다. 최항섭은 이를 다음과 같이 설명한다. "고정된 상태에서 벗어나려면 어떻게 해야 하는가? 그것은 고정된 것들과의 싸움을 통해서만 가능하다. 이때 등장하는 들뢰즈의 개념이 바로 전쟁기계(machine de guerre)이다. 물론 여기서 전쟁은 무기를 들고 충돌하는 전쟁을 의미하는 것이 아니다. 그것은 새로운 것을 창조하기 위한 고정된 것들과의 전투를 의미한다. 또한 기계 역시 물리적 기계가 아니라 변화하지 않고 지속되는 것으로부터의 '절단'을 가능하게 해주는 모든 것을 의미한다. 그렇기에 전쟁기계는 새로운 것으로의 영원한 여정을 의미하는 노마디즘을 가능하게 해주는 원동력을 생성한다." 최항섭, 앞의 논문, 175-176쪽.

33) 최항섭은 들뢰즈의 노마디즘을 다음과 같이 정의한다. "노마디즘은 한마디로 고정된 자아의식을 부정하고 또 다른 자아로 나아가는 역동성을 의미한다. 즉 노마디즘은 복수적 존재가 되기를 원하는 욕망과 밀접히 연관이 된다. 인간의 삶은 항상 살아있는 것이 아니다. 삶은 죽어 있을 수도 있는데, 그것은 존재가 항상 현재의 그 상태로 고정되어 있을 때이다. 이러한 상태를 극복하고 새로운 자아, 새로운 정체성을 끊임없이 탐색해야만 그의 삶이 부활한다. 노마드는 '복수로 존재하는 자아'를 의미한다." 최항섭, 위의 논문, 173-174쪽.

憎惡하야 해도 나오지 않고/ 날새마자 叱咤하듯 치웁고 흐리건만/ 그 거리에는 다시 돌아가지 않으려 노니/ 이대로 荒漠한 벌 끝에 襤褸히 얼어붙으려 노라.

-「가마귀의 노래」 부분, 『청마시초』, 123-125쪽.

그 倫落의거리를 지켜/ 먼 한천에 산은 홀로이 돌아앉아 있었도다// (중략)

눈 뜨자 거리는 저자를 이루어/ 사람들은 다투어 貪禁하기에 餘念 없고//

내 일찍이/ 호을로 슬프기를 두려하지 않았나니 (후략)

-「怒한 山」 부분, 『생명의 서』, 54-55쪽.

(전략) 너는 오늘도 時間에 일어/ 窓문을 자치고 生活을 開店하여 앉건만/ 이날 하로의 期待나 근심을/ 너는 얼마큼 正確히 計算할 수 있느뇨/ 이는 정하게 길든 日常의 習性!/ 오히려 박쥐보다 못한 存在임을 알라/ 보라 霖雨期의 이른 아침/ 飛燕의 긋는 날칸 認識의 彈道를/ 차거운 意欲의 꽃 팔매를

-「飛燕의 抒情」부분, 『생명의 서』, 94-95쪽.

인용한 세 편에는 주체가 증오하는 일상 세계의 속성이 잘 드러난다. 그것은 「가마귀의 노래」에서 사람들이 "진실을 사랑하지 않고", "오욕을 팔어 인색의 돈"을 축적하는 곳이며, 「노한 산」에서 "윤락의 거리", "다투어 탐금"하는 곳이다. 「비연의 서정」에서는 정해진 시간에 시작하고 끝나는 "정하게 길든" 반복되는 일상이다. 그러한 "일상의 습성"에 매몰된 사람은 "박쥐보다 못한 존재"이다.

"저자"(「怒한 山」)라는 시어도 암시하듯이 주체의 일상 세계 비판은 근대 문명[34]/ 자본주의 비판[35]과 맞물린다. 주체는 "저자"의 삶을 "비루한 인생"으로 규정하고 증오나 경멸의 태도를 보인다. 그러한 적대감을 동력으로 주체는 일상 세계로부터 스스로를 분리시켜 방랑의 길에 나선다. 「비연의 서정」에서 하늘을 자유롭게 비상하고 계절에 따라 이동하는 제비는 일상 세계에 고정된 사람들과 변별되는 방랑자의 이미지이다. 「가마귀의 노래」에서 주체는 "저자"에서 떨어져 나와 "황량한 벌"을 방황하는 방랑자이다.

이처럼 주체는 "저자"로 표상되는 일상 세계를 거부하면서 방랑자의 삶을 선택한다. 앞장에서도 살펴보았듯이 초기시에서 이러한 '방랑자'는 가장 중요한 자아 정체성이다. 그러나 노마드적 주체는 고정된 자아 정체성에 머무르기를 거부한다. 그는 지속적으로 '다른' 자아 정체성을 모색한다. 그 과정에서 부상하는 중요한 자아의 이미지가 '원시적 자아'이다.[36]

초기시에서 일상 세계 외부는 "황량한 벌", "사막", "광야" 등과 같은 불모지대의 이미지로 나타난다. 초기시에서 공간적인 불모지대는 시간적으로는 원시 시대와 맞물린다. 즉, 불모지대로의 방랑은 원시 시대로의 시간 여행이라는 색채를 띤다. 따라서 원시주의의 양상을 보인다. 넓은 의미의 원시주의는 "원시의 상태 혹은 문명 이전의 상태로 되돌아가

34) "문명의 어지러운 강구" -「生命의 書 二章」.
35) "인색의 돈" -「가마귀의 노래」.
36) '원시적 자아'도 넓은 의미에서는 '방랑자'의 범주에 넣을 수 있지만, 변별되는 특징을 가지고 있다. 특히, '방랑자'가 본래적 자아로 인식된다면, '원시적 자아'는 주체가 지향하는 '이상적 자아'에 가깝다.

고 싶어 하는 문명인의 향수"[37]이다. 주체는 "원시 본연의 자태"를 '다른 자아'로 설정하고 원시의 강렬한 생명력에 대한 경험을 소망한다. 자명한 사실이지만 이러한 원시에 대한 동경은 근대 문명과 자본주의에 대한 비판과 겹친다. 초기시에서 원시주의가 선명하게 드러나는 작품이 「일월」, 「생명의 서 1장」, 「생명의 서 2장」, 「내 너를 내세우노니」 등이다.

나의 가는곳/ 어디나 白日이 없을소냐.// 머언 未開ㅅ적 遺風을 그대로/ 星辰과 더불어 잠자고// 비와 바람을 더부러 근심하고/ 나의 生命과/ 生命에 屬한것을 熱愛하되/ 삼가 哀憐에 빠지지 않음은/ --그는 恥辱임일레라.// 나의 원수와/ 원수에게 아첨하는 者에겐/ 가장 좋은 憎惡를 예비하였나니.// 마지막 우르른 太陽이/ 두 瞳孔에 해바래기처럼 박힌채로/ 내 여느 不義에 즘생처럼 무찔리(屠)기로// 오오 나의 세상의 거룩한 日月에/ 또한 무슨 悔恨인들 남길소냐.

-「일월」전문, 『청마시초』, 50-51쪽.

(전략) 그 烈烈한 孤獨 가운데/ 옷자락을 나부끼고 호올로 서면/ 運命처럼 반드시 '나'와 對面ㅎ게 될지니./ 하여 '나'란 나의 生命이란/ 그 原始의 本然한 姿態를 다시 배우지 못하거든/ 차라리 어느 沙丘에 悔恨 없는 白骨을 쪼이리라.

-「生命의 書 一章」 부분, 『생명의 서』, 52-53쪽.

(전략) 다음의 滿滿한 鬪志를 준비하여 섰나니/ 하여 어느때 悔恨 없

37) 마이클 벨, 김성곤 역, 『원시주의』, 서울대출판부, 1985, 1쪽.

는 나의 精悍한 피가/ 그 옛날 果敢한 種族의 野性을 본받아서/ 屍體로 엎드릴 나의 尺土를 새빨갛게 물들일지라도/ 오오 해바라기 같은 太陽이여/ 나의 좋은 원수와 大地 위에 더 한층 强烈히 빛날진저 !

-「生命의 書 二章」 부분, 『생명의 서』, 59-61쪽.

인용한 시들에서 자아는 안전한 문명 세계에서 벗어나 불모지대를 방랑하면서 원시적 자아의 생명력을 경험하고자 한다. 「일월」 에는 원시인처럼 "성신과 더불어 잠자고", "비와 바람을 더불어" 방랑하고자 하는 원시적 자아에 대한 동경이 형상화되어 있다. 「生命의 書 一章」 에는 "아라비아의 사막"이라는 불모의 자연과 대결하면서 "원시 본연"의 생명력을 경험하고자 한다. 「생명의 서 2」에서 주체는 자신의 혈연적 연대기를 거슬러 올라가 "알타이의 기맥(氣脈)"에 닿는다. 그는 알타이 산맥 원시림 속에서 불모의 자연과 "광막한 투쟁"을 벌이던 "미개ㅅ적" "털 깊은 나의 조상"의 삶을 상상한다. 주체는 "그 옛날 과감한 종족의 야성을 본받아서" 불모의 자연과 대결하고자 소망한다. 그는 문명 속의 자아를 거부하면서("내 오늘 인지의 축적한 문명의 어지러운 강구에 서건대"), 원시적 생명력을 경험하는 원시적 자아를 동경한다.

특이한 점은, 세 편의 시에서 공통적으로 주체는 원시적 자아의 "야성적 생명력"을 경험하기만 한다면, 불모지대에서 죽어가도 좋다는 생각을 내비친다.[38] 이와 달리 「내 너를 내세우노니」에서는 '정말 죽음이 두렵지 않는가?'라는 물음이 스스로에게 제기된다.

---

38) 이에 대해서는 4장에서 다시 논의된다.

(전략) 끝없는 迫害와 陰謀에 쫓기어/ 天體인양 萬年을 녹쓸은/ 崑崙山脈의 한 골짜구니에 까지 脫走하여 와서/ 드디어 獰惡한 韃靼의 隊商마저 여기서 버리고/ 호올로 人類를 떠나 짐승같이 彷徨ㅎ다가/ 마지막 어느 氷河의 河床 밑에 이르러/ 주림과 寒氣에 제 糞尿를 먹고서라도/ 너 오히려 그 모진 生命慾을 버리지 않겠느뇨/ (중략)/ 薄暮의 이 연고 없이 외롭고 情다운/ 아늑한 거리와 사람을 버리고/ 永劫의 주검!/ 눈 코 귀 입을 틀어 막는 鐵壁 같은 어둠속에/ 너 어떻게 호올로 종시 묻히어 있겠느뇨.

-「내 너를 내세우노니」 부분, 『생명의 서』, 56-58쪽.

이 시에는 "호올로 인류를 떠나" "만년을 녹쓸은 곤륜산맥"을 "짐승처럼 방황하는" 자아의 이미지가 형상화된다. 그 자아는 "주림과 한기에 제 분뇨를 먹고서라도" 생명을 보존하며 강인한 생명력을 시험한다. 그러한 원시적 생명력의 경험은 자칫 죽음에 이를 수 있는 위험한 것이다. 때문에 주체는 스스로에게 질문한다. 일상 세계의 안정성("아늑한 거리와 사람들")을 버리고 과연 죽음을 감수하면서 원시적 생명력을 경험할 용기가 있는가? 영원한 죽음의 상태("영겁의 주검!")를 감수할 준비가 되어있는가?[39] 즉, 원시적 자아의 이미지 앞에 '죽음'의 문제가 제기된 것이다.

이는 주체가 자아 개념을 고정시키지 않고 지속적으로 고민한다는 점을 선명하게 보여준다. 그는 「바위」에서 '죽음'의 공포를 넘어선 '또 다른' 자아의 이미지를 제시한다.

---

39) "눈 코 귀 입을 틀어 막는 鐵壁 같은 어둠속에/ 너 어떻게 호올로 종시 묻히어 있겠느뇨." -「내 너를 내세우노니」, 『생명의 서』, 122-123쪽.

내 죽으면 한개 바위가 되리라./ 아예 愛憐에 물들지 않고/ 喜怒에 움직이지 않고/ 비와 바람에 깎이는 대로/ 億年 非情의 緘默에/ 안으로 안으로만 채찍질 하여/ 드디어 生命도 忘却하고/ 흐르는 구름/ 머언 遠雷/ 꿈 꾸어도 노래하지 않고/ 두 쪽으로 깨뜨려져도/ 소리하지 않는 바위가 되리라.

-「바위」 전문, 『생명의 서』, 26-27쪽.

「바위」에서 "바위"는 사후의 '이상적인 자아'의 이미지이다. 그것은 아무런 감정도 없고 생명도 없는 것이다. 그러나 부정적인 것은 아니다. 왜냐하면 그것은 죽음을 초월한 '영원한 것'이기 때문이다. 주체는 사후의 자아를 바위와 동일시하면서 '영원성'을 획득하고 있다. '영원한 자연'으로서 "바위"와 동일시된 '이상적 자아'는 '죽어서 자연으로 환원된 자아'라 할 수 있다. 주체는 '영원한 자아'를 선취하면서 죽음에 대한 공포를 해소해 버린다. 노마드적 주체는 '영원한 자아'를 복수적 자아로 영토화한 것이다.

이 시에서 사후의 '영원한 자아' 이미지는 유치환의 신 관념에 근거한 것이다. 앞서 언급했듯이 그는 여러 산문에서 자신의 신 관념을 밝힌다.[40] 그는 독특하게 기성 종교의 신 관념이나 영혼 관념을 거부하고 자신만의 신과 영혼 관념을 탐색한다. 널리 알려졌듯이 기성 종교에서 벗어나 개인 각각이 자신만의 종교와 가치관을 모색하는 것은 탈근대적

40) 「구원에의 모색」, 「인간의 우울과 희망」, 「신의 자세」, 「회오의 신」, 「신의 존재와 인간의 위치」, 「신의 영역과 인간의 부분」, 「신과 천지와 인간과」, 「신의 실재와 인간의 인식」.

인 현상이다. 유치환은 신이 별도로 존재하지 않고 우주와 자연 자체가 신이라는 인식을 드러낸다. 그와 연관하여 인간에게도 불멸의 영혼이란 것은 없다고 주장한다. 인간은 자연으로 환원될 뿐이다. 인간에게 영원성이 있다면 우주와 자연의 영원성의 일부로서의 의미를 지닌다. 「바위」는 그와 같은 탈근대적인 신과 인간 관념의 토대에서 생성된 작품으로 이해할 수 있다.

초기시의 "원수"에 대한 "증오"는 고정된 세계로부터 스스로를 분리시키는 노마디즘적 동력이다. 주체는 근대 문명/자본주의에 해당하는 일상 세계를 비판하면서 그 외부의 '다른 자아'를 모색한다. '다른 자아'는 앞장에서 살펴본 '방랑하는 자아'이기도 하고, '원시적 자아'나 '죽어서 영원한 자연으로 환원된 자아'이기도 하다. 이러한 자아들은 근대 세계 외부의 자아들이다. 주체는 근대 문명과 자본주의에 매몰된 고정된 자아를 거부하고 지속적으로 '다른 자아'를 탐색하는 것이다.

4. "피의 법도"와 "정한한 피"의 인간 – 의의와 한계

살펴보았듯이 노마디즘적 상상력은 유치환 초기시를 관류한다.[41] 방랑하는 주체는 초기시의 지배적인 이미지이다. 그는 지속적으로 '다른 곳'을 동경하면서 방랑자로서의 정체성을 드러낸다.[42] 노마드적 주체에

41) 자명한 사실이지만 유치환 시의 노마디즘이 마페졸리나 들뢰즈의 노마디즘으로 환원되는 것은 아니다. 본고는 유치환 시 고유의 노마디즘적 사유와 상상의 특성과 의의, 한계 등을 고찰하고자 하였다. 본고는 유치환의 노마디즘이 초기시 이후에도 문학과 삶에서 전개된다고 본다. 이에 대해서는 별도의 심층적인 논의가 필요하다.

42) 이와 관련하여 유치환의 만주행에 대해 짚고 넘어갈 필요가 있다. 유치환의 만주행

게 '민족'이나 '국가', '제국'과 같은 근대적 공동체는 중요한 요소가 아니다. 개인주의적인 색채가 강한 노마드적 주체는 탈근대적인 공동체 의식을 드러낸다. 그는 타자들과의 순간적인 교감으로 일시적인 공동체를 경험할 뿐이다. 그에게 공동체보다는 방랑이 본질이다.

주체는 일상 세계로부터 스스로를 분리시키면서 '다른 자아'를 찾아 자아 정체성을 모색한다. 그는 방랑자, 원시적 자아, 자연으로 환원된 자아 등에서 자아 정체성을 탐색하면서 자아를 분화시킨다. 방랑자는 근대의 노동과 생산 체계 외부의 존재라는 점에서 탈근대적 자아의 속성을 지닌다. 원시적 자아는 근대 문명과 자본주의에 대한 거부의 의미를 함축한다. 그리고 "바위"에 투영된 '영원한 자아'는 탈근대적인 종교관에 착근하고 있다. 노마드적 주체는 근대 세계 외부에서 '다른 자아'를 탐색하는 것이다.

이와 같은 유치환 시의 노마디즘은 근대적 공동체로서 민족, 국가, 제국을 거부한 탈근대적인 개인주의적 정신이다. 노마디즘적 주체는 민족이나 제국, 어느 한 쪽으로 기울어지지 않고 그 틈새를 방랑한다. 그에게 민족이나 제국은 모두 고정된 세계이다. 그는 고정된 세계를 거부하고 끊임없이 모험을 시도하는 방랑자로서의 정체성을 선택한다. 그러한 점에서 그는 제국주의의 그물망도 '어느 정도' 피해갈 수 있었다. 그가 추구하는 본질적인 정체성은 '조선인'이나 '황국신민'이 아니라 '방랑자'-

---

에 대해서는 여러 가지 설이 있으나, 본고는 이를 그의 노마드적 성향에서 기인한 것으로 이해한다. 즉, 유치환이 만주행을 선택한 데에는 '고정된 것'을 거부하는 물리적, 정신적 차원의 방랑 성향이 심층적인 차원에서 작용하였을 가능성이 크다. 만주행의 원인이나 의도에 대한 논의는 다음 참고. 박태일, 앞의 논문, 293-322쪽 ; 조은주, 앞의 논문, 121쪽.

'유목적 주체'였다.[43] 유치환 초기시는 근대적 공동체로부터 탈주한 자유롭고 주체적인 노마디즘적 공동체와 자아 이미지를 선취했다는 점에서 일정한 의의를 지닌다. 특히, 그의 노마디즘적 사유와 상상은 협력/저항, 친일/반일의 이분법으로 접근하기 어려운 복합적이고 다층적인 면모를 보여주었다는 점에서 시사적이다.

그러나 한편으로는 선명한 한계를 보여준다. 어떤 측면에서는 끊임없는 탈주를 통해 제국주의의 그물망을 '어느 정도' 벗어났다고 평가할 수 있지만 한편으로는 제국주의에 포획된 양상을 드러내기도 한다.[44]

살펴보았듯이 초기시에서 불모지대로의 방랑은 원시 시대로의 시간 여행을 의미하는데, 주체는 원시 시대를 오직 강자만이 살아남는 약육강식의 시대로 이해한다. 그리고 약육강식의 진화론적 원리를 "피의 법

---

43) 방랑자 정체성은 개인주의적-코스모폴리탄적-포스트모던적인 성격을 지닌다.

44) 유치환 스스로 일제 강점기 자신의 처신에 대하여 "신명을 내 던지"는 "가열한 반항의 길"을 선택하지는 않았다고 고백한다. 대신 그는 "희망도 의욕도 죄 버리고 한갓 반편으로 그 굴욕에 살아가는" 길을 선택했지만, "나대로의 인생을 값없이 헛되게는 버리지 않으려고 나대로의 길을 찾아서 걸어가기에 고독한 노력을 아끼지 않았"다고 말한다. 즉 민족운동이나 제국에 대한 저항에 적극적으로 참여하지는 않았지만 나름대로 가치 있는 인생을 위해 노력했다는 것이다. 본고는 그의 가치 있는 인생을 위한 "고독한 노력"의 중요한 부분을 노마드적 정신으로 본다.
"그 시기에 있어서는 적으나마 겨레로서의 자의식을 잃지 않은 자라면 원수에 대한 가열한 반항의 길로 자기의 신명을 내 던지든지 아니면 희망도 의욕도 죄 버리고 한갓 반편으로 그 굴욕에 젖어 살아가는 두 가지 길 밖에 없었던 것입니다.
그런데 나는 비굴하게도 그 중에서 후자의 길을 택한 것이었으며 그러면서도 그 비굴한 후자의 길에서나마 나는 나대로의 인생을 값없이 헛되게는 버리지 않으려고 나대로의 길을 찾아서 걸어가기에 고독한 노력을 아끼지 않았던 것입니다. 어쩌면 이러한 말은 비열한 위에 더욱 가증스런 자기 합리화의 수작으로밖에 들리지 않을지모르겠습니다마는." -유치환, 「구름에 그린다」, 앞의 책, 284쪽.

도"[45]로 규정한다. 이상적 자아인 원시적 자아는 "야성적 생명력"[46]의 소유자이다. 주체는 원시적 자아를 동경하면서 "피의 법도"에 따라 "야성의 힘"을 겨루며 살아남거나 아니면 도태되는 것을 당연한 이치로 받아들인다.

> 쫓이인 카인처럼/ 저희 오오래 슬픔에 태었으되/ 어찌 이 환난을 즘생이 되어선들 겪어나지못하료/ 저 머언 새벽날 未開의 種族이/어느 岩上에 활과 살을 팔짱에 끼고 서서/(중략)
>
> 머언 遺業을 그대로 이어/ 오직 옳고 强하기를 소망하고/ 좋은 원수를 일컷되/ 간사함을 미워하고/ 어떠한 惡意와 모함에도 견디어/ 끝내 屈從에 길들지 않고/ 하여 눈은 눈으로!/ 이는 죽음과 같은 저희의 피의 法度가 되어지이다
>
> -「頌歌」부분,『청마시초』, 60-62쪽.

「송가」에서 주체는 진화론적인 인류의 역사를 상기한다. 우선, 성서의 카인 서사를 통해 약육강식의 연대기를 소환한다. 나아가 그 이전 "미개의 종족" 시대까지 거슬러 올라가 "활과 살을 팔짱에 끼고" 원시림을 누비던 시대를 상상한다. 주체에게 원시의 인류는 건강하고 날렵한 이상적인 인간이다.[47] 힘의 논리인 "피의 법도"에 따라 강한 자는 살아남고 약한 자는 도태된다. 화자는 "오직 옳고 강하기를 소망"한다. 그에게 '강한 것은 곧 옳은 것'이다.[48] 이러한 논리는 결국 제국주의의 논리

---

45) 「頌歌」, 「首」.
46) 유치환, 「구름에 그린다」, 『청마 유치환 전집』5, 285쪽.
47) 텍스트에서 이는 "정한한 피"의 인간으로 규정된다.
48) 나는 항상 옳고 强하였거늘. -「怨讐」, 『청마시초』, 109쪽.

를 용인하게 된다.

> (전략) 或은 너의 삶은 즉시/ 나의 죽음의 威脅을 意味함이었으리니/ 힘으로써 힘을 際함은 또한/ 먼 原始에서 이어온 피의 法度로다/ 내 이 刻薄한 거리를 가며/ 다시금 생명의 險烈함과 그 決意을 깨닫노니/ 끝내 다스릴 수 없던 無賴한 넋이여 瞑目하라!/ (후략)
>
> -「首」부분, 『생명의 서』, 108-109쪽.

이 시에서 "비적의 머리 두 개"는 만주의 항일군 조상지와 그의 부하 왕영효의 머리일 가능성이 매우 크다.[49] 화자는 효수된 비적의 머리를 보면서 "힘으로써 힘을 際함"은 "먼 原始에서 이어온 피의 法度"라 생각한다. 다시 말해 그는 강한 자만이 살아남을 수 있다는 진화론의 시각에서 바라보고 있는 것이다. 일제에 대한 증오나 비적에 대한 연민은 찾아보기 어렵다. 오히려 비적을 "끝내 다스릴 수 없던 무뢰한 넋"으로 규정한다.

해방 이후 자작시 해설에서 유치환은 이 시를 민족주의적인 작품으로 해석하려하지만, 한편으로는 "내 자신 정당할 유일의 길은 나도 마땅히 끝까지 원수처럼 아니 원수 이상으로 굳세어야 한다는 준렬한 결의"[50]에 대해서 언급한다. 여기에는 '굳센 자' 즉 '강한 자'만이 "정당"화된다는 생각이 담겨있다.[51] 이는 '강자'만이 "정당"화된다는 사회 진화론-제

머언 遺業을 그대로 이어/ 오직 옳고 强하기를 소망하고 -「頌歌」, 『청마시초』, 60~62쪽.

49) 김관웅, 앞의 논문 참고.

50) 유치환, 「구름에 그린다」, 앞의 책, 296쪽.

51) 선행 연구에서 누차 지적되었듯이 「首」에 대한 해석은 다양하다. 본고는 이 시를 친

국주의 논리를 무의식적으로 노출한 것이다.[52)]

초기시에서 사회 진화론-제국주의의 논리와 연결된 '강한 자'에 대한 지향은 우생학과 맞물린다. 주지하듯이 우생학이란 인류의 유전학적 개량을 목적으로 한다. 일제는 조선을 비롯한 식민지 여러 곳에서 인간 병기 양성을 위해 우생학의 논리를 활용하였고, 우생학은 식민지의 일상생활에 깊숙이 침투하였다.[53)]

오늘 쓸아린 忍苦의 鬱血 속에 오히려 脈脈히/ 그 精悍하던 저희 發祥의 거룩한 피를 記憶하고

-「頌歌」부분, 『청마시초』, 60-62쪽.

하여 어느때 悔恨 없는 나의 精悍한 피가/ 그 옛날 果敢한 種族의 野性을 본받아서/

-「生命의 書 二章」 부분, 『생명의 서』, 59-61쪽.

일시(혹은 협력시)로 단정하기는 어렵다고 판단한다. 이 시에서 제국에 대한 능동적인 협력의지를 찾기는 쉽지 않다. 이 시의 본질은 '강한 자아'에 대한 의지이다. 유치환은 이 시가 어떤 측면에서는 제국에 대한 저항의 의미를 지닐 수 있다고 생각했다. 그가 해방 이후 간행한 『생명의 서』에 이 시를 포함한 것은 그런 이유이다. 그는 자신의 '강한 자'에 대한 의지가 제국주의의 그물에 포획되어 있다는 사실을 알지 못했다. 오히려 그 반대로 이해하고 있었다.

52) 제국주의 담론으로서 사회 진화론은 일제 강점기 조선의 지식인 사회에 폭넓게 퍼졌다. 일제 강점기 사회 진화론에 관한 글로는 다음 참고.
박성진, 「1920년대 전반기 사회 진화론의 변형과 민족개조론」, 『한국민족운동사연구』 17, 한국민족운동사학회, 1997 ; 권보드레, 「진화론의 갱생, 인류의 탄생」, 『대동문화연구』 66, 성균관대 동아시아학술원, 2009 ; 안지영, 「사회 진화론에 대한 비판과 '생명' 인식의 변화」, 『한국현대문학연구』 38, 한국현대문학회, 2012.

53) 김예림, 「전시기 오락정책과 '문화'로서의 우생학」, 『역사비평』73, 역사문제연구소, 2005 참고.

초기시에서 원시적 자아에 대한 동경은 원시인으로부터 물려받은 우월한 피-우월한 유전자에 대한 지향의 색채를 띤다. 주체가 지향하는 "정한한 피"는 강인하고 날렵한 피를 의미한다. 주체는 문명 세계의 안락함에 안주하거나[54] 쉽게 애련에 빠지는[55] 일상 세계의 대중들과 변별된 "정한한 피"의 인간을 지향한다.

주체는 "정한한 피"의 "야성적 생명력"을 경험하고자 불모지대를 방랑하면서 일상적 자아를 초극하려는 의지를 보인다. 그러나 한편으로는 보다 강한 자에게 '무찔려' 죽어도 좋다는 생각을 드러낸다.[56] 왜냐하면 약육강식이 "피의 법도"이기 때문이다. 이는 우월한 유전자를 양성하고 열등한 유전자를 도태시켜야한다는 우생학 논리의 영향을 받은 결과이다.

초기시의 "정한한 피"의 인간 개념은 일상 세계에 매몰된 대중과 변별되는 자아 정체성의 모색이라는 점에서 의의가 있지만 열자의 도태를 당연시하는 우생학적 사고에 포획되어 있다는 점에서 명백한 한계를 노출한다.

요컨대, 유치환 시의 노마디즘적 상상력은 민족이나 제국의 자장에서 '어느 정도' 벗어난 탈근대적인 비전을 보여주었다는 점에서 일정한 의

---

54) "아늑한 거리" -「내 너를 내세우노니」.

55) "내 哀憐에 疲로운 날"-「원수」, "아예 愛憐에 물들지 않고"-「바위」.

56) "내 여느 不義에 즘생처럼 무찔리(屠)기로// 오오 나의 세상의 거룩한 日月에/ 또한 무슨 悔恨인들 남길소냐." -「일월」, 『청마시초』, 50-51쪽.
"그 原始의 本然한 姿態를 다시 배우지 못하거든/ 차라리 어느 沙丘에 悔恨 없는 白骨을 쪼이리라." -「生命의 書 一章」 부분, 『생명의 서』, 52-53쪽.
"屍體로 엎드릴 나의 尺土를 새빨갛게 물들일지라도/ 오오 해바라기 같은 太陽이여/ 나의 좋은 원수와 大地 위에 더 한층 强烈히 빛날진저 !" -「生命의 書 二章」 부분, 『생명의 서』, 59-61쪽.

의가 있지만, 어떤 측면에서는 제국주의-사회 진화론-우생학의 그물망에 포획된 한계를 드러내고 있다.[57] 초기시의 노마드적 주체는 민족이나 제국과 같은 근대적 공동체의 포획력으로부터 탈주하는 양상을 보여주었다는 점에서 일정한 성과를 인정할 수 있다. 그러나 '방랑'에 집중하면서, '냉철한' 민족의식의 확보나 제국주의에 대한 '비판정신'의 차원에서는 매우 취약한 면모를 노출하였다.

---

57) 들뢰즈와 가타리의 노마디즘은 국가 장치에 대한 비판과 저항을 강조하고 있다. 질 들뢰즈 · 펠릭스 가타리, 앞의 책, 671-812쪽 ; 이진경, 『노마디즘』2, 휴머니스트, 2002, 293-467쪽.
유치환의 노마디즘은 국가 장치나 제국주의와 같은 포획 장치에 대한 비판과 저항의 측면이 약하다는 점에서 그와 차이를 보인다. 초기시의 방랑은 '비판'과 '저항'보다는 '탈주'에 무게가 실려 있다.

제3장

김달진 시의 현실 인식
– 근대성 비판을 중심으로

유상희 · 김옥성

1. 서론

이 연구는 김달진의 시에 나타난 현실 인식에 관해 탐구하는 글이다. 그동안 김달진의 시 연구에서 현실 인식은 무관한 것으로 여겨져 왔다. 김달진의 시 연구에서 주된 논의는 종교 · 사상적[1] 측면에서 다루어졌

1) 김종회, 「사유의 극점에서 만난 종교성의 두 면모」, 『동아시아 문화연구』67, 한양대학교 동아시아문화연구소, 2016 ; 김윤정, 「김달진 시에 나타난 구도과정 고찰」, 『한국언어문학』 84, 한국언어문학회, 2013 ; 양혜경, 「김달진 시에 나타난 불교 사상적 측면」, 『비평문학』 26, 한국비평문학회, 2007 ; 박해영, 「김달진 시에 나타난 선적 자연관 연구」, 신라대학교 석사논문, 2007 ; 이경수, 「독성의 경지와 무위자연의 세계」, 염무웅 · 고형진 외, 『분화와 심화, 어둠 속의 풍경들』, 민음사, 2007 ; 최동호, 「만물일여와 무위자연의 시학」, 『씬냉이꽃(외)』, 범우사, 2007 ; 김옥성, 「김달진 시의 선적 미의식과 불교적 세계관」, 『한국언어문화』 28, 한국언어문화학회, 2005 ; 이성우, 「무위의 세계와 무한의 상상력:김달진 시와 노장 사상」, 『시문학』 78, 한국어문학회, 2002 ; 송영순, 「현대시와 노장사상:김달진 시를 중심으로」, 『국어국문학』 126, 국어국문학회, 2000.

으며 그 외에도 자연[2], 공간[3], 서지적인 측면[4] 등과 같은 다양한 관점에서도 연구가 진행되었다. 그럼에도 여전히 그의 초기 시에 나타나는 현실 인식과 그의 생애에서 보이는 현실 참여적 행적을 해명하기에는 부족해 보인다. 우선 그의 생애 측면에서 1920~30년대 청년 김달진의 행적을 검토함으로써 현실 인식에 관한 단초를 마련하고자 한다.

그 첫 번째가 경성중학 4학년 때 일본인 영어 선생 추방 운동을 주동한 연유로 퇴학당한 것이다. 두 번째는 김달진이 민족 교육, 항일 교육을 한다는 이유로 조선총독부에 의해 폐교된 계광학교 출신이라는 사실이다. 세 번째가 사찰에 다니며 강론을 할 때 시국에 대한 불온한 발언 때문에 일본 경찰의 요시찰 인물이 되었다는 점이다. 네 번째가 자신을 감시하던 일본 경찰을 때려눕히고 북간도 용정으로 도주한 행보이다. 다섯 번째가 문학청년으로서의 적극적인 현실 참여이다. 그는 열렬한 문학청년으로 누구보다도 치열하게 작품을 창작했을 뿐만 아니라 박팔양, 주요한, 현진건 등과 같이 '어린이 데이'[5]를 준비하기도 하였다. 또한 그

---

2) 신혁락, 「김달진 시에 나타난 자연과 생명」, 『한국어문교육』 7, 한국교원대학교 한국어문교육연구소, 1998 ; 김동리, 「월하 시의 자연과 우주의식」, 『김달진시전집』, 문학동네, 1997.

3) 이경수, 「김달진 시의 '홀로 있는 공간'과 시적 주체의 시선」, 『국어국문학』 173, 국어국문학회, 2015.

4) 최동호, 「1930년대 후반 김달진의 발굴 작품에 대한 검토」, 『한국학연구』 43, 고려대학교 한국학연구소, 2012 ; 최동호, 「『룸비니』에 수록된 김달진의 시와 산문」, 『한국학연구』 31, 고려대학교 한국학연구소, 2009 ; 최동호, 「『금강저』에 수록된 김달진의 현대시와 한시」, 『한국학연구』 29, 고려대학교 한국학연구소, 2008 ; 최동호,「김달진 선생의 '화과원' 시편들과 산문을 공개하며」, 『문학동네』 6, (주)문학동네, 1999 ; 이윤수, 「『죽순』과 월하 김달진의 내면세계」, 『김달진시전집』, 문학동네, 1997.

5) 이 어린이날 행사는 오월회의 주관이었다. 「어린이데- 준비위원」, 동아일보, 1927. 4. 6.

는 주병화 선생과 함께 참여한 신간회 창원지회[6]에서 활동하였다.[7] 이런 행보를 제하고도 그의 초기 작품에서 표출되는 현실 인식은 그의 시 세계를 다각도에서 조망할 수 있는 실마리를 제공할 것이다.

김달진의 시에 나타난 현실 인식은 근대성과 밀접한 관계를 맺고 있다. 김달진은 전통 공동체 사회가 무너진 뒤 근대로의 이행 과정에서 나타난 문제에 주목하였다. 그가 첫 번째로 포착한 문제는 일상과 분리된 자연이다. 도시에서 자연은 일상과 분리되어 공원과 같은 인위적인 녹색지대로 만들어지기 시작했다. 이런 현상을 김달진은 인간에 의해 통제되고 '박제된 상태'의 자연으로 시적 형상화하였다. 두 번째는 물신주의이다. 당시 경성과 같은 도시의 거리에서는 새로운 상품들이 상점에 전시되어 사람들을 현혹시키고 있었다. 사람들은 값비싼 과자를 사먹고 맥주와 커피를 마시며, 고궁에서 여가를 즐기었다. 김달진은 시에서 이들의 소비가 자발적인 것이 아니라 외부에서 주어진 욕망이라는 점을 날카롭게 지적한다. 또한 그는 이런 욕망이 거품처럼 사라질 환영에 불과하다는 것을 간파한다. 마지막은 표박 의식이다. 표박 의식은 일제강점기라는 시대적 상황과 근대에서의 고향 상실이라는 시대적 의식과 밀접한 관계를 맺고 있다. 김달진이 포착한 표박 의식은 떠밀려 고향을 떠나야 하는 유이민 행렬의 수동적인 유랑의식과 대비되는 능동적이고 자발적인 떠나는 방랑 의식이다.

이러한 현실 인식에 관한 논의를 위해 이 논문에서는 『김달진 전집』

---

6) 신임간부에 위원장주병화의 이름과 함께 집행위원에 김달진의 이름이 표기되어 있다. 「창원신간대회」, 조선일보, 1931. 1. 13. ; 주병화의 별세 뒤에 조성된 임시연구부에도 김달진의 이름이 올려져 있다. 「진해신간위원회」, 조선일보, 1931. 1. 31.

7) 김달진의 생애에 대해서는 다음 참고. 진해시김달진문학관, 「월하 김달진 시인의 생애와 시」, 『그리는 세계 있기에』, 진해시, 2008.

과 최동호 교수가 발굴한 초기 시편들이 수록된 『씬냉이꽃(외)』과 최동호 교수의 논문 「『금강저』에 수록된 김달진의 현대시와 한시」, 「『룸비니』에 수록된 김달진의 시와 산문」, 「1930년대 후반 김달진의 발굴 작품에 대한 검토」[8] 등에 수록된 작품들을 연구 대상으로 삼고자 한다.

2. 박제된 자연과 수인 의식

근대 이전 전통 사회에서 사람들은 자연의 일부로서 자연에 순응하며 자연의 시간에 따라 삶을 영위하였다. 이런 자연과 인간의 관계는 근대를 거치면서 변화되었다. 근대에서의 자연은 인간에 의해 지배되고 통제되는 대상이었다. 자연은 인간에 의해 구축된 체계로서 '창조된 환경'으로 나타나기 시작했다. 도시에서 인간의 거주지는 점차 자연과 분리되었고 자연은 공원 · 유원지와 같이 인위적으로 조성된 녹색지대 형태로 변화되기 시작했다. 이제 자연은 '시골'에 가거나 '황야'를 여행해야 체험할 수 있게 되었다. 황야는 본래 인간에 의해 탐험되지 않은 자연의 한 지대를 뜻했지만 경작이나 거주가 불가능한 지역으로 휴양을 위한 지대를 지칭하게 되었다.[9]

비록 불구의 근대 도시였지만 경성에서도 자연은 일상과 분리되고 있

8) 최동호, 「『금강저』에 수록된 김달진의 현대시와 한시」, 『한국학연구』29, 고려대학교 한국학 연구소, 2008 ; 최동호, 「『룸비니』에 수록된 김달진의 시와 산문」, 『한국학연구』31, 고려대학교 한국학 연구소, 2009 ; 최동호, 「1930년대 후반 김달진의 발굴 작품에 대한 검토」, 『한국학연구』43, 고려대학교 한국학 연구소, 2012.

9) 앤소니 기든스, 권기돈 역, 『현대성과 자아정체성』, 새물결, 1997, 271-272쪽.

었다. 이러한 분리는 근대의 시간과[10] 밀접한 관계를 맺고 있다. 근대적 시간은 '시계-시간'과 '달력-시간'으로 수학화된 시간이다. 근대적 시간의 도입으로 자연의 순환리듬에 맞춰서 생활하던 전통 공동체는 급속히 붕괴되었으며 자연은 일상에서 분리되었다. 김달진은 이러한 현상에 주목하고 일상에서 분리된 자연을 박제된 자연으로 형상화하였다.[11]

김달진의 시에서 구현된 근대적 시간은 제국주의와 자본주의가 결탁된 통제 수단이었다. 시간의 통제 속에서 사람들은 신경증에 시달리고 자유를 상실한 존재가 되었다. 자유의 상실은 유폐의식으로 이어지고 유폐의식은 수인 의식으로 변주되었다. 이러한 수인 의식은 근대 문명에 감금된 근대인의 정황에 대한 비판을 내밀하게 함축하고 있었다.[12]

> 창밖에 보슬눈 뿌리는 깊은 겨울밤을/낡은 벽화속의 사슴이와 이야기 해보았다/달력 한 장을 미리 떼어보았다/신경神經은 푸른 바늘 끝같이

---

10) 고대에 시간은 천체의 순환적 운동에서 발견되는 리듬이었으며, 순환적이고 반복적인 시간 개념을 갖고 있었다. 이런 시간개념은 기독교에서 최후의 심판이라는 종말 설정으로 인해 선형적인 시간으로 바뀐다. 하지만 그것은 종교적인 시간이기에 시간의 각 부분은 동질적이지 않았다. 시계는 직선적인 시간을 무한히 등분될 수 있는 것으로 만들었고, 그 결과 각각의 등분된 시간은 동질적인 것이 되었다. 시계적 시간은 대수적인 수로 환원될 수 있는 동질적인 양으로, 물리적 자연의 수학화를 가능하게 해 주었다. 자연의 수학화는 모든 자연 현상의 계산 가능성을 의미한다. 이진경, 『근대적 시 · 공간의 탄생』, 푸른숲, 1997, 48~106쪽.

11) 김달진 뿐만 아니라 당시의 많은 시인들도 일상에 침투된 근대적 시간에 주목하였다. 김기림은 근대적 시간을 '러시아워'나 '서머타임'과 같은 낯선 단어로 표현하였다. 이에 비해 정지용과 이상은 근대적 시간이 갖는 '근대성'과 '식민지 규율권력', 그것들의 '폭력성'에 주목하였다. 이들에게 근대적 시간은 부정적인 근대성의 은유였다. 이수정, 「정지용 시에서 '시계'의 의미와 '감각'」, 『한국현대문학연구』 12, 2002, 310쪽.

12) 김옥성, 「김달진 시의 선적 미의식과 불교적 세계관」, 『한국언어문화』 28, 2005, 106쪽.

날카로워저/슬픈 백금시계를 만지작거려보는 손길의 싸늘한 촉감/수정 같은 어름구슬을 빨아보고 싶은 마음/찬 벽에 여윈 두 볼을 대어본다 대어본다/그러나 나는 감기도 들지않았다.

-「열」, 『씬냉이꽃(외)』, 116쪽.

「열」에서 "낡은 벽화속의 사슴"은 갇혀 있는 자연, 표구된 자연을 상징한다. '낡고 표구된 상태'의 자연은 순환적 시간과 전통 공동체의 몰락을 의미할 것이다. 전통적인 공동체에서는 사람들은 해와 달의 주기적 변화에 따른 순환적 시간관[13]에 맞춰 삶을 영위해 왔다. 하지만 근대의 시간, "달력"과 "시계"의 도입으로 사람들은 자연의 순환적 시간이 아니라 '시계-시간'과 '달력-시간'에 종속되어 일상을 보내게 되었다. 근대적 시간은 파편화되고 직선적인 시간이다.

시적 화자의 "달력 한 장을 미리 떼어보"는 행위는 그의 일상이 근대의 시간에 종속되었음을 말하는 것이다. 달력을 향했던 화자의 시선은 백금시계로 이동한다. 그의 신경은 시계 바늘처럼 날카로워져 있다. 한밤중에 들려오는 날카로운 시계 바늘 소리는 시적 화자를 자극하고 히스테리와 같은 신경증을 유발하고 있는 것이다. "푸른 바늘"은 그의 감각이 날카로움을 넘어 우울로 넘어가고 있음을 보여주는 시적 이미지이다.

우울은 그가 "만지적거"리는 "백금시계"에서 느껴지는 슬픔과 맞닿아

---

13) 조선시대의 달력과 시간은 근대의 그것과 달랐다. 조선시대의 달력은 책자 형태의 역서(曆書)였다. 역서는 객관적인 날짜와 시간의 정보뿐만 아니라 매일의 길흉을 알려주는 역주(曆注)였다. 시간도 마찬가지다. 근대의 동질화된 시간과 달리 계절마다 시간의 길이가 달랐다. 김미화, 「한국-달력체계의 근대적 전환」, 한국학중앙연구원 한국학대학원 박사논문, 2017, 189쪽.

있다. "백금시계"는 근대적 시간과 함께 자본주의를 상징하는 이미지로, "백금시계"를 만지면서 느끼는 "싸늘한 촉감"은 자본주의의 촉감을 의미할 것이다. 이는 차가운 이성(理性)의 감각이며, 생명의 온기가 제거된 "싸늘한" 근대의 감각을 뜻한다. 이런 감각적인 표현은 달력과 시계에 종속되어 살아가는 근대의 일상에 관한 비판적 시각을 드러내는 것이다.

시적 화자는 근대의 감각, "싸늘한 촉감"과 달리 자신은 "열"의 상태에 있다고 고백한다. "열"은 차가운 이성과 근대의 싸늘한 촉감과 상반된 감각이다. 시적 화자는 "열"로 인해 "수정같은 어름구슬을 빨아보고 싶은 마음"이 들었을 뿐만 아니라 "찬벽"에 자신의 "여윈 두뺠을 대어"[14] 보기도 한다. 하지만 곧이어 그는 "그러나 나는 감기도 들지안었다"고 단언한다. 이는 자신의 "열"이 단순한 감기라는 질병에서 비롯된 것이 아니라 근대의 차가운 감각을 넘어서고자 하는 열망에서 비롯된 것임을 드러내는 것이다.[15]

이런 열망은 시적 화자가 "낡은 벽화(壁畫)속의 사슴이와 이야기"를 나누고자 하는 행위와 상통한다. '낡고 표구된' 자연과의 대화는 "벽상의 시계도 없"는 근대의 일상에서 벗어나 "호롱의 기쁨"이 존재하는 자연으로 돌아가고자 하는 열망을 드러내는 것이다.[16]

---

14) 이런 행위는 정지용 시에서도 발견되는데, 유리창에 볼을 대고 시상이 전개된다는 점에서 정지용의 「유리창2」와 상호텍스트성을 포착할 수 있다. 최동호, 「「룸비니」에 수록된 김달진의 시와 산문」, 『한국학연구』 31, 2009, 22쪽.

15) 이 지점에서 최동호 교수는 '그러나 나는 감기도 들지 안었다'를 불필요한 사족으로 보고 이 때문에 시를 높이 평가할 수 없다고 평하였다. 이 논문에서는 '그러나 나는 감기도 들지 안었다'를 김달진이 시대적 감각을 뛰어넘고자 하는 의지를 드러내는 현실 인식으로 보고자 한다.

16) 이러한 경향은 「화과원시」에서도 볼 수 있다. 시적 화자는 "낡은 벽화 속의 사슴이"

그의 열망을 드러내는 "낡은 벽화속의 사슴"은 "박제된 비둘기"로 변이된다.

> 농촌의 가난한 이발소 의자에 걸터앉아/현판 위의 비둘기를 바라본다/박제된 어린 비둘기-/빨간 부리가 애처럽다/분홍빛 눈동자가 애처럽다/활짝 벌린 하얀 날개는 지금이라도 날 것 같고나/창경으로 스며드는 따스한 햇살/거울 속으로 건너 보이는 파란 바다 하늘 바람/파-란 봄…/어린 비둘기야 나는 너의 꿈을 동정한다./나는 너보다 큰 슬픔을 가졌다.
> -「꿈꾸는 비둘기」, 『씬냉이꽃(외)』, 46쪽(『청시』, 1940).

"박제된 어린 비둘기"는 "낡은 벽화(壁畫)속의 사슴이"와 마찬가지로 일상과 분리되어 박제된 자연과 붕괴된 전통 공동체를 상징한다. 시적 화자가 "박제된 어린 비둘기"를 목격한 곳은 "농촌의 가난한 이발소"이다. "농촌의 가난한 이발소"는 농촌의 현실과 제국주의를 상징하는 이미지이다.[17] '이발소'는 단발령의 일환으로 장려 · 보급되어 도시뿐만 아니라 작은 시골 장터에서도 흔히 볼 수 있었다.

시적 화자는 "이발소 의자에 걸터앉아" "현판 위의 비둘기"를 보고 있

와 같은 "애끈히 조라드는 호롱의 기쁨"과 함께 자신이 있는 곳이 "벽상의 시계도 없는 여기는 깊은 산"라고 말한다. 여기서 "화과원"은 "벽상의 시계"가 없는 근대의 시간에 편입되지 않는 곳으로 표구되지 않은 자연의 세계이며, '호롱의 세계'이며 "낡은 벽화 속의 사슴"이 살아 있는 곳이다.「화과원시」, 『동아일보』, 1935. 01. 20.

17) 조선총독부는 농촌진흥운동으로 조선농촌의 회복과 식민지 지배체제의 안정을 도모하고자 하였다. 농촌진흥운동은 "근대적인 생활양식을 내면화"를 표방하고 있지만 궁극적으로 "일본국민" 되기를 위한 정책이었다. 단발 장려 정책은 그와 같은 정책 가운데 하나였다. 농촌진흥운동에 관한 논의는 다음 논문 참조. 김은주, 「농촌진흥운동기(1932-1937) 조선총독부의 생활개선사업과 '국민' 동원」, 서울대 석사논문, 2011.

다. 그는 "현판 위의 비둘기"에서 근대인의 모습을 발견한다. 시적 화자는 근대인도 "현판 위의 비둘기"와 같은 처지임을 간파한 것이다. "현판 위의 비둘기"는 이중적인 이미지로, 박제된 자연과 함께 자유를 상실한 근대인을 상징한다. 시적 화자의 시선은 "박제된 어린 비둘기"에 머무르고 애처로움을 느낀다. 이는 자신의 처지와 다르지 않기에 느끼는 감정일 것이다. 이와 함께 시적 화자는 "박제된 어린 비둘기"에서 "빨간 부리"와 "분홍빛 눈동자"를 발견한다. "빨간"과 "분홍빛"은 생명력을 상징하는 시각적 이미지이다. 그는 "활짝 벌린 하얀 날개"가 "지금이라도 날 것 같"다고 말한다. 비둘기의 도약은 자연으로 돌아가고자 하는 몸짓이며 상실된 자유를 되찾고자 하는 행위일 것이다.

그러나 시적 화자의 시선은 온전하지 않다. 그는 거울을 통해서 자연을 보기 때문이다. 그의 시선은 굴절되어 있다. 그가 거울을 통해 보는 "바다", "하늘", "바람"은 "어린 비둘기"가 속해 있던 자연과 다르다. 결국 시적 화자 자신도 거울에 갇힌 존재였던 것이다. 이에 그는 자신이 비둘기보다 "큰 슬픔을 가졌다"고 말한다. "파란바다", "파-란 봄"은 시적 화자의 우울을 드러내는 이미지이다. 시적 화자는 표구된 사슴과 박제된 어린 비둘기처럼 갇힌 존재인 것이다. 거울에 갇힌 근대인의 모습은 다시 어항에 갇힌 금붕어로 변주된다.

작은 항아리를 세계로 삼을 줄 아는 금붕어/간밤에도 화려한 용궁의 꿈을 꾸고 난 금붕어/하늘이 풀냄새 나는 오월 아침/산호 같은 빨간 꼬리를 떤다/자반뒤지를 했다/너는 언제 꽃 향기 피는 나무 그늘과 찬 이슬과 이끼냄새와/호수와 하늘의 별을 잊고 사나/작은 유희遊戲 속에 깊은 슬픔이 깃든다느니/여윈 조동아리로 유리벽을 쪼아라 쪼아라//항아리 물밖에 꿈만 호흡하고 사는 금붕어/해가 신록新綠을 새어 창경窓鏡을 쏘았다/금붕어는 빨간 꼬리를 떤다/금붕어는 혼자다.

-「금붕어」, 『씬냉이꽃(외)』, 51쪽(『청시』, 1950).

나는 어딘가 무엇을 기다리고 있었다. 한 송이 빨간 장미꽃인 듯, 한 마리 흰 비둘기인 듯, 미풍이 지나가는 오월 아침의 이슬 밭인 듯, 밝은 햇볕인 듯-내 생명이 수정알처럼 트일 무슨 일을 기다리고 있었다./ 눈 멎은 오후, 황혼의 그림자 어른거리는 높은 빌딩 유리창 앞에 앉아 내가 바라보는 서울 거리는 음울한 하늘처럼 슬프거니……?/ 나는 가만히 생각한다. 어딘가 내 가슴속 한 편에 갇혀 있는 수인을-먼 태고 어느 때부터, 낮도 밤도 없는 혼탁한 심장의 창살 그늘에 '칠인의 수면자'처럼 지쳐 쓰려져 있는 한 사람 수인을.

-「수인」, 『씬냉이꽃(외)』, 161쪽(『김달진시전집 올빼미의 노래』, 1983).

"금붕어"는 창조된 자연과 수인의 상태에 놓인 근대인을 상징한다. 한국 문학에서 흔히 '거울', '유리' 등은 식민지적 근대성과 연결되는데, '거울'과 '수족관'은 식민지적 근대의 유리 감옥으로 은유되기도 한다.[18] 특히 어항과 금붕어의 이미지는 1930년대의 시문학에서 반복적으로 등장하는 소재로 금붕어는 유폐되어 행동의 자유가 박탈당한 존재로 형상화된다.[19]

금붕어는 어항, "작은 항아리"에 갇혀 있다. 금붕어가 인식할 수 있는

18) 김옥성, 앞의 논문, 106쪽.

19) 김희원 · 김옥성, 「오장환 시에 나타난 근대와 자연」, 『문학과 환경』 제18권 3호, 2019, 108쪽.

세계는 작은 항아리 안이 전부다. 시적 화자는 냉소적인 어조로 금붕어가 "작은 항아리"를 세계로 삼을 줄 아는 존재라고 말한다.

시적 화자는 금붕어의 "산호 같은 빨간 꼬리"에서 금붕어가 "화려한 용궁의 꿈"을 꾸는 존재임을 각성한다. 금붕어는 "나무", "이슬", "호수", "별" 등과 같은 자연의 일부이다. "박제된 어린 비둘기"가 비상하는 꿈을 꾸듯이 금붕어도 "화려한 용궁의 꿈"을 꾸는 존재인 것이다. 금붕어도 "박제된 어린 비둘기"처럼 자연에서 분리되어 "항아리"라는 '창조된 환경' 속에 갇혀있다. 시적 화자는 금붕어에게 "꽃 향기 피는 나무 그늘과 찬 이슬과 이끼냄새"와 "호수와 하늘의 별"을 잊고 있는지 질문한다. 이 질문은 자연으로 회귀하여 자유를 되찾고자 하는 갈망이자 본질적 존재 의식에 관한 물음이다.

이에 대한 답은 "자반뒤지"와 같은 작은 유희에서 발견되는 "깊은 슬픔"에서 찾을 수 있다. "깊은 슬픔"은 금붕어가 자연을 잊지 않고 있으며 자연으로 회귀하고자 하는 의지를 드러내는 시적 이미지이다. 이는 금붕어의 감정인 동시에 금붕어를 지켜보는 시적 화자의 감정일 것이다. 금붕어는 유리로 둘러싸인 좁은 세계 내에 유폐된 자아의 투사물이기도 하다.[20] 시적 화자는 절망하지 않고 "금붕어"에게 "여윈 조동아리"로 자신을 가두고 있는 "유리벽을 쪼아라 쪼아라"하며 독촉한다. 이런 독촉에도 불구하고 금붕어는 "항아리 물 밖에 꿈"을 꿀 뿐 "유리벽"에서 벗어나지 못한다. 금붕어는 창경을 쏘아보지만 여전히 항아리에 갇힌 채 "금붕어는 혼자다." 금붕어는 자연에서 분리되어 감금된 존재이자 소외된 존재인 것이다.

---

20) 김옥성, 앞의 논문, 107쪽.

감금된 금붕어의 모습은 다시 유린된 자연으로 변주된다. 금붕어는 "지하실 식당에서/기름에 볶인 고기가/다리도 안구도 지느래미도 그대로인 채" "바다빛 글라스기 안에 모여 있는"[21] 유린된 존재이다. 죽지도 않았고 살지도 않은 상태의 금붕어는 인간에게 유린된 자연이었다.

「수인」은 수인 의식이 김달진의 시세계에서 지속적으로 구현되고 있음을 보여주는 작품이다. 시적 화자는 자신이 무엇을 기다리고 있다고 말한다. 시적 화자는 기다리는 자신의 모습을 "한 송이 빨간 장미꽃", "한 마리 흰 비둘기", "오월 아침의 이슬 밭", "밝은 햇볕" 으로 묘사한다. 그가 기다리고 있는 것은 빨간 장미꽃의 만개나 흰 비둘기의 자유로운 비행이나, 내리쬐는 햇볕의 따사로움과 같이 자신의 생명이 "트일 무슨 일"인 것이다. 빨간 장미꽃이나 흰 비둘기처럼, 오월 아침의 이슬처럼, 밝은 햇볕처럼 자신에게도 생명력이 가득 차기를 기원하는 것이다. 이는 자연과 합일된 삶을 살아가고자 하는 의지에 관한 표명이자 유폐된 근대인에서 벗어나 본질적인 모습을 찾고자 하는 몸짓이다.

이런 소망과 달리 시적 화자는 여전히 갇혀 있다. 어느 추운 겨울 저녁 날에 시적 화자는 높은 빌딩 속 사무실에 있다. 그가 있는 "빌딩"과 빌딩을 감싸고 있는 "유리창"은 "빨간 장미꽃", "흰 비둘기", "이슬", "햇볕"과 상반된 이미지로 온기가 제거된 근대를 상징한다. 시적 화자가 꿈꾸는 자연은 상상으로만 존재할 뿐이다. 그는 차가운 근대 문명이 지배하는 도시에서 우울을 느낀다. 시적 화자는 '칠인의 수면자'처럼 도시에 수감되어 있다. 그는 금붕어처럼 자연에서 분리되어 차가운 빌딩 속에 감금된 존재인 것이다.

---

21) 김달진, 「유린」, 『씬냉이꽃(외)』, 53쪽(『청시』, 1940).

지금까지 '박제된 자연'과 '수인 의식'에 관해 살펴보았다. 근대 사회에서 자연은 일상에서 분리되어 "벽화속 사슴", "박제된 어린 비둘기"와 같이 박제된 상태로 존재하였다. 이러한 자연은 근대 문명에 감금된 근대인의 모습이기도 하다. 감금된 근대인의 모습은 '유리 항아리에 갇힌 금붕어'로 형상화되었다. 유리 항아리에 갇힌 금붕어는 차가운 빌딩에 감금된 근대인의 은유이다.

3. 근대의 환영(幻影)과 물신주의 비판

1930년대 경성은 외형상 근대적 도시로서의 면모를 갖추고 있었다. 백화점, 은행, 다방, 카페, 상점과 같은 근대적 건축물이 들어서고, 경성을 가로지르는 도로에는 최신식 포드 자동차가 질주하였다. 김기림과 같은 지식인들은 경성에 숨어 있는 식민성을 간파하고 이를 비판하였다. 김기림은 경성을 '변태적 근대 도시'로 명명하며, 경성의 발전은 조선인의 행복이 아니라 일제를 위한 것이라는 점을 암시적으로 비판하였다. 그는 경성이 선진국의 근대 도시들과 달리 생산 측면은 상실되고 소비만을 위한 변태적인 도시이며 공업 원료의 공급지와 제조 상품의 시장으로 전락했다는 점을 지적하였다.[22)]

경성의 거리에는 소비를 자극하는 상품들이 백화점과 상점의 쇼윈도에 진열되어 있었다. 다방과 카페에서 들려오는 이국적인 분위기의 음

22) 김기림, 「변태적 근대 도시로서의 경성」, 동아일보, 1928.10.4. ; 이대균, 「계절의 감각 四」, 조선일보, 1937. 06. 01. ; 「도시의 후생시설」, 동아일보, 1939. 10. 14.

악이 지나가는 이들을 유혹했다. 식민지 도시 경성은 소비의 욕망을 작동시키는 스펙터클한 공간이었다. 벤야민은 일찍이 도시의 스펙터클에 주목하였으며, 파리의 스펙터클을 '판타스마고리'[23]라고 하였다. 경성과 같은 도시는 그 자체가 번쩍이는 진열장이었다. 경성의 모던 세대들과 지식인들은 다방에서 커피를 마시며 근대를 소비하였다. 그들은 일요일이면 경복궁에서 여가를 즐기었다. 하지만 그들이 소비한 근대는 물질로서의 근대이다. 그들은 끊임없이 새로움을 추구하고 새로운 물건을 소비하지만 그 욕망은 채워지지 않는다. 이들의 욕망은 자신들의 욕망이 아니라 외부에서 주어진 욕망이기 때문이다. 이들이 소비하는 '근대'는 잡히지 않는 환영에 불과했다. 즉 이들이 경험한 것은 환영 · 환몽과 같은 판타스마고리이다. 이처럼 판타스마고리는 소비주의, 물신주의와 밀접한 관계를 맺고 있다. 김달진은 이런 사실을 포착하여 자신의 작품에서 형상화하였다.

---

23) 근대 도시의 광채는 거리를 거닐거나 백화점, 박물관, 전람회, 유적지를 방문한 모든 사람이 경험할 수 있었다. 이제 파리에서 사람들은 생산자가 아닌 소비자의 이미지를 가지게 되었다. 벤야민은 이러한 파리의 스펙터클을 "환등상(phantasmagorie)"이라고 설명한다. 마르크스는 『자본론』에서 상품의 기만성 외양을 "환등상"으로 지칭하였다. 상품은 시장에서 등장한 물신이라는 것이다. 마르크스와 달리 벤야민에게 새로운 도시 환등상(phantasmagorie)의 문제는 시장이 아니라 진열된 상품에 있었다. 진열중인 상품에는 교환 가치나 사용 가치가 상실되고, 오직 순수한 재현적 가치만이 전면에 등장한다. 수잔 벅 모스, 김정아 옮김, 『발터 벤야민과 아케이드 프로젝트』, 문학동네, 2004, 115-120쪽.
판타스마고리는 1800년대 파리에서 대중 사이에 인기 있던 마술환등쇼를 지칭하는 용어였다. 현실의 환각적인 과정을 묘사하는 비유적 의미로 판타스마고리라는 용어를 사용하였다. 마르크스도 『자본론』에서 상품물신주의적 현상을 지칭하는 용어로 사용하였다. 벤야민은 상품이 사물적 존재로에서 자립적 존재인 듯한 모습으로 변모해 가는 과정을 "판타스마고리(phantasmagorie)"라고 불렀다. 문광훈, 『가면들의 병기창』, 한길사, 2014, 209-210쪽.

> 향락의 잔은 넘우나 작거니……/끝없이 목마른 마음/한숨에 켜고 보면 남는 건 슬픔 뿐./아가씨야 아가씨야/차라리 빈 잔을 가져다 다고-/빈 마음으로/가난한 인생을 바래고 싶다.
>
> -「다방」, 『금강저』제25호, 85쪽(최동호의 「『금강저』에 수록된 김달진의 현대시와 한시」에서 재인용).

시적 화자는 '다방'에 있다. 다방은 당시 근대적 문화 예술의 공론장으로 문화적 소통을 통해 근대를 익히며, 근대적 감각 의식을 공유하는 장소였다. 특히 다방은 예술가들과 밀접한 관계를 맺고 있었다. 다방에서는 예술가들의 전시회가 개최되고 문인들의 출판 기념회와 같은 문화 행사도 열렸다. 다방 한구석에서 시나 소설을 쓰는 작가들도 심심찮게 볼 수 있었다. 이들은 다방에서 값비싼 커피를 마시며 근대의 감각을 느끼고 음미하였다. 심지어 화가 · 극작가 · 영화인 · 시인 · 배우 · 음악가 등과 같은 예술가들은 직접 다방을 경영하기도 하였다.

한편 다방은 간혹 "유한자, 인테리군의 휴게소, 대합실, 한담처"[24]로 치부되기도 하였다. 다방에는 언제 전쟁이 일어날지 모르는 불안한 현실을 외면한 채 "유한자, 인테리군"들이 한 구석에 틀어 박혀 있었기 때문이다. 이들이 외면한 현실에는 끼니를 걱정하며 토막집에 거주하는 가난한 조선인들의 삶도 있었다. 세련되고 깨끗한 다방과 달리 그들이 거주하는 토막집 주변의 거리에는 똥 · 오줌 등과 같은 오물이 뒤엉켜 있었다.

시적 화자가 있는 다방은 토막촌과 달리 이국적인 면모를 갖춘 세련

---

24) 「다방과 예술가」, 『동아일보』, 1935. 06. 06.

된 근대의 공간이었다. 시적 화자는 커피 잔을 "향락의 잔"으로 말하며 그 잔이 "넘우나" 작다고 말한다. 이는 물리적 크기에 관한 질책이 아니라 커피라는 최첨단의 향락에 빠져 이를 소비하고 있는 시대에 관한 비판일 것이다. "향락의 잔"은 근대의 물질주의를 상징하는 시적 이미지이다. '유한자', '인테리군'들은 근대라는 향락에 빠져 "다방"으로 모여들어 커피라는 근대를 소비한다.

하지만 이들의 소비 욕망은 채워지지 않고 오히려 끝없는 갈증이 더 심해질 것이다. 이는 자신 스스로의 욕망이 아니라 강요된 욕망이기 때문이다. 커피라는 근대의 소비는 '끝없는 목마름'을 가져올 뿐이다. 늘 새로움을 추구하지만 그 새로움은 채워지지 않는 환영과 같은 욕구에 불과하다. 이들이 경험한 것은 판타스마고리였던 것이다. 시적 화자는 "한숨에 켜고 보면 남는 건 슬픔 뿐"이라고 말한다. 커피를 마셔도 남는 것은 갈증과 슬픔뿐인 것이다. 그는 "차라리 빈 잔"을 달라고 요구하며 "빈 마음으로" "가난한 인생"을 살겠다고 한다. "빈 잔", "빈 마음"은 최첨단의 향락에 빠져 이를 소비하고 있는 이들과 상반된 길을 가고자 하는 시적 화자의 의지를 상징한다. 시적 화자는 물신주의를 거부하고 "가난한 인생"을 선택한 것이다. "가난한 인생"은 토막집에 살며 하루하루 끼니를 걱정하는 대다수 조선인들의 모습이다. 그는 이런 현실을 외면하고 근대의 물신주의에 경도되어 향락에 빠져 다방에 모여드는 이들의 모습을 비판하고자 하였다. 향락은 근대인이 추구하는 행복의 다른 이름이기도 하다.

천진과 소화와 행복이/햇볕처럼 빛나는 잔디밭//가을은 황백한 거품을 통해 보는 투명계, 찬 은반/따스한 구슬을 굴리는 소리가 들릴 듯 하다//천심의 힌 사려 목에 감고/환영을 쫒는 힌 물오리의 한아(閑雅)한 식욕이여/-나도 나도 물오리 닮어 환영(幻影)이 먹고싶어……//분수는 한나절 무지개를 어루만지고/무지개 넘으로 동그라니 구으는 크다란 호수//이슬먹은 연꽃 사이로 아담(雅淡)히 떠가는 녹심 요트/조개껍질처럼 흩으지는 경쾌한 우슴/여기는 어둠과 빛과 별과 그늘이 오로지 하나/먼 하늘 어물거리는 힌 별 아래 조오나니//괴로운 혼이 개아미 새끼처럼 쌓아올린/일요 오후의 한참을 탐하는 고궁의 행복이다.

-「고궁의 행복」, 『룸비니』 제3집, 94쪽(최동호의 「『룸비니』에 수록된 김달진의 시와 산문」에서 재인용).

조그만 과자점菓子店 안 벽에 붙은 삐루 회사會社의 미인美人의 포스타가 너무 애교愛嬌스럽다.

-「안의읍」, 『씬냉이꽃(외)』, 18쪽.

「고궁의 행복」은 근대인의 일상과 일상에서 느끼는 환영과 같은 행복에 관해 말하고 있다. 시적 화자는 화창한 일요일[25] 오후 고궁의 풍경을 보고 있다. 그는 호수에 떠 있는 물오리와 분수, 그리고 그 풍경을 한가롭게 즐기는 무리들의 웃음소리에 주목한다. 시적 화자는 일요일 오후를 한가롭게 즐기는 여유에 관해 "천진과 소화와 행복"이 "햇볕처럼 빛난"다고 말한다. "천진" "소화" "행복"은 근대인들의 여가[26]를 시적 형상

25) "일요일"은 근대적 시간관인 달력 시간으로의 진입을 의미한다. 동시대의 시인인 김기림과 윤곤강도 이러한 근대적 시간관과 근대적 일상에 주목하였다. 이들은 「일요일 행진곡」과 「토요일」에서 근대 사회의 일상과 근대인의 모습을 보여준다. 특히 윤곤강은 반복되는 일상에서 벗어나고자 하는 근대인의 모습을 비판적 시선으로 묘사하였다. 이처럼 당시 달력 시간은 중요하고 새로운 것이었다.

26) 전통 사회에서 산업 사회로 이행되면서 직장과 가정이 분리되었고 이는 일과 여가

화한 것이다. 이는 "찬 은반", "따스한 구슬"처럼 모순적이며 상반적이다. 시적 화자는 이들인 느끼는 "행복"이 "황백한 거품을 통해 보는" 풍경에 불과하다고 말한다. "행복"은 금방 부풀어 오르고 순식간에 사라져 없어질 거품과 같은 환영에 불과하기 때문이다. 행복은 향락의 또 다른 이름인 것이다.

시적 화자는 "환영을 쫒는" "힌 물오리"처럼 고궁에서 여가를 즐기는 이들을 환영을 좇는 존재로 인식한다. "환영을 쫒는", "힌 물오리"의 "한아한 식욕"은 환상을 좇는 근대인들의 탐욕을 빗댄 표현이다. 이들은 다방에서 값비싼 커피를 마시듯이 고궁에서 한가롭게 여가를 소비하고 있다.

고궁 풍경으로 제시되는 "잔디밭", "분수", "요트"는 근대를 소비하는 이들이 좇는 자본주의, 물신주의를 의미한다. 고궁은 "어둠과 빛", "별과 그늘" 이 오로지 하나인 모순된 곳으로 자연 현상마저도 왜곡되고 있는 위태로운 장소인 것이다. 시적 화자는 "고궁의 행복"이 "괴로운 혼이 개아미 새끼처럼 쌓아올린" 환영과 탐욕에 지나지 않다고 말한다. 고궁의 행복은 또 다른 판타스마고리의 경험인 것이다.

판타스마고리는 경성과 같은 대도시만의 문제가 아니었다. 작은 소도시도 마찬가지였다. 「안의읍」에서 시적 화자는 조그만 과자점 안 벽에 붙어 있는 "삐루" 회사의 미인 포스타"를 목도한다. '과자'는 당시 커피와 마찬가지로 근대적 욕망을 자극하는 새로운 상품 가운데 하나였다. 당시 사람들은 이전에 경험하지 못했던 과자의 맛에 빠져 있었다.[27] 과

의 분리로 이어졌다.

27) 당시 신문의 사회면에는 과자에 관련된 기사가 많았다. 과자가 먹고 싶어 아버지의 돈을 훔쳐서 온 소녀도 있었고, 부모 몰래 과자를 외상으로 사서 먹고 돈을 갚기 위

자점은 다방과 같이 사람들이 욕망과 환영을 경험하는 공간인 것이다.

과자점 안에는 또 다른 욕망을 자극하는 광고가 붙어 있다. 그것은 "삐루 회사의 미인 포스터"이다. "삐루 회사의 미인 포스터"는 사람들의 욕망을 부추기고 조작할 것이다. 사람들은 이를 자신의 욕망이라 착각하지만 강요된 욕망이다. 시적 화자는 "삐루 회사의 미인의 포스타"가 "너무 애교스럽다"고 말한다. 과자점 벽에 붙은 맥주 회사의 미인 포스터는 여성의 성 상품화를 상징하며 포스터 속 미인의 애교는 여성의 성적 대상화에 관한 비판이다. 이는 욕망할 수 있는 모든 것이 상품으로 변형되고 있는 세태에 관한 비판이기도 하다. 판타스마고리는 물신주의와 함께 이미 대도시를 넘어 전역으로 퍼지고 있었다.

> 탁상전화는 구내 15번/푸른 붉은 잉크/잉크호壺에 침전된 흐린 꿈길./차茶잔은 이지러지고/낡은 스탠드에는 전구도 없다./모두들 따스한 등불을 찾아가고,/텅 빈 방 안에 나 혼자,/상념은 바다의 갈매기처럼/생존을 박차고 허망의 하늘로……//허망의 하늘로 날으다/현훈眩暈을 일으키며 돌아온/생존의/또 사무실//어둔 창경에 번지는/내 얼굴의 슬픈 그림자/돌처럼 찬 '허무'의 빌딩 위에/나는 추워라, 어실어실 추워라.
>
> -「사무실」, 『씬냉이꽃(외)』, 151쪽(『(김달진시전집) 올빼미의 노래』, 1983).

「사무실」은 지금까지 살펴본 시들과 달리 『(김달진시전집 올빼미의

해 불을 지른 경우도 있었다. 다음 기사 참조. 「과자먹고 싶어 이백리길」, 동아일보, 1934. 3. 1. ; 「과자외상에 쪼기다가 인가에 방화한 소부」, 조선일보, 1934. 4. 26.

노래』[28]에 실린 작품이다. 시적 화자는 「수인」에서처럼 빌딩 속 사무실에 있다. "빌딩"은 도시와 자본주의를 상징하며 "창경"에 비친 화자의 모습은 '유리창'에 갇혀 있는 근대인의 표상으로 볼 수 있다.[29] 유리는 강철, 콘크리트와 더불어 근대를 상징하는 이미지 가운데 하나다. 벤야민에 의하면 근대의 도시 파리는 거울 도시(looking-glass city)로서 군중을 압도하는 동시에 기만하였다. 거울 이면에 존재하는 계급 관계와 생산관계를 은폐했기 때문이다. '거울 도시' 파리에서 사람들은 이미 생산자가 아닌 소비자였다. 상품의 환등상(판타스마고리)은 유리 지붕 아래서 개최된 만국 박람회에서 절정에 달했다.[30]

이런 현상은 서울도 마찬가지다. 시적 화자는 "빌딩"에 갇혀 자유를 상실한 근대인이다. 시간이 흘렀지만 그는 여전히 근대 거울 도시에 갇힌 존재인 것이다. 사람들은 "따스한 등불"을 찾아 집으로 돌아갔지만 시적 화자는 홀로 차갑고 텅 빈 사무실에 남아 있다.

"빌딩"안의 "사무실"에 갇힌 시적 화자는 자유뿐만 아니라 "박제된 어린 비둘기"처럼 좌절을 맛본 존재이다. 그의 꿈은 "잉크호에 침전"되어 흐려지고 매몰되었다. 그는 단지 생존을 위해 글을 쓰면서 차디 찬 도시의 일상 속에서 살아가고 있다. 시적 화자는 비록 자신의 꿈길이 흐려지고 침전되었지만 "바다의 갈매기"처럼 현실을 박차고 하늘을 날고 싶다

---

28) 『올빼미의 노래』는 1950년에 간행하고자 하였지만 하지 못한 미간행 시집이다. 1983년 시인사에서 간행한 『(김달진시전집) 올빼미의 노래』에 『올빼미의 노래』의 52수가 수록되었다. 『씬냉이꽃외』의 작품 연보 참조.

29) 김옥성, 「조지훈의 생태시학과 자아실현」, 『한국문학이론과 비평』 제37집, 2007, 209쪽.

30) 수잔 벅 모스, 김정아 옮김, 『발터 벤야민과 아케이드 프로젝트』, 문학동네, 2004, 115-116쪽.

고 말한다. 이는 감옥과 같은 빌딩 안의 사무실에서 벗어나는 자유로운 존재가 되고자 의지의 표방이며 또 다시 꿈을 꾸고자 하는 몸짓이다.

그럼에도 시적 화자가 인식한 하늘은 "허망의 하늘"에 불과하다. 그는 다시 생존을 위해 일상의 사무실로 돌아올 수밖에 없기 때문이다. 그는 "돌처럼 찬 '허무'의 빌딩"으로 돌아와 일상을 지속할 것이다. "돌처럼 찬 '허무'의 빌딩"은 물신주의가 만들어낸 또 하나의 환영, 판타스마고리이다.

그는 차가운 사무실에서 "어실어실" 추위를 느낀다. 이 추위는 꿈을 상실한 시적 화자가 느끼는 한기이며 자유를 상실한 근대인이 느끼는 한기일 것이다. 시적 화자는 자신의 온기, 생명력마저도 빼앗긴 채 그저 생존을 위해 근대인으로 살아가고 있다. 그는 "어둔 창경"에 비친 자신의 얼굴에서 "슬픈 그림자"를 발견한다. 창경에 비쳐진 자신은 '거울 도시'가 은폐한 존재였던 것이다.

이처럼 근대인들은 근대라는 '환영'에 빠져 향락과 행복을 추구한다. 이들은 "향락의 잔"과 "행복", "과자" 등과 같은 욕망에 빠져있다. 이는 채워지지 않는 욕망이며 강요된 욕망이었다. 시적 화자는 이들과 달리 "향락의 잔"에 담긴 슬픔을 느끼고 "빈잔"을 요구하며 "가난한 인생"을 살고자 하였다. 또한 이들이 빠져 있는 "행복"마저도 "황백한 거품"처럼 사라질 환영임을 경고하고자 하였다. 이처럼 김달진은 작품을 통해 근대라는 물신주의에 빠져 있는 근대인의 모습을 비판하고 이들과는 다른 길을 가고자 하였다.

4. 고향 상실과 표박 의식

김억의 시집인 『해파리의 노래』에서 엿볼 수 있듯이 일제 강점기 때 시인들에게 부유, 방랑, 나그네, 떠돌이와 같은 표박 의식은 광범위하게 나타났다.[31] 표박 의식은 일제 강점기라는 시대적 상황과 근대에서의 고향 상실 의식과 맞물려 있다. 일제 강점기의 표박 의식은 대체적으로 수동적인 양상을 띨 수밖에 없었다. 반면에 김달진 시의 표박 의식은 방랑 의식으로 비교적 능동적인 양상을 띤다.[32]

능동적인 표박 의식은 니체의 방랑 의식 연장선에서 이해될 수 있다. 니체는 "짜라투스트라처럼 스스로 산책자이자 방랑자이자, 여행가였다."[33] 그는 방랑하면서 글을 썼다. 니체에게 있어서 방랑은 자기 체험의

---

31) 김억은 자신의 시집 『해파리의 노래』의 서두에서 "자유롭지 못한 나의 이 몸은 물결에 따라 바람결에 따라 하염없이 떴다 잠겼다 할 뿐입니다."라고 밝히고 있다. 춘원은 뒤이어 "우리 해파리는 이 이천만 흰옷 입은 나라에 둥둥 떠돌며 그의 몸에 와닿는 것을 읊었다. 그 읊은 것을 모은 것이 이 『해파리의 노래』다. 해파리는 지금도 이 후에도 삼천리 어둠침침한 바다 위로 떠돌아 다닐 것이다. 그리고는 그의 부드러운 몸이 견딜 수 없는 아픔과 설움을 한없이 읊을 것이다."라고 평하였다. 김억, 『해파리의 노래』, 열린책들, 2004.
김억과 춘원의 이런 서술은 자유의 상실로 인해 나그네가 될 수밖에 없는 현실 인식을 드러낸 것이다. 이는 부유하는 나그네 의식이 근대시의 출발과 함께 시대 의식이 되었음을 의미한다. 이러한 시대 의식으로서의 유랑 의식은 다음 저서와 논문 참조. 윤영천 『한국의 유민시』, 실천문학사, 1987 ; 조은주, 『디아스포라 정체성과 탈식민주의 시학』, 국학자료원, 2015 ; 김병호, 「한국 근대시 연구-주제의식을 중심으로」, 중앙대학교 박사논문, 2001.

32) 여기에서 '방랑 의식'은 수동적인 유랑의식과 다른 능동적 주체로서의 면모를 보여주는 것이다. 수동적인 유랑의식이 자신의 의지와 상관없이 상황에 떠밀린 비자발적인 것이라면, 방랑 의식'은 자발적이며 적극적인 이동 의지를 함축한다. 이에 관한 논의는 다음 참고. 김옥성, 「유치환 초기시의 노마디즘 연구」, 『어문학』 제136집, 2017.

33) 미셸 마페졸리, 최원기 · 최항섭 옮김, 『노마디즘』, 일신사, 2008, 16쪽.

과정이자 자기 자신을 찾아가는 과정 가운데 하나였다. 이는 인간이 자신에게 있어서 필연적으로 완벽한 타인이라는 전제가 있기 때문이다.[34)]방랑은 니체에게 자신의 자아를 찾아 떠나는 탈향과 자신에게 되돌아가는 귀향이 된다. 이처럼 니체의 방랑은 능동적이고 적극적이다. 김달진의 방랑도 그와 유사하다.

김달진은 모든 인간이 나그네이며, 방랑은 창조적 동기이자 탐구를 의미한다고 말한다. 「삶을 위한 명상」에는 그의 표박 의식을 살펴볼 수 있다.

> 인생은 항상 향수에 젖어 있다. 인간은 나그네이기 때문이다.
> 어찌하여 나그네가 되었던가?
> 고향이 불만이었던 까닭이다.
> 그러면 불만이었던 고향을 왜 또다시 그리워하는가? 나그네의 신세가 너무나도 고달프기 때문이다. 고향에서 유랑으로, 유랑에서 고향으로 ……
>
> 인생이란 영원한 구속과 곤궁과 동경과 사모와……
> 인간은 그들로 인해 허덕이는 유랑군(流浪群)인가?
> (생략)
> 방랑이란 인간 본능의 일종이 아니던가? 그것은 미지에의 동경에서 나온 기지(既知)에의 권태에 대한 발작이 아닌가?
> 그러므로 방랑이란 곧 탐구의 대명사일 것이다.
> 인간의 방랑벽! 인생의 모든 창조적 동기의 원천이 아닌가?

---

34) 니체, 『신과 인간』, 빛과향기, 2007, 252-256쪽.

좋은 의미에서 석가도 방랑자였고, 예수도 방랑자였다. 모든 죄악의 부정에서 진선眞善의 긍정으로 돛을 달고 신발을 졸라맨 인생의 위대한 방랑자들이여!

-「삶을 위한 명상」, 『씬냉이꽃(외)』, 655-661쪽.

윗글에서 김달진의 표박 의식을 두 가지로 살펴볼 수 있는데, 그 첫 번째는 인간이 나그네이라는 것이다. 그렇기에 인생에서 향수를 빼뜨릴 수 없다. 나그네가 될 수밖에 없는 이유로 고향에 관한 불만을 제시한다. 고향에 대한 불만은 일제 강점기라는 시대적 상황과 근대의 고향 상실 의식과 맞물려 있다. 고향 상실은 탈향을 불러오고 타향에서의 고달픈 처지는 그를 다시 귀향하게 할 것이다. 귀향한 나그네는 또다시 고향을 떠날 수밖에 없는 처지다. 결국 탈향과 귀향의 반복, 순환적인 회귀가 일어난다. 김달진은 인생이 영원한 구속과 곤궁, 그리고 동경과 사모를 동반하고 있다고 말한다. 이로 인해 인간은 "허덕이는 유랑군"이 될 수밖에 없는 것이다.

두 번째 표박 의식은 좀 더 능동적이다. 김달진은 방랑을 "인간 본능의 일종"이라고 정의한다. 방랑은 인간이 가지는 미지에 관한 동경에서 비롯된 것이다. 그는 여기서 더 나아가 방랑은 "탐구의 대명사", "창조적 동기의 원천"이라고 말한다. 그는 진리를 탐구하였던 성인, "석가"도 "예수"도 방랑자였으며 이들은 방랑을 통해 죄악의 부정에서 진선의 긍정으로 나아갔다고 말한다. 김달진도 진리를 탐구하기 위해 방랑의 대열에 합류한다. 그의 방랑은 창조적 동기의 원천인 것이다. 이처럼 그가 인식한 표박 의식은 능동적이며 적극적인 개념이다. 방랑을 통해 자아와 세계를 탐구할 수 있었으며, 시적 사유와 상상의 자양분을 얻을 수 있기 때문이다. 그의 표박 의식은 고향에 대한 현실 인식에서 출발한다.

갑자기 추워진 이월 밤이 조각달의 눈동자조차 잃어버려……. 하얀 눈 속의 고독한 사원은 더욱만 깊었다./뼈를 핥는 듯 싸늘한 하늘-. 얼어붙은 뜰 우에 나서 어째 나는 혼자 이렇게도 애처로운 휘파람을 날리느뇨?/땅그랑……여윈 가슴을 파고드는 애끈한 고수孤愁다. 바람에 살금 울린 풍경의 바늘 끝같이 날카로운 싸늘한 울림. 길게 내어뿜는 내 한숨발이 눈앞에 창백하다.//돌같이 냉혹한 현실 앞에 돌같이 냉혹한 갱생更生을 꿈꾸며 나그네 된 내가 아니었던가……./말없이 나를 노려다보고 있는 극락전 앞의 희뿌연 광명등光明燈-/찬 눈 우에 기다란 그림자를 그어 놓았다.

-「표박자」, 『씬냉이꽃(외)』, 120쪽(『청시』, 1940).

내 고향에서도 뜻엇지못한몸이/어대가 무엇하려고 이길을 써나는고/차창을여니 산수만 낫설더라//문득 생각해보니/내사는마을 한번도 안 돌아보고 웅천곡[35]을 넘엇네/내 이리도 무심하든가/한참동안의 언짠흔 가슴//자는 듯 눈감고/차창에 기대어/켜테안진 네다섯일본사람의 제씨리 주고밧는조선 이야기모르는체듯네//하얀서리를 자박자박밟으며 이른 새벽에/넓은 들길로 어대가는 여인인고!//큰갓쓰고 도포 입고 말탄/조선 양반의 그림을 보고/일본 사람의 제씨리 바라보고 웃는 눈웃음/그웃음도 얄밉다만 더애닯은 그 그림이여!//무엇이나 다 귀찬허만지는/지금의 내 마음이여!/겨테서 림금을씹는 日女의 입을밉다하다

-「차상잡음」, 『동아일보』, 1930. 2. 11.

---

35) "웅천곡"은 김달진의 생가가 있는 마을로 그 정경은 김달진의 시편 「웅천곡」에서 확인할 수 있다. 김달진, 「웅천곡」, 『씬냉이꽃(외)』, 129쪽(『청시』, 1940).

시적 화자는 자신을 "표박자"라고 정의한다. 이때 "표박자"는 구도자로 고독을 통해 본질적인 존재에 접근하고자 애쓰는 존재이다. 시적 화자는 자신이 표박자, 나그네가 된 이유를 "돌같이 냉혹한 현실" 과 "돌같이 냉혹한 갱생" 때문이라고 말한다. "돌같이", "냉혹한", "싸늘한", "날까로운"과 같은 수식어는 표박자가 극복해야 하는 극한적인 현실 상황을 의미한다. "돌같이 냉혹한 현실"은 일제강점기라는 민족의 현실과 자아인식에 관한 난관을 반영하는 이중적인 이미지이다. "뼈를 핥는 듯 싸늘한 하늘"과 "얼어붙은 뜰"은 시적 화자가 체감하는 현실의 온도이다.

냉혹한 현실과 냉혹한 갱생을 홀로 감당해야 하는 표박자에게 "고수", 고독은 필수불가결하다. 고독은 개인의 고립이 아니라 공동체의 통합과 밀접한 관계를 가진 개념이다. 표박자는 고독을 통해 본질적 존재에 접근할 수 있다.[36] 시적 화자는 홀로 사원의 뜰에 나와 "애끈한 고수"에 잠겨있다. 차가운 입김 "한숨발이"와 애처로운 휘파람은 표박자의 "고수"를 상징한다. 풍경의 "땅그랑" 소리는 시적 화자로 하여금 자신의 본질을 자각하게 하는 청각적 이미지이다.

시적 화자가 서 있는 "극락전"은 표박자로서 귀향해야 할 곳이자, 탈향해야 하는 곳이다. 하지만 그의 탈향과 귀향은 그리 밝은 전망을 갖지 않는다. "극락전 앞의 희뿌연 광명등"과 잃어버린 "조각달의 눈동자"는 표박자가 마주한 현실, "돌같이 냉혹한 현실"을 상징하기 때문이다. 그는 하늘의 조각달이 빛을 잃어버려 지상의 "희뿌연 광명등"에 의지해 길을 나서야 한다. 시적 화자가 극락전에서 "애끈한 고수"를 느끼는 것은 "돌같이 냉혹한 현실"보다 "돌같이 냉혹한 갱생" 때문일 것이다. 그

36) 미셸 마페졸리, 앞의 책, 85-88쪽.

는 고독을 통해 갱생을 얻고자 한다.[37] 표박자는 "냉혹한 현실"에서 "갱생"을 꿈꾸는 존재이다.

표박자가 처한 "냉혹한 현실"은 「차상잡음」에서 볼 수 있다. 시적 화자는 "냉혹한 현실" 때문에 고향인 "웅천"을 떠나고 있다. 그는 고향에서조차 자신의 뜻을 이루지 못하고 낯선 곳으로 떠나야 한다는 현실에 자책한다. 시적 화자의 자책은 고향의 "산수"마저도 낯설게 한다. 그는 자신의 고향 "웅천곡"마저 돌아보지 않는 자신의 무심함을 인식하고 "언싼흔"은 감정을 느낀다.

그의 시선이 머무르는 곳은 차 안의 풍경이다. 차 안 풍경은 그가 표박자가 될 수밖에 없는 이유를 보여준다. 그것은 일본 사람들과 조선 사람들이 같은 차 안에서 공존하고 있는 조선의 현실이다. 시적 화자의 시선은 이른 새벽에 "하얀서리"를 밟으며 들길[38]로 걸어가는 여인의 모습과 "큰갓쓰고 도포 입고 말탄 조선양반"의 그림을 향한다. 시적 화자는 이들에게 연민과 애달픈 감정을 느낀다.

시적 화자와 달리 차 안의 일본인들에게는 그림 속의 "큰갓쓰고 도포 입고 말탄 조선양반"의 모습은 비웃음거리밖에 되지 않는다. 조선 양반의 그림은 시대에 뒤떨어진 조선의 현실을 상징하는 시적 이미지이다. 조선 양반의 그림은 앞에서 살펴본 "낡은 벽화 속의 사슴이"처럼 박제된 조선을 상징한다.

시적 화자는 고향마저도 버리고 떠나는 처지이기에 "무엇이나 다 귀

---

37) 김달진에게 고독은 어린 꽃의 "미"와 "향기", "힘"을 가르쳐주는 긍정적인 시적 이미지이다. 김달진, 「고독」, 『씬냉이꽃(외)』, 50쪽(『청시』, 1940).

38) 김달진의 시세계에서 '들길'은 중요한 이미지 가운데 하나이다. 그는 「들길」에서 "오월의 들길은 어딘가 슬프다"라고 말한다. 그에게 들길은 시대의 애환과 민중의 삶을 상징하는 이미지로 작용한다. 김달진, 「들길」, 『씬냉이꽃(외)』,134쪽.

찬허만지는" 심정으로 이를 외면한다. 시적 화자의 외면은 자신의 옆에서 무심하게 "림금을씹는 日女의 입"으로 인해 미움의 감정으로 변한다. 일녀의 무심한 모습은 들길로 걸어가는 여인의 모습과 대조적이다. 시적 화자는 일녀의 무심한 태도에서 자신의 무심함을 느꼈을 것이다. 이 무심함은 "냉혹한 현실"을 갱생하지 못하는 자책과 다르지 않다.

시적 화자의 자책과 함께 이 작품에서 문제적인 것은 일본인들의 등장이다. 시적 화자는 일본인에 관한 부정적인 시선을 고스란히 드러낸다. 시적 화자는 일본인들의 대화를 "차상잡음"으로 치부하고 일녀에 관한 미움을 통해 일본인에 대한 감정을 감추지 않는다.

이처럼 「차상잡음」은 당시의 조선의 "냉혹한 현실"과 이에 관한 시적 화자의 불만을 고스란히 드러내고 있다. 시적 화자의 불만은 일본인들의 조선인 멸시에 대한 강한 거부감이기도 하다. 표박자의 시선은 차창 너머의 풍경과 함께 차 안의 풍경에 머물러 있다. 그 풍경에는 "냉혹한 현실"과 고단한 삶이 있었다. 이는 그를 산으로 들어가게 하고, 다시 산 밖으로 나오게 한다.

> 석양夕陽에 종용히 노인 작은 도시都市가 건너 바라보이는/산山구비 돌아나가는 길가에 외로히 노인 술집/헐어진 문 앞에 때묻은 안악네의 고무신 하나 있다//오늘 깊은 산山에서 나오는 내게/그리도 넓은 세계世界가/갑작이 좁아지노니
>
> -「자동차상에서」, 『씬냉이꽃(외)』, 19쪽.

> 이곳은 언제나 이리 쓸쓸하더라./-정류 오분간停留五分間(자동차自動車)/나는 나리어 쉬고 싶지도 안타/저기 집 앞에 싸움하는 개 두 마리/

> 나와서 한 마리를 돌로 치고 한 마리를 더리고 드러가는 사람-/아리욕我利慾의 본능本能을 충분히 발휘發揮했다/오늘 갑자기 쌀쌀해지는 바람 담천曇天-/조그만 과자점菓子店 안 벽에 붙은 삐루 회사會社의 미인의 포스타가 너무 애교愛嬌스럽다.
>
> -「안의읍」, 『씬냉이꽃(외)』, 18쪽.

「자동차상에서」와 「안의읍」은 동아일보에 '춘일지지(春日遲遲)'라는 이름으로 발표된 연작시 중의 일부이다. 두 작품 모두 시적 화자의 시선이 차를 따라 이동한다는 점에서 「차상잡음」과 공통점을 가진다. 「자동차상에서」에서 시적 화자는 니체의 차라투스트라처럼 깊은 산 속에서 다른 세계로 나온 표박자이다. "석양"과 "외로히"는 시적 화자, 표박자의 고독을 드러내는 시어이다. 그에게 현실은 자동차를 타고 스쳐 지나가는 풍경으로 존재한다. 그의 시선은 차장 너머의 "작은 도시가 건너 바라보이는" 길가에 놓인 술집 풍경에 머무른다. 뒤이어 카메라의 앵글처럼 술집 풍경에서 "헐어진 문 앞에 때묻은 안악네의 고무신"에 맞춰진다. 고단한 아낙네의 삶을 인식하는 순간 넓은 세계는 "갑자기 좁아"진다. 좁아진 세계는 "깊은 산", 자연의 세계와 대조되는 자본과 물질이 지배하는 세계이다. 물질주의는 경성과 같은 대도시를 넘어 작은 소도시에도 퍼져 있다.

「안의읍」은 당시 지방 소도시의 풍경을 보여준다. 시적 화자는 "정류오분간"동안에도 자신은 차에서 내려 쉬고 싶지 않다고 말한다. 차 밖의 풍경에서 쓸쓸함을 느끼기 때문이다. 시적 화자의 시선이 누군가의 집 앞에서 일어난 개싸움에 머문다. 그는 곧이어 개 주인으로 보이는 사람이 나와 한 마리의 개를 돌로 쳐버리고 자신의 개만을 데리고 들어가는 장면을 차창 너머로 목격한다. 시적 화자는 자신 소유의 개만을 위하고 다른 사람의 개의 목숨마저도 함부로 대하는 태도를 "아리욕"이라고 한다. 아리욕은 공동체 의식의 붕괴와 개인주의의 대두에서 비롯된 것이다. 시적 화자는 개주인의 아리욕을 보고 난 뒤 갑자기 하늘에 구름이 끼고 쌀쌀해지는 것을 느낀다.

시적 화자의 시선은 "조그만 과자점에 안 벽에 붙은 삐루 회사의 미인 포스타"으로 옮겨간다. "과자점"과 "삐루", "미인"은 자본주의를 상징하는 시적 이미지이다. 과자라는 새로운 상품을 판매하는 작은 과자점은 이제 소도시에서도 볼 수 있다. 근대라는 상품이 대도시를 넘어 소도시까지 퍼져 있는 것이다. 시적 화자는 과자점 안 벽에 붙은 삐루 회사의 미인 포스터가 너무 애교스럽다고 역설적으로 말한다. "미인 포스터"는 상품화된 여성을 상징하며, "너무 애교스럽다"는 역설은 자본주의와 물신주의에 관한 비판이다. 이처럼 개인주의와 자본주의는 대도시뿐만 아니라 작은 지방 소도시에도 침범하여 그 세를 확장하고 있다. 시적 화자의 시선이 머무는 차 밖의 풍경은 전통 공동체의 몰락과 함께 근대 자본주의에 점령당한 현실에 관한 묘사이다.

> 내 무엇 하러 이 길을 가는 것인가?/이 길은 어느메로 가는 길인가?//쿵, 쿵, 쿵 달리는 차창 앞에/산모롱이 오고 가고,/들은 돌아가고,//옛 사람 내리고, 새 사람 오르는 동안,/눈부신 저녁 별 사이로/꽃피던 이야기에 도리어 고달파져……//감았던 눈을 가만히 뜨면/연기 자욱한 희부연 등불 아래,/아 우리 모두/환幻의 세계에 귀양살이 나그네.
>
> -「차중에서」, 『씬냉이꽃(외)』, 156쪽(『(김달진시전집) 올빼미의 노래』, 1983).

「차중에서」는 앞의 시들과 달리 인간의 삶을 차를 타고 가는 여로에 비유하고 있다. 잠시 차에 올라탄 순간이 바로 인간의 삶인 셈이다.[39] 차 안으로 표상되는 세계는 고정된 영역이 아니다. 사람들이 타고 내림으로 인해 형성되는 비실체적인 세계이다.

"내 무엇 하러 이 길을 가는 것인가?", "이 길은 어느메로 가는 길인가?"라는 질문은 인간의 삶에 관한 성찰적 질문이다. 옛 사람과 새 사람들의 이야기는 시적 화자에게 '고달픔'으로 다가온다. 이 '고달픔'은 인생의 고달픔이자 표박자의 "고수(孤愁)"이다. 고달픔에 시적 화자는 감았던 눈을 가만히 뜬다. 그의 눈앞에 펼쳐진 차 안의 풍경은 사라지고 "연기 자욱한 희부연 등불" 아래 있을 뿐이다. 이는 사람들을 현혹시키는 "환(幻)"에 관한 자각이다.

시적 화자는 "환(幻)의 세계"에 둘러싸여 있다고 말한다. "환의 세계"는 사람들을 현혹시키기에 현실을 온전히 파악하기 힘들다. 그는 더 나아가 인간은 단지 "환의 세계"에서 "귀양살이 하는 나그네"일 뿐이라고 말한다. 시적 화자의 "환의 세계"에 관한 자각은 환(幻)의 세계를 넘고자 하는 시도로 볼 수 있다. 시적 화자는 환의 세계를 그대로 인지함으로써 그 환의 세계를 넘어 현실을 냉철하게 인식하고자 하는 것이다.[40]

일제강점기라는 현실에서 출발된 표박 의식은 김달진의 시세계뿐만 아니라 당시 문단에서 중요한 위치를 차지하고 있다. 시적 화자는 "냉혹한 현실"로 인해 "냉혹한 갱생"을 위해 표박자가 되고자 하였다. 방

39) 김옥성, 앞의 논문, 110쪽.

40) "우리는 환의 세계에 산다./그 세계 안에서 살면서 그 환의 세계를 뛰어넘을 수 있다./환의 세계를 뛰어넘는 것은 그 세계 그대로를 실상으로 파악하고 생활하는 것이다." 김달진, 「삶을 위한 명상」, 『씬냉이꽃(외)』, 범우, 2007, 627쪽.

랑은 본래적 존재를 찾아가는 과정이다. 시적 화자는 고독, "고수"를 통해 공동체의 일원으로서 본래적 존재에 접근할 수 있다. 표박자가 처한 "냉혹한 현실"은 고향의 현실에서 그 실마리를 찾을 수 있다. 시적 화자가 목도하는 고향의 현실은 말 타고 갓 쓴 양반의 그림처럼 박제되어 있다. 박제된 조선인의 모습은 일본인에게 조롱거리가 될 뿐이다. 전통 공동체는 무너지고 아리욕과 같은 개인주의와 자본주의가 곳곳에 침투해 있다. 시적 화자는 이를 "환의 세계"로 인지함으로써 그 세계를 넘어 현실을 냉철하게 인식하고자 하였다.

5. 결론

지금까지 김달진의 시에 나타난 현실 인식에 관해 살펴보았다. 그는 일제강점기에서의 전통 공동체의 몰락과 근대로의 이행에서 나타난 문제에 주목하였다. 그것은 박제된 자연과 수인 의식, 환영과 물질주의, 고수와 표박자 의식 등이다.

자연은 김달진의 시세계에서 중요한 키워드 가운데 하나이다. 그동안 김달진의 시세계에서 자연은 금욕적이고 은일한 태도를 보여주거나 초탈과 달관의 세계를 보여주는 무위자연, 이상적인 자연으로 인식되어 왔다.[41] 이와 달리 김달진의 초기 시에서 자연은 근대라는 안경 속에서 표구되고 박제된 상태로 일상에서 분리된 자연이었다. 시적 화자는 "낡

---

41) 김윤정, 「김달진 시에 나타난 구도과정 고찰」, 『한국언어문학』 84, 한국언어문학회, 2013, 303쪽.

은 벽화 속의 사슴"과 "박제된 비둘기" 그리고 "어항 속의 금붕어"로 박제된 자연을 형상화하였다. 박제된 자연은 자유를 상실한 채 근대라는 감옥에 수감된 근대인의 또 다른 모습이기도 하다.

근대는 지식인들에게 향유의 대상이자 동시에 비판의 대상이었다. 김달진의 초기 시에서도 경성이 가진 변태성이 나타난다. 소비의 면모만을 가진 불구적인 도시의 모습이 그것이었다. 사람들은 다방에서 커피를 마시고 일요일이면 고궁에서 여가를 즐겼다. 하지만 이들이 소비한 것은 물질로서의 근대였다. 이는 채워지지 않는 욕망으로 '환영', 판타스마고리에 지나지 않았다. 판타스마고리는 소비주의, 물신주의 밀접한 관계를 맺고 있다.

김달진은 표박 의식에도 주목하였다. 표박 의식은 일제강점기라는 역사적 사실과 근대에서의 고향 상실과 맞물려 있다. 김달진 초기시에서 인식한 표박 의식은 해파리처럼 부유할 수밖에 없는 비자발적인 유랑의식과는 다르다. 본래적 존재를 찾아가는 과정으로 능동적이며 자발적이다. 여기서 "고수", 고독은 필연적이며, "고수"를 통해 본래적 자아를 찾아간다. 표박자는 탈향과 귀향을 반복하는 순환적 회귀를 한다. 시적 화자는 이 모든 것이 환(幻)의 세계라는 자각을 통해 그 세계를 뛰어넘고자 하였다.

제4장

윤곤강 시의 식민지 근대성 비판과 자연 지향성

김옥성 · 유상희

1. 서론

윤곤강(1911~1950)은 매우 다채로운 면모를 지닌 시인이다. 그는 카프 계열의 시인으로 알려져 있지만 『동물 시집』 이라는 독특한 테마의 시집을 발간하였으며, 해방 후 향가와 고려가요를 패러디한 『피리』와 『살어리』 등의 시집 또한 발간하였다. 시론가로서는 김기림의 시론집에 이어 현대시론사의 두 번째 시론집인 『시와 진실』[1]을 발간하였다. 문학사적인 측면에서는 최초로 '사회주의 리얼리즘'[2]을 소개하였다. 해방 후에는 최초의 전통론[3]을 제기하는 등 유의미한 업적을 남겼다.

2005년 전집 발간 이후 윤곤강의 다채로운 면모가 꾸준히 주목받고

1) 윤곤강, 『시와 진실』, 정음사, 1948.
2) 윤곤강, 「쏘시알리스틱 · 리얼리슴론-그발생적 · 역사적 조건의 구명과 및 정당한 이해를 위하여」, 『신동아』, 1934.10.
3) 윤곤강, 「전통과 창조」, 『윤곤강 전집』2, 159쪽(『인민』, 1946).

있다[4]. 특히, 최근에는 '동물', '생태', '자연' 등의 관점에서 활발하게 논의되고 있는 상황이다[5]. 『대지』, 『동물 시집』 등의 제목에 단적으로 나타나듯이 윤곤강 시의 '동물', '생태', '자연' 등은 핵심적인 주제들이다. 그러나 윤곤강 시의 또 다른 핵심 중의 하나는 '현실'이다. 카프 계열 시인

---

4) 시세계의 변모를 포함한 거시적 관점의 연구로 다음 참고. 한영옥, 「윤곤강 시 연구」, 『성신연구논문집』18, 성신여자대학교, 1983 ; 제해만, 「시대상황과 시적 변용--윤곤강의 경우」, 『국어국문학』95, 국어국문학회, 1986 ; 임종찬, 「윤곤강 시 연구-시적변모를 중심으로」, 『인문논총』37, 부산대 인문과학연구소, 1990 ; 박윤우, 「낭만적 주체의 욕망과 내성-윤곤강론」, 『시와 시학』7, 시와시학사, 1992 ; 권택우, 「윤곤강 시 연구」, 『문화전통논집』 창간호, 경성대학교 향토문화연구소, 1993 ; 김용직, 「계급의식과 그 이후 : 윤곤강론」, 『현대시』, 한국문연, 1996 ; 박철석, 「윤곤강 시 연구」, 『국어국문학』16, 동아대학교, 1997 ; 양혜경, 「윤곤강 시의식의 변모 양상 고찰」, 『동남어문논집』, 1998.10 ; 유성호, 「윤곤강 시 연구 : 현실과의 길항, 격정적 자의식」, 『한국근대문학연구』24, 한국근대문학회, 2011.10. ; 최혜은, 「윤곤강 문학 연구」, 충남대학교 박사논문, 2014.
패러디와 관련된 연구로 다음 참고. 박노준, 「속요 그 현대시로의 변용」, 『한국시가연구』9, 한국시가학회, 2001 ; 염형운, 「속요 수용의 시적 변이 양상에 대한 논고-윤곤강과 신석초 시를 중심으로」, 『한국어문학연구』18, 한국외국어대학교 한국어문학연구회, 2003 ; 박경수, 「현대시의 고전시가 패러디 양상과 담론」, 『국제어문』38, 국제어문학회, 2006.12 ; 김기영, 「윤곤강의 고려가요 수용시 고찰」, 『인문학연구』103, 충남대학교 인문과학연구소, 2016.
시론과 관련된 연구로 다음 참고. 문성숙 , 「곤강 윤붕원론」, 『북천 심여택 선생 회갑기념 논총』, 형설출판사, 1982 ; 윤정룡, 「윤곤강 시론에 대한 검토」, 『관악어문연구』10, 탑출판사, 1985 ; 이형권, 「시론과 시의 상관적 변모 과정 : 곤강론」, 『한국현대시의 이념과 서정』, 보고사, 1998 ; 김지연, 「윤곤강의 시론과 시에 관한 연구」, 『성심어문론집』26, 성심어문학회, 2004 ; 김현정, 「윤곤강의 비평 연구」, 『비평문학』19, 한국비평문학회, 2004 ; 문혜원, 「윤곤강의 시론 연구」, 『한국언어문학』58, 한국언어문학회, 2006 ; 유영근, 「윤곤강의 시와 시론의 관련 양상 연구」, 세종대 석사논문, 2007 ; 박민규, 「해방기 시론 연구」, 고려대학교 박사논문, 2012.

5) 한상철, 「초기 현대시의 동물 표상 연구」, 『한국문학이론과비평』65, 한국문학이론과 비평학회, 2014 ; 한상철, 「1930년대 후반기 시의 현실 비판적 경향과 '벌레/곤충'표상」, 『한국문학과이론과 비평』67, 한국문학이론과 비평학회,2015 ; 남진숙, 「윤곤강 시의 생물다양성과 생태학적 상상력」, 『문학과 환경』13-2, 문학과환경학회, 2014 ; 김옥성, 「윤곤강 시에 나타난 자연의 의미」, 『문학과 환경』14-3, 문학과환경학회, 2015.

답게 윤곤강은 끊임없이 현실에 대해 고민해왔고 시와 비평을 통해 지속적으로 현실 비판 의식을 드러내왔다[6]. 윤곤강의 현실 인식에 관한 논의가 종종 이루어졌지만 여전히 미흡한 실정이다. 특히 윤곤강 시의 식민지 근대성 인식에 대한 깊이 있는 논의는 찾아보기 어렵다. 그러한 점을 고려하여 본고는 윤곤강의 현실 인식에 착목하여 윤곤강 시의 식민지 근대성 비판을 논의하고자 한다. 나아가 그의 식민지 근대성 비판이 어떻게 자연 지향성과 맞물려 있는지 검토하고자 한다.

당대 많은 지식인들이 일제에 의한 근대화의 식민성을 비판적으로 인식하였다. 이미 언론에서는 1920년대부터 식민지적 근대화의 '변태성'이 예리하게 지적되었다[7]. 김기림 또한 시와 비평 등 다방면에서 식민지적 근대화의 문제를 비판하였다[8]. 윤곤강은 당대의 문화적 장에서 식민지 근대성을 비판하면서 이상적 공동체를 모색했다.

2. 소비문화와 퇴폐풍조, 그리고 근대 도시 경성의 모순

널리 알려졌듯이 1930년대 서구 대중문화가 폭넓게 유입되었다. 그

6) '현실'을 강조한 대표적인 시론은 다음 참고. 윤곤강, 「포에이지에 대하여」, 『윤곤강 전집』2, 69-74쪽(「창조적 정신과 우리시가의 당위성」, 『조선일보』, 1936.1.31.-1936.2.5.) ; 윤곤강, 「표현에 관한 단상」. 『윤곤강 전집』2, 87-92쪽(『조선문학』, 1936.6.).

7) 대표적인 예로 다음 참고. 「변태적 근대 도시로서의 경성」, 『동아일보』, 1928. 10. 4.

8) 김기림의 대표적인 시로는 다음 참고. 「훌륭한 아침이 아니냐?」, 「어둠 속의 노래」, 「상공회의소」(『태양의 풍속』, 학예사, 1939). 김기림의 대표적인 비평으로 다음 참고. 「조선 문학에의 반성」, 『인문평론』, 1940. 10.

러나 당시의 모던 세대들은 서구 대중문화를 피상적으로 경험했을 뿐 그 본질을 향유하지는 못했다[9]. 모던 세대들의 대중문화 경험은 대체로 소비와 퇴폐로 흐르는 경향이 강했다. 당시 유행한 '에로 · 그로 · 넌센스'[10]는 당시 소비와 퇴폐풍조를 집약적으로 반영한다.

당대의 많은 시인, 비평가들이 그러한 풍조를 비판적으로 바라보았다. 박영희는 모던걸, 모던보이의 특징을 "유탕(遊蕩)", "낭비(浪費)", "퇴폐(頹廢)"로 규정하고, 그들을 "近代的 有産社會의 頹廢의 表象"으로 규정하며 비판한다[11]. 김기림은 "스크린의 아메리카 여자의 다리"[12]로 표상되는 서구의 대중문화에 중독된 모던 세대를 풍자하였다. 윤곤강은 많은 시편들에서 다른 어느 시인보다도 날카롭게 식민지 조선에 만연한 소비문화와 퇴폐풍조를 비판하였다.

> 零下 四度!/ 珠盤알로만 安樂을 흥정할수있다고 信念하는 그 사나이의 第二婦人이/ 三七年式 포-드로 아스팔트를 스케-팅한 다음,//뒤미처 딸어대서는 또한놈의 포-드!/ 그속에는 피아노마저 끄려먹는 젊은 音樂家 S君이 타고 간다.//무엇이고 流線型을 조아하는 그女子의 口味에도/ 珠盤알로만 安樂을 흥정할수있다는 그 사나이의/ 流線型배때기만은 싫症이 낫나?

---

9) 주창윤, 「1920~1930년대 '모던 세대'의 형성과정」, 『한국언론학보』52-5, 한국언론학회, 2008.

10) "에로티시즘(Eroticism)의 약자인 '에로'와 그로테스크(Grotesque)의 약자인 '그로', 그리고 넌센스(Nonsense)가 합쳐진 '에로 · 그로 · 넌센스'는 '음탕하고 기괴하며 어처구니없이 우스운 것'을 의미한다. 일본에서 유행하였던 이 말은 식민지조선에도 유입되었는데……" 장유정, 『다방과 카페, 모던보이의 아지트』, 살림, 2008, 37쪽.

11) 박영희, 「有産者社會의 所謂 '近代女', '近代男'의 特徵, 모-던걸 · 모-던뽀-이 大論評」, 『별건곤』, 1927. 12. 20, 114-116쪽.

12) 김기림, 「어둠 속의 노래」, 『태양의 풍속』, 학예사, 1939.

-윤곤강, 「표현에 관한 단상」, 『윤곤강 전집』2, 87-92쪽(『조선문학』, 1936.6.).

이 시는 식민지 경성에 만연한 물신주의, 소비문화, 윤리적 타락 등을 함축적으로 반영한다. 우선 "珠盤알로만 安樂을 흥정할 수 있다는 그 사나이"는 자본주의와 물신주의를 함축하는 인물이다. "포드"[13] 자동차와 "유선형"[14]도 물신주의와 소비문화를 표상하는 이미지이다. "포드"를 타고 "아스팔트" 위를 스케이팅하는 "그 사나이의 제이부인"과 "젊은 음악가 S군"[15]의 관계는 도덕적 타락상을 반영한다[16]. 이 시는 젊은 남녀가 유선형의 포드 자동차를 몰고 아스팔트를 질주하는 도로 풍경을 매개

---

13) "포드"는 근대적 소비문화와 자본주의의 상징이다. 또한 유선형의 미학과 스피드를 즐기는 모던 세대의 상징물이기도 하다. 당시에는 자동차 드라이브 연애가 유행하였는데 이 시는 그러한 풍조를 반영하고 있다. 관련 기사로는 다음 참고. "요사히 보히는게 지랄밧게 업지만 자동차 『드라이브』가 대유행이다. 탕남탕녀가 발광하다 못해 남산으로 룡산으로 달리는 자동차안에서 『러브씬』을 연출하는 것은……" 「이꼴저꼴」, 조선일보, 1933. 2. 19.

14) "유선형"은 당시 최고 미적 기준으로서 '유행의 첨단'과 동의어로 사용되었으며 유선형으로 된 것이 최고의 감각적 쾌락을 선사한다는 생각이 널리 퍼져 있었다. 소래섭, 「정지용의 시 〈유선애상〉의 소재와 의미」, 『한국현대문학연구』, 한국현대문학회, 2006, 268-272쪽. 관련 기사로는 다음 참고. "自動車, 汽車, 飛行機 등 스피드 萬能時代의 動體는 모두가 流線型으로 바뀌는 모양이다. 빠르게! 빠르게. 그러나 流線型은 빠르다는 데뿐아니라 現代人의 視覺에 美의 焦點이 되는지도 모른다. 女子의 洋襪신흔 다리를 보아도 流線型이라고 길로 달린, 말이 깔기는 똥도 流線型,스포츠人의 몸도 女人의 눈에는 流線型으로 보히는 모양이다." 「砲彈과 現代의 愛人」, 『조선일보』, 1935. 2. 2.

15) S군은 당대 모던 세대의 문화를 상징하는 인물로 해석된다. 김기림은 '누군가 현대를 3S시대(「스포츠」, 「스피드」, 「섹스」)라고 칭한다'고 하였는데, 'S'군의 이미지는 그와 밀접한 관련성을 지니는 것으로 보인다. 김기림, 「미스 코리아여 단발하시오」, 『김기림 전집』 6, 심설당, 1988, 116쪽.

16) 작품에서 "그 사나이의 제이부인"은 남편("유선형 배때기")에게 실증을 느끼고 음악가 S군과 부적절한 관계를 맺고 있다.

로 왜곡된 근대 도시 경성의 소비문화와 퇴폐풍조를 비판하는 것이다.

금방 이 세상이 끝이나 날 듯이/人魚를 닮았다는 계집들의 고기 냄새에/넋두리와 쓸개를 톡톡 털어놓고,//얼굴은 猩猩이 흉내내고/거름은 갈지字를 그리면서/네그리 종각앞에 오줌을 깔기고,//입으로는 떼카단스를 외우는 무리가/아닌 밤중의 도깨비처럼 싸대는 밤//쇼-윈도-의 검정 휘장에/ 슬쩍 제얼굴 비춰보고/고양이처럼 지나가는 거리의 아가씨야!//어대선지,/ 산푸란시스코의 내음새 풍기는 째스가,/ 술잔속에 규라소-를 불어넣는구나!// 香氣 없는 造花./ 紫外線없는 人造太陽./ 壁도 땀을 흘리는 「원마遠磨스토-브」.//돈으로만 살수있는 乳房의 觸感 /아아! 人造大理石 테-블 우에 코를 비벼보는 心情/ (오늘밤, 어느시골 얼치기가/마지막 논문서를 또 해먹느냐?)

-「夜陰花」, 『윤곤강 전집』1, 109쪽(『만가』, 1938).

이 시는 정지용의 「카페 프란스」를 연상시키는 면이 있다[17]. 그러나 「카페 프란스」에 비해 소비와 퇴폐 문화 비판의 성격이 훨씬 강하게 나타난다. 널리 알려졌듯이 당대 경성의 밤거리는 불야성의 별천지로 변하였고, 소비와 퇴폐의 향연이 펼쳐졌다.

「야음화」는 1930년대 경성 밤거리의 퇴폐적인 풍경을 고스란히 담아내고 있다. 인어가 뱃사람들을 홀리듯이, 술집 "계집들"의 "고기냄새"가

17) 이 시는 정지용의 「카페 프란스」와 유사성을 가지고 있다. 이국적인 정취와 외래어의 빈번한 사용, 퇴폐적 분위기, 특히 "人造大理石 테-블 우에 코를 비벼보는 心情"과 "大理石 테이블에 닿는 내 뺨이 슬프구나!" 등에서 「카페 프란스」와 「야음화」 사이의 유사성이 선명히 드러난다. 「카페 프란스」가 청춘의 정서에 초점이 놓여있다면, 「야음화」는 소비와 퇴폐 문화에 초점이 모아졌다는 차이가 있다. 그것은 정지용에 비해 윤곤강이 식민지적 근대성에 대한 비판 의식이 강했다는 점을 의미한다.

모던보이들을 유혹한다. "입으로 떼카단스를 외우는 무리"인 모던보이들과 고양이 같은 모던걸들이 밤거리를 배회한다[18]. 거리에는 샌프란시스코 풍의 재즈가 흐르고, 영업점들에는 "향기없는 조화"와 "자외선 없는 인조 태양", 성능 좋은 "원마스토브"가 설치되어 있다. 모던 세대들은 이러한 이국적이고 퇴폐적인 경성의 문화에 중독되어 있고, 시골에서 갓 상경한 "얼치기"마저도 유혹되어 자산을 탕진한다.

> 이쪽에도,/ 저쪽에도,/ 모도,/ 모도,/ 술취한 紳士들이다,//새새 틈틈이/ 끼어앉은 것은/ 그들의/ 작난을 위해/ 태여난 肉塊들이오,//냄새도 없고/ 철도 아닌 꽃들이/봄철인양 만발하고,//비누물같고 오줌빛같은 삐-르가/ 허리끈을 느추는 紳士들의 視覺우에/ 고무풍선처럼 흰 거품을 불어올리는 방안…//大理石 테-블 한구석엔, 거지가/ 삘딩 문턱에서 눈감었다는 三面記事가/ 위스키- 국물을 핥아먹고 누어있다!//
>
> -「酒寮」, 『윤곤강 전집』1, 133쪽(『만가』, 1938).

「주요」는 1930년대 소비와 퇴폐의 가장 어두운 곳이라 할 수 있는 "주요" 즉 술집의 내부를 조명한다. 술 취한 모던 보이들과 술집 여급들이 뒤엉켜 있다. 테이블 위에는 "비누물같고 오줌빛같은" 맥주가 흰 거품을 뿜어 올리고, 신문지가 위스키 국물에 젖어들고 있다.

윤곤강은 술집 내부의 향락과 대조적인 "삘딩 문턱에서 눈감었다"는 "거지"에 관한 신문의 삼면기사를 클로즈업한다. 술집 외부의 거리에서 굶어 죽어가는 "거지"의 이미지를 술집 내부의 소비와 향락에 대조시키

---

18) 당시 경성 거리를 배회하는 모던 세대를 비하하는 표현으로 "혼부라 당"이라는 말이 유행하였다. "혼부라"는 혼마치(충무로)지역에서 방황한다는 의미로 사용되었다. 주창윤, 앞의 논문, 195쪽.

면서 식민지 경성의 모순을 폭로하는 것이다. 윤곤강은 여러 시편들에서 "거지"뿐만 아니라 농민[19], 노동자[20] 등 하층민의 고통에 폭넓게 관심을 기울였다.

윤곤강이 바라보는 근대 도시 경성은 겉은 화려하지만 내부는 썩어 들어가는 어두운 도시였다. 그는 물신주의와 퇴폐 문화에 중독된 모던 세대를 비판하면서 한편으로는 그와 대조적으로 궁핍한 삶의 고통에 시달리는 하층민에도 관심을 기울였다. 윤곤강은 모던 세대의 향락과 퇴폐를 하층민의 궁핍과 대조시키면서 근대 도시 경성의 모순을 드러냈다.

3. 열악한 노동 환경 비판과 노동자에 대한 공감

수탈 정책과 맞물린 일제의 식민지 근대화는 농촌과 도시를 막론하고 전방위적으로 이루어졌다. 농촌에서는 무단 통치기 '토지조사사업'에 이어 1920년대에는 '산미증시계획'이 실시되었다. 그 연장선에 놓인 수리조합사업에 의해 많은 중소 지주와 자작농이 몰락하고 이농하여 도시 노동자가 되었다[21]. 또한 널리 알려졌듯이 일제 강점기에는 농지 확보와 효율적인 농경을 위해 개간, 간척, 치수 사업 등이 이루어졌고 그 과정에서 많은 인부들이 희생되기도 했다.

1930년대 식민지 조선의 공업은 빠르게 성장하였지만, 자생적인 것이 아니라 일본의 필요에 의한 강제적인 것이었다. 기계 공업은 거의 발

19) 김옥성, 앞의 논문, 33-38쪽.
20) 본고 3장.
21) 이승하 외, 『한국현대시문학사』, 소명, 2005, 45-46쪽.

전하지 못하고 원료, 반제품 생산에 불과한 성장이었다. 게다가 저임금과 긴 노동 시간으로 인해 노동 환경은 매우 열악하였다[22].

윤곤강의 다양한 시편들에는 열악한 노동 환경 비판과 노동자에 대한 공감의 시선이 드러난다. 이런 시선이 두드러진 작품은 치수 공사장 노동자의 노동 환경을 다룬 「트러크」, 여공의 문제를 반영한 「팔월의 대공」이다. 당시 신문 기사에는 '밀차'로 인한 사건 사고 보도가 끊이지 않았는데[23] 「트러크」는 그러한 현실을 반영한 작품이다. 「팔월의 대공」은 1930년대에 사회 문제로 대두된 여공의 노동 환경을 반영한 것이다.

드을-끗업는벌판의 치수사공장!/ 압흐로는 아득한 地平線이 끗난곳에 유리ㅅ빗물결이 춤을 추고/ 뒤로는 넙나 즌 山봉오리가 물결을 그리며 으젓하게 느러안즌 곳-/ 이곳이 우리드릐 일터다.//일꾼은 모도 삼백오십명, 나는 「트러크」 인부다./ 날마다 날마다/ 삭갓봉우에 엉크러젓든 안개도 거치기전부터/ 붉은 太陽이 우름산 넘어로 뚜-ㄱ 떨어질 때 까지도/ 잔허리를 주먹으로 쾅!쾅! 다저가며// 내뚝 방축을 따라 두갈래로 깔린 밀차ㅅ길을 오르나린다./ 두눈깔들을 흡뜨고 파리떼처럼 다투어 덤비는 꼴!/ 어제도 삼번밀차부 춘삼이는 …먹엇지!/ 그 바보자식 아모말…하구 도라서든 꼬라선이!/ 와르르-「레일」을 가러마시는 「트러크」처럼/ 한번 듸리……도…하구……//그러치만/ 아무리…로 혼저……잇나/ 혼저서 밀수업는 묵어온 「트러크」도/ 둘셋이 밀고 갈 때/ 우리는 그것이 얼

22) 박순원, 「식민지 공업성장과 한국 노동계급의 등장」, 신기욱 외 편, 『한국의 식민지 근대성』, 삼인, 2006 ; 안연선, 「한국 식민지 자본주의화 과정에서 여성노동의 성격에 관한 연구」, 『여성학논집』4, 이화여대 한국여성연구소, 1987.

23) 「밀차에치어 人夫一名轢死 雄羅線工事中」, 『동아일보』,1933.9.8. ; 「밀차에치어 三名重輕傷」, 『동아일보』, 1934.4.22.

마나 가벼웟든가!/ 그러타! 승위말이 올혓구나! 간동무 승위말이 올혓구나//

-「트러크」,『윤곤강 전집』1, 353쪽(『우리들, 1934).

윤곤강은 화자를 치수 공사장에서 일하는 노동자로 설정하여 현장감을 높이고 있다[24]. 나아가 "춘삼이", "승위" 등의 인물을 동원하여 서사적인 요소를 강화한다. 화자는 삼백오십 명의 노동자들과 함께 지평선이 아득하게 보이는 끝없이 펼쳐진 평야의 치수 사업에 동원된 노동자이다. "밀차"는 인력으로 움직이는 짐차로서 레일을 따라 굴러가게 되어 있다. 일제 강점기 수많은 공사장에서는 밀차로 인한 사고가 끊이지 않았다. 윤곤강은 치수 공사장의 "레일을 가러마시는 트러크", "밀차"와 인부들의 이미지를 통해 노동자들이 처한 열악한 현실을 형상화하고 있다. 나아가 노동자들의 단결 필요성을 강조한다.

窓우에 窓이 있고/ 그窓우에 또 다른窓이 수없이 박힌,/ 덩치 큰 집채의 거만한 體軀//층층이 보이는 窓문마다/새하얀 얼굴을 내어민 女工들//궤짝같은 집 속에서 실뽑는 그들에겐/ 사돈의 八寸보다도 인연이 없는/ 높고 푸른 아까운 八月의 大空.

-「八月의 大空」,『윤곤강 전집』1, 130쪽(『만가』, 1938).

---

24) 당대 치수 사업장에는 사망 사고가 빈번했고, 인부들의 쟁의도 잇따랐다. 관련 기사로는 다음 참고.
「土車가 顚覆 死傷이 六名」,『동아일보』, 1931.12.06. ;「新春의 勞動 爭議 - 二十四件을 突破」,『동아일보』, 1932.02.06. ;「土木 人夫 死亡」,『동아일보』, 1934. 01.16. ;「城川治水工事 노동자가 소동」,『동아일보』, 1934. 05.10.

이 시는 제사 공장에서 일하는 노동자, 여공들("실뽑는 그들")의 열악한 노동 현실에 대해 이야기하고 있다. 윤곤강은 '대조'의 기법을 활용하여 여공이 처한 환경을 부각시킨다. 공장은 "거만한 체구"를 가진 "덩치 큰 집채"이다. "창(窓)우에 창(窓)이 있고/그창(窓)우에 또 다른창(窓)이 수없이 박힌"이라는 구절은 공장의 거대한 규모를 강조한다. 대조적으로 여공들은 "궤짝 같은" 비좁은 실내에서 실을 뽑고 있다.

다른 한편으로 창밖에는 "높고 푸른 아까운 팔월의 대공"이 보인다. 이것은 여공들의 비좁고 어두운 노동 현장의 모습과 대조되면서 여공들의 암담한 처지를 부각시킨다. 여공들의 "새하얀 얼굴"은 하늘을 올려다 볼 여유조차 허락되지 않는 노동 환경을 암시한다. 제사 공장 여공들의 저임금과 장시간의 노동은 당시에도 이미 사회적 문제로 부각되었다[25]. 윤곤강은 그러한 사회적 문제를 작품에 반영한 것이다.

저녁안개를 뚫고/ 일손을놓는 뚜-가/ 칼소-의 목청을 흉낼 때,//潮水는 성난사자처럼 阜頭를 물어뜯고/ 갈매기떼는 퍼-ㄹ 퍼-ㄹ/ 오늘의 마지막 白旗行列을 꾸미고 지나갔다.//情다운 쌍둥이처럼,/ 우뚝- 하늘을

---

25) 다음 기사 참고.
"朝鮮의 大工業中 製絲紡績工業은 朝窒로 代表되는 化學工業에다음가는 것으로서 現在 그工場數는 二百七十個所에 達하야 到處에 그높은 煙突을 볼수 잇게되엇으며 就業하는 職工數도 一萬八千餘人에 達하야 朝鮮內 職貢總數에 對한 二一·五四퍼센트를 占하게 되엇다. 此種工業은 重工業이 아니요 또 特殊한 高級技術을 要하는 것이 아니므로 大部分 農村에서 低廉한 女工을 募集하야 使用하는 것이 通例가 되어 이제야 紡織工業이라면 누구나 女工의 存在를 聯想치 않을 수 없게되엇다. (중략) 賃金도 그 最高는 月十圓남짓하나 最低는 月二圓, 二圓五十錢 假量에 不過하고 時間은 五時起床 五時四十分頃부터 就業하되 晝食時間을 합쳐 四十分을쉴뿐이며 저녁 七時에라야 손을 떼게된다는바이니 十三時間의 勞動을每日 거듭하고잇는 셈이다. 이얼마나 悲慘한 事實이랴.", 「女工待遇問題」, 『동아일보』, 1933. 9. 8.

치받은 煙筒밑-/ 寄宿舍 드높은 窓문에는/ 明太 같은 얼굴을 내민 촌색시들이/ 바다건너 그리운故鄕을 꿈꿀때,//보름달보다도 더밝은 電燈의 거리에는/ 羊의頭腦를 쓴 善良한 市民男女가/ 콩알만한 또하나의福을 빌기위하여/ 敎會堂 층층다리를 기어올러가고,//밤안개속 저편에서는/ 港口를 떠나는 밤ㅅ배가/ 出帆의 Bo-를 울린다

-「港街點景」, 『윤곤강 전집』1, 35쪽(『대지』, 1937).

이 시에서는 여공들이 "바다 건너의 고향"을 그리워하는 것으로 보아 이주 여공 문제를 반영한 것으로 추정된다. 주체는 모두에서 항구 도시의 풍경을 한 폭의 그림처럼 묘사한다. 항구에 저녁이 찾아오자 "칼소의 목청" 같은 아름다운 고동 소리가 하루의 끝을 알린다. 파도가 거칠게 부두에 부딪히고 갈매기 떼가 백기행렬처럼 날아간다.

이렇게 평화로운 항구와 대조적으로 공장의 연통이 "우뚝- 하늘을 치받"고 있다. 연통 밑의 기숙사 창문에는 여공으로 추정되는 촌에서 온 색시들이 "명태 같은 얼굴을" 내밀고 있다. 여공들의 "명태 같은" 파리한 얼굴은 「팔월의 대공」의 "새하얀 얼굴"과 유사한 의미로 착취당하는 여공들의 노동 현실을 암시한다.

윤곤강은 열악한 환경에 놓인 여공들과 대조적인 "시민 남녀"의 이미지를 병치하고 있다. 여공들은 어둡고 비좁은 기숙사에 구속되어 있지만, 선량한 시민 남녀는 휘황찬란한 거리("보름달보다도 더밝은 電燈의 거리")에서 자신들의 "복을 빌기 위하여 교회당의 층층다리를" 올라간다. 주체는 이미 많은 복을 받았음에도 불구하고 자신들만을 위한 "또 하나의 복"을 받기 위해 기도하는 시민 남녀의 위선적인 삶("양의 두뇌를 쓴 선량한 시민 남녀")을 꼬집고 있다. 심층적인 면에서 이 시의 여공

들을 일본 이주 여공으로 본다면[26], "양의 두뇌를 쓴 선량한 시민 남녀"는 일본인들을 지칭한 것으로 이해할 수 있다. 그런 점을 고려한다면 이 시는 일제에 의한 조선인 착취, 나아가 제국 일본의 식민지 조선 착취에 대한 비판을 함축한다.

윤곤강은 식민지 근대화 과정에서 대두된 치수 공사장의 노동자, 공장의 여공 등의 노동 현실을 비판적으로 형상화하면서 착취당하는 하층민에 대한 공감의 시선을 드러냈다. 일제 강점기라는 시대 상황을 고려한다면 윤곤강이 주목한 노동자의 착취 문제는, 일제의 조선 착취에 대한 비판과 맞물려 있다고 볼 수 있다.

4. 근대 사회의 일상성과 소시민 의식 비판

과거 농경 사회에서는 자연의 흐름과 보조를 맞추는 삶이 가능했다. 계절에 따른 파종과 재배, 수확 등을 통해 정신적인 풍요를 경험할 수 있었다. 반면, 근대 산업 사회의 도시인들은 단조로운 일상에서 정신적으로 빈곤한 삶을 살아간다. 앙리 르페브르는 현대인들의 나른하고 불안한 '일상성'을 산업 사회의 가장 중요한 특징으로 규정한다. 현대인은 사회적 존재 유지와 안정성을 위해 '일상성'에 집착하면서 한편으로는 그것으로부터 벗어나려고 애쓰는 양면적인 태도를 보인다[27]. 일상성에

---

26) 일제는 1910년대부터 조선 여성을 집단 모집하여 일본의 방적 공장에 취업시켰다. 점점 이주 여공의 수가 늘어났고 그에 따른 문제도 많이 발생했다. 이와 관련해서는 다음 참고. 미즈노 나오키 · 문경수, 한승동 역, 『재일조선인』, 삼천리, 2016, 26-27쪽.

27) 르페브르는 일상성을 현대성과 동전의 양면과 같은 관계로 규정한다. 앙리 르페브르, 박정자 역, 『현대세계의 일상성』, 주류 · 일념, 1995, 29-108쪽.

매몰된 삶은 안정된 삶이지만 주체를 잃어버린 삶이다.

산업 사회의 '일상성' 문제는 일제 강점기 우리 시인들의 눈에도 포착되었다. 특히 윤곤강은 식민지 조선에 침투한 '근대적 일상성'에 대한 날카로운 시선을 보여준다.

> 月/ 火/ 水/ 木/ 金/ 土/ 이렇게 日字가 지나가고,//또다시 오늘은 土曜!/ 日月의 길다란 線路를/ 말없이 달어나는 汽車-나의 生活아!//구두발에 채인 돌멩이처럼/ 얼어붙은 運命을 울기만 하려느냐?
>
> -「土曜日」,『윤곤강 전집』1, 111쪽(『만가』, 1938).

이 시는 근대인의 반복되는 일상에 관해 이야기하고 있다. 윤곤강은 "월, 화, 수, 목, 금, 토"의 요일을 수직으로 배열하고 있다. 이러한 배열은 일상적 시간의 불가역성과 추락의 성격을 함축한다. 윤곤강은 근대인들이 단조로운 일상의 불가역적인 시간에 감금된 채 추락하는 혹은 침체된 삶을 살아간다고 본 것이다[28]. 요일의 배열에서 또 다른 특이한 점은 '일요일'이 빠진 것이다. 화자는 '월화수목금토'가 지나고 "또다시 오늘은 土曜!"라고 말한다. 일요일을 빼버린 것은 휴식과 여가의 시간이 절대적으로 부족한 현대인의 고단함에 대한 강조로 이해할 수 있다. 주체는 일상성에 사로잡힌 근대인의 삶을 "日月의 길다란 線路를 말없이 달아나는 기차"에 비유한다. 그는 근대인의 삶이 궤도를 따라 달리는 기차

28) 이 시는 김기림의 「일요일 행진곡」(『태양의 풍속』)과 상호텍스트성을 가진 시이다. 김기림의 「일요일 행진곡」이 "일요일"에 무게 중심을 두면서 근대인의 삶의 명랑성을 강조한 반면, 윤곤강은 '일요일'을 누락하면서 근대인의 일상성이 주는 구속성을 강조한다. 김기림이 근대인의 삶을 예찬한 반면, 윤곤강은 비판적 시선을 보인 것이다.

처럼 기계적이고 무미건조하다고 본 것이다. 기차가 "말없이 달아나는" 것처럼 근대인의 시간도 달력이 소리 없이 넘어가듯이 휘발해 버리는 것을 비판한다. 결국 이 시는 현대 사회의 일상성에 휩쓸려 주체를 상실한 채 끌려 다니는 현대인의 삶을 비판한 것이다. "구두발에 체인 돌멩이"와 "얼어붙은 운명"은 그러한 현대인의 운명을 잘 형상화하고 있다.

「토요일」의 연장선에 놓인 작품이 「하로」이다[29]. 「토요일」이 일주일 단위의 단조로운 일상을 보여준다면, 「하로」는 "하루"라는 시간 단위에서 무미건조한 일상을 제시한다. 「하루」, 「토요일」 등의 작품은 무미건조하게 반복되는 현대인의 비주체적인 삶을 비판한 작품이다. 윤곤강은 「소시민 철학」에서 일상성에 매몰된 현대인을 "소시민"으로 규정하고 그들의 삶의 철학을 비판적으로 제시한다.

> 살었다-죽지않고 살어있다!//구질한 世渦속에 휩쓸려/ 억지라도 삶을 누려보려고,//아침이면-/ 定한 時間에/ 집을 나가고,/ 사람들과 섞여 일을 잡는다,//저녁이면-/ 찬바람부는 山비탈을/ 노루처럼 넘어온다,/ 집에 오면 밥을 먹고,/ 쓸어지면 코를 곤다.//사는 것을/ 어렵다 믿었든 마음이/ 어느덧/ 아무것도 아니라는 마음으로 변했을 때//나의 일은 나의일이요,/ 남의 일은 남의 일이요,/ 단지 그것밖에 없다고 믿는 마음으로 변했을 때,//사는 것을 미워하는 마음이/ 다시 강아지처럼 꼬리치며 덤벼든다.
>
> -「小市民哲學」, 『윤곤강 전집』1, 128쪽(『만가』, 1938).

"아침이면-/정(定)한 시간(時間)에/집을 나가고,/사람들과 섞여 일

29) 얽매여 쪼들린 肉塊가, 또 한번/팽이처럼 빙빙! 돌다가 톡! 쓸어지오. -「하로」 전문, 『윤곤강 전집』1, 137쪽(『만가』, 1938).

을 잡는다.// 저녁이면-/ 찬바람부는 산(山)비탈을/노루처럼 넘어온다./ 집에 오면 밥을 먹고,/ 쓸어지면 코를 곤다."는 산업화로 인해 일상화된 "소시민"의 삶을 압축적으로 보여준다. 소시민은 자아를 잃어버린 채 "억지로" 삶을 누린다. "정해진" 시간과 일과에 묶여 있는 "소시민"의 삶에는 자율성과 주체성이 결여돼 있다. 일상성이 보장해 주는 것은 "살었다-죽지않고 살어있다"라는 생존 유지뿐이다. 오로지 자신의 생존 유지에만 관심을 갖는 소시민적 태도("나의 일은 나의일이요,/남의 일은 남의 일이요,/단지 그것밖에 없다고 믿는 마음")에 대하여 주체는 경멸의 태도를 보인다.

윤곤강의 일상성 비판은 공동체 상실에 대한 비판과 맞물려 있다. 그는 일상성에 휩쓸려 주체를 잃어버린 삶의 태도를 "나의 일은 나의 일이요,/남의 일은 남의 일"로 보는 개인주의와 연결시킨다. 윤곤강은 근대인의 일상성 비판을 통해 자율성과 주체성을 잃어버린 소시민의 삶을 비판하면서 한편으로는 근대 사회의 공동체적 삶의 붕괴를 지적하는 것이다.

5. 자연 지향성–자연과 인간이 공존하는 농촌 공동체

살펴보았듯이 윤곤강은 다양한 관점에서 식민지 근대성을 비판해왔다. 윤곤강은 일제 강점기 근대화 과정에서 파생되는 다양한 사회 문제들을 작품에 반영하면서 비판적 시각을 드러냈다. 물론 윤곤강은 근대성 자체의 문제에도 관심을 기울였다. 그러나 그의 비판의 초점은 식민주의와 맞물린 식민지 근대성이다.

윤곤강은 현실에 대한 비판적인 시각을 견지하면서 끊임없이 자연에 대한 지향성을 보여주었다[30]. 그가 현실을 비판하면서 지향한 이상적인 삶은 자연과 인간이 공존하는 삶이다. 그러한 삶이 비교적 구체적으로 드러난 시집이 『피리』와 『살어리』이다. 해방 이후의 이 두 시집에서 윤곤강은 현실 비판보다는 자연에 묻혀 살고자 하는 주체의 소망에 집중한다. 이 시기 이상적인 삶은 유년 시절에 체험한 고향의 농촌 공동체적인 삶이다. 주체는 여러 시편들에서 고향 마을로 돌아가 흙을 일구며 살고자 하는 소망을 드러낸다.

윤곤강의 농촌 공동체에 대한 관심은 해방 이후 『피리』, 『살어리』에서 갑작스럽게 대두된 것이 아니다. 그는 초기부터 농촌에 관심을 보여왔다. 그러나 계급사상을 학습한 그에게 전통 사회의 농촌 공동체에서 농민은 착취당하는 존재였다. 그렇기 때문에 그는 농민의 착취 문제를 날카롭게 비판하면서, 농민이 해방된 농경 공동체를 지향하였다.

> (전략)/ 黃波의 무르녹는 곡식들/ 제무게에 고개 숙이고,/ 밤ㅅ서리를 뒤어쓴 숲속에/ 버레떼는 沈默을 쪼갠다!/ 아아 추어…/ 장차 음습할 찬바람의 무서운 警告와도 같이……//머지않은 앞날-/ 저 언덕에 수렛ㅅ소리 들리면/ 피땀 짜먹은 곡식을/ 값없는 탄식과 맞바꿀……//보라!/ 몇만번의 가을이/ 이렇게 오고 갓는가!
>
> -「가을의 頌歌」, 『윤곤강 전집』1, 54쪽(『대지』, 1937).

> (중략)/오오/ 大地에 넘처흘으는 成長의 숨소리여!/ 그리고, 자라나는 것들의 걷잡을수없는 慾求여!/ 나는 아지못하는동안에/ 두 손을 들어 내

30) 윤곤강 시에 나타난 다양한 자연의 의미는 김옥성(2015) 참고.

가슴을 짚어본다.

-「大地2」, 『윤곤강 전집』1, 40-42쪽(『대지』, 1937).

윤곤강은 『대지』의 많은 시편들에서 착취당하는 농민의 삶을 폭로하면서 한편으로는 흙을 일구는 삶의 활력을 형상화하였다. 「가을의 송가」는 농민들이 "몇 만"년 동안 착취당해 왔음을 지적한다. 반면, 「대지2」의 인용한 부분은, 농민들은 착취당하면서도 "大地에 넘처흘으는 成長의 숨소리"를 들으며 충만함을 느낀다는 점을 말해준다. 이러한 상상력은 농민이 해방된 농촌 공동체의 농경적 삶을 이상적인 삶으로 설정한 것이다[31].

『대지』의 시편들이 농민 문제에 지대한 관심을 기울이고 있다면, 『동물 시집』의 시편들은 동물 존중에 무게 중심이 놓여 있다. 일견 『동물 시집』은 인간 중심주의적 시각에 입각한 것으로 비판할 수 있다. 왜냐하면 『동물 시집』의 동물들은 다분히 '인간화'되었기 때문이다. 그러나 윤곤강이 의도한 동물의 '인간화'의 본질은 동물에 대한 '인격적 존중'이다.

썩은 집누리밑에서/ 굼벵이가 매아미의 화상을 쓰고/ 슬금 슬금 기어나온다, 기어나온다//반쯤 생긴 저 날개가 마저 돋으면/ 저 놈은 푸른 하늘로 마음껏 날 수 있고/ 햇빛찌는 나뭇그늘에 노래도 부를테지//누구냐? 굼벵이를 보고/ 〈꿈틀거리는 재주뿐이라〉고 말한 것은,/ 〈꿈틀거리는 재주뿐이라〉고 말한 것은.

-「굼벵이」, 『윤곤강 전집』1, 177쪽(『동물시집』, 1939).

---

31) 『대지』의 농민, 농촌에 대한 인식은 다음 참고. 김옥성, 앞의 논문, 33-38쪽.

이 시는 "굼벵이"에 대한 존중의 뜻을 드러낸다. 사람들은 "굼벵이를 보고", "꿈틀거리는 재주뿐이라"하며 폄하한다. 그러나 화자는 굼벵이가 땅 위로 기어 나와 허물을 벗고 푸른 하늘을 날아오르고 나무 그늘에서 노래를 부르는 존재라는 점을 부각시킨다. 굼벵이가 갖는 인간과 '다른' 능력을 부각시키는 것이다. 『동물 시집』의 많은 시편들에서 윤곤강은 생물들의 두드러진 특징을 부각시키면서 동물에 대한 존중과 애정을 드러낸다. 한편으로는 동물에 대한 연민과 공감의 시선으로 인간의 동물 착취를 비판하기도 한다. 결국 윤곤강은 동물과 인간의 조화로운 공존을 추구했던 것이다.

이처럼 윤곤강이 일제 강점기부터 관심을 기울여온 농촌 공동체, 자연과 인간이 공존하는 삶의 구체적인 모습은 『피리』와 『살어리』에서 "고향"의 모습으로 '구체화'된다.

> 오란 오란 아주 오오란 옛적/ 땅덩이 배포될 그 때부터 있었더란다/ 굴속처럼 속이 휑엥한 느티나무/ 귀 돛인 구렁이도 산다는 나무....../ 마을에 사는 어진 사람들은/ 풀 한포기 뽑는 데도 가슴 조리고/ 나무 한가지 꺾는 데도 겁을 내어/ 들에 산에 착하게 사는 온갖것을/ 한 맘 한 뜻으로 섬기고 받들었더란다/ 안개 이는 아침은 멀리 나지 않고/ 비 오고 눈 나리는 대낮은 집에 웅크리고/ 천둥에 번개 이는 저녁은 무릎 꿇고 빌어/ 어질게 어질게 도란거리며 도란거리며 살았더란다
>
> -「느티나무-옛이야기처럼」, 『윤곤강 전집』1, 263쪽(『피리』, 1948).

이 시에는 "이 詩는 一九四三年「三千里」南方詩人特輯에 내었었는데, 이 詩가 不穩하다 하여 停刊云云으로 主幹이 불리어 가고 作者도 경

무국 出入을 한 일까지 있다."라는 단서가 붙어 있다. 1943년이라는 암흑기의 상황이라 이 정도의 시도 "불온"으로 간주되었던 것이다. 1943년에 집필되었지만 일제의 탄압으로 빛을 보지 못하고 해방 후에 『피리』에 수록된 작품임을 알 수 있다. 중요한 것은 윤곤강이 일제 강점기에도 "고향"을 이상적인 공동체로 지향하고 있었다는 점이다. 그러한 축적된 지향성이 해방 후에 비로소 다양한 작품으로 '구체화'될 수 있었다. 「느티나무-옛니야기처럼」에서 주체는 "풀 한포기 뽑는 데도 가슴 조리고/ 나무 한가지 꺾는 데도 겁을" 내는 "마을에 사는 어진 사람"이 "들에 산에 착하게 사는 온갖것"과 조화롭게 공존하는 이상적인 공동체의 모습을 형상화한다.

> 눈에 암암 어리는 고향 하늘/ 궂은 비 개인 맑은 하늘 우혜/ 나무 나무 푸른 옷 갈아입고/ 종다리 노래 들으며 흐더러져 살고녀 살고녀……
>
> -「살어리」, 『윤곤강 전집』1, 284쪽(『살어리』, 1948).

> 들에 괭잇날/ 비늘처럼 빛나고/ 풀 언덕엔/ 암소가 길게 운다//냇가로 가면/ 어린 바람이 버들잎을/ 물처럼 어루만지고 있었다
>
> -「첫여름」, 『윤곤강 전집』1, 297쪽(『살어리』, 1948).

「살어리」를 비롯한 여러 작품에서 주체는 유년 시절 고향에서 경험한 농경 공동체의 정신적으로 풍요로운 삶을 소환한다. 나아가 그는 고향으로 돌아가 자연과 공존하는 농촌 공동체의 삶을 향유하고자 한다. 윤곤강은 많은 작품들에서 「첫여름」과 같이 한가하고 풍요로운 농촌 마을의 전원 풍경을 형상화하면서 그가 꿈꾸는 이상적인 공동체의 이미지

를 제시한다.

그가 초기부터 자연을 지향해오다가 해방 이후 본격적으로 '고향', '이상적 공동체'에 집중한 이유는 다음 몇 가지로 추정해 볼 수 있다. 첫째, 가장 큰 비판 대상인 일제의 패망이다. 윤곤강의 근대 비판은 식민주의 비판과 맞물려 있었던 만큼 가장 큰 비판 대상인 일제의 패망으로 인하여 '비판'보다는 '이상'에 집중하게 된 것이다. 둘째, 해방 후에 대두된 전통과 민족 주체성에 대한 관심이다. 해방 이후 윤곤강은 선도적으로 전통론을 제기했고 민족 주체성 회복에 지대한 관심을 기울였다. 그러한 전통과 주체성 회복의 차원에서 전통적인 농촌 공동체에 무게 중심을 둔 것이다. 셋째, 비교적 자유로운 창작 여건이다. 일제의 탄압이 사라진 상황에서 자유롭게 민족주의적인 색채를 드러낼 수 있었기 때문에 '고향'의 이미지를 구체화할 수 있었다.

요컨대 윤곤강은 식민지 조선의 근대화에서 파생되는 다양한 문제들을 비판하면서, 한편으로는 자연과 인간이 공존하는 이상적인 공동체를 지향해 왔다고 할 수 있다. 윤곤강이 지향한 이상적인 공동체는 다양한 생물과 인간이 조화롭게 공존하고, 인간이 착취당하지 않는 농경 공동체이다. 윤곤강 시의 자연 지향성이 갖는 빛나는 의의는 무엇보다도 식민지 현실에 대한 날카롭게 비판의 토대 위에서 탄생한 것이라는 점이다. 윤곤강은 맹목적으로 '자연'으로 퇴행하지 않고, 현실을 직시하면서 '자연'을 지향하였다.

6. 결론

윤곤강의 근대성 비판이 모두 식민지 현실 비판과 연결된 것은 아니지만, 많은 작품들에서 양자는 맞물려 있다. 윤곤강은 카프 계열 시인답게 식민지 근대화 과정에서 발생하는 사회 문제에 지대한 관심을 기울이면서 날카로운 비판 의식을 드러내었다. 그는 근대 도시 경성에 만연한 소비문화와 퇴폐풍조를 비판하면서 식민지 근대화의 모순을 드러낸다. 한편으로는 하층 노동자의 궁핍한 노동 환경을 폭로하고 노동자에게 공감의 시선을 보인다. 그리고 근대 사회의 일상성에 포획되어 자율성과 주체성을 잃어버린 소시민의 삶을 비판하면서 공동체의 붕괴를 지적한다.

이러한 비판 의식의 심층에는 일제의 조선 지배에 대한 비판이 자리잡고 있다. 윤곤강은 초기부터 끊임없이 농민, 노동자, 나아가 동물까지 포함하여 하위 주체들에 대한 관심을 기울여왔다. 그의 하위 주체 착취에 대한 비판 의식은 일제의 조선 지배에 대한 비판과 맞물려 있는 것이다.

윤곤강은 식민지 근대성을 비판하면서 지속적으로 잃어버린 공동체에 대한 관심을 드러냈다. 그가 지향한 이상적인 공동체는 자연과 인간이 조화롭게 공존하는 농촌 공동체이다. 그 공동체는 해방 후 구체적인 모습을 드러내는데, 그것은 유년에 고향에서 체험한 공동체의 이미지에 뿌리내리고 있다. 윤곤강은 인간과 동물이 존중받는 농경적 공동체를 이상향으로 꿈꾸었다.

자명한 사실이지만 본고는 명백한 한계를 노정하고 있다. 결정적으로 극히 제한된 자료만을 다루고 있다. 그리고 식민주의, 근대성, 근대화,

자연 지향성 등의 개념을 두루뭉술하게 사용하고 있다. 이러한 한계는 과제로 남겨둔다. 윤곤강 시에는 식민주의, 근대성, 계급주의, 민족주의, 자연 지향성 등이 복잡하게 맞물려 있다. 따라서 보다 정교하고 구체적인 접근이 필요하다. 윤곤강은 김기림, 임화 못지않은 뛰어난 비평가였으며, 당대 문학장의 흐름을 통찰하면서 다양한 주제의 시 세계를 펼쳐 보여주었다. 그와 같은 업적에 비한다면 윤곤강 문학 연구의 성과는 매우 가난한 편이다. 본고의 논의는 시론(試論)에 불과하다. 후속 연구에 의하여 그의 복합적이고 다층적인 시세계의 윤곽이 보다 뚜렷해지기를 기대한다.

제5장

오장환 시의 근대와 자연
– 1930년대 시를 중심으로

김희원 · 김옥성

1. 서론

1930년대는 한국 근대사에서 가장 불행한 시대이면서 역설적으로 한국시사에서는 가장 풍요로운 시기이다. 이 시기에는 일제의 파시즘이 극에 달한 시기로 문학계가 극도로 위축되면서, 1920년대에 왕성히 활동하던 카프 문학인은 물론이거니와 모더니즘 계열의 문인들까지도 작품 창작에 어려움을 겪었다. 이러한 역사적, 문학사적 맥락은 오히려 날카로운 시대인식, 그리고 다양한 문학적 대응을 가능하게 하였다. 시인들은 그들의 억눌린 감정 표출의 문학적 도구로서 다양한 소재들을 차용했는데, 이 시기에 등장한 예술적 소재로서의 자연은 다양한 층위를 지니며 당대 문인들 사이에서 동시다발적으로 등장한다. 여기서 주목할 만한 것은 '자연'이 더 이상 이상적이고 아름다운 공간을 표상하는 소재로 등장하지만은 않는다는 점이다.

자연은 문학 작품에서 언제나 중심에 서 있는 소재였다. 인간의 삶과는 대조되는, 완벽하고 아름다운 풍경으로서의 자연은 한국 고전문학에서 '자연'이 차지하는 공식적 위치였다. 또한 미학의 대상으로서의 자연은 이상적인 대상으로 묘사되면서 현실세계와 동떨어진 세계를 의미하거나, 물리적이거나 정신적으로 타락하고 오염된 현실세계로부터 피난해 안락하게 거처할 수 있는 장소를 의미했다.

근대 문학에서는 화자가 자연을 객체화하면서 자연과 화자의 위치가 새롭게 정립되는데[1] 이후 근대 문학에서는 자연의 의미가 유의미한 변모를 보인다. 특히 1930년대 시에 등장하는 자연의 위치는, 자연을 제외한 또 다른 객체와 주체를 인식적으로 이어주는 표상으로 기능하고 있다. 즉, 밀려오는 근대의 물결 속에 내동댕이쳐진 당대인들의 모습과 당대 사회상이 '자연'을 매개로 형상화되어 있다. 이런 상황에서 시인들은 가장 친밀하게 차용해 온 자연의 속성으로 근대를 형상화했다. 이것은 '근대'에 해당하는 적절한 비유를 찾기에는 '근대' 이미지 자체가 그들에게 낯선 것이었기 때문일 것이다. 따라서 익숙했던 소재인 '자연'이 도리어 자연과 반대 극단에 있다고 여겨지는 문명의 퇴폐를 비유하는데 사용되었다. 이것으로 자연이라는 소재는 하나의 도식화된 의미만을 내포하는 것이 아니라 좀 더 다양한 색깔의 옷을 입기 시작한 것이다.

이와 같은 맥락에서 이 연구는, 현대시 연구에서 리얼리즘에서의 '자연'은 연구의 목록에서 제외되어 왔다는 문제의식에서 출발한다. 한국 현대시에서 '자연' 연구는 주로 서정시 혹은 모더니즘 계열의 시들에서 이루어졌으며 특히 물리적인 자연이 그대로 시적 대상이 되거나, 자연

---

1) 윤지영, 「1920-30년대 시에 나타난 자연의 심미화 연구」, 『한국문학이론과비평』 제19호 4권, 학국문학이론과 비평학회, 2015. 335-358쪽.

의 섭리를 화자 혹은 시적 대상의 상황과 연결 지어 형상화하고 있는 작품들을 대상으로 행해졌다. 이러한 문제적 상황에서 리얼리즘 시문학에 자리하고 있는 자연의 위치를 살펴보는 것은 1930년대 시인들의 시적 상상력의 근원을 알 수 있는 방법의 하나가 될 수 있다. 특히 오장환의 경우 그의 시에서 두드러지게 나타나는 부정 의식과 시대 비판의식은 자연을 매개로 하여 형상화되고 있다는 점에서 주목할 만하다. 이 시기 리얼리즘 시문학에서 현실의 형상화는 "근대의 초보자"가 바라보는 현실 인식에서 비롯되며 이것은 결국 삶의 터전으로 존재했던 자연관의 인식과 괴리될 수 없는 것이었다. 따라서 1930년대 시문학에 등장하는 '자연'은 언제나 '쾌'의 정서 즉, 아름다움의 이미지만을 환기하지 않는다. 그 이유는 앞서 말한 바와 같이 1930년대 시인들이 접해야했던 시대현실이 아름답지 않았기 때문이다.

이 연구는 시대에 대한 고민과 그에 대항하는 태도에 대한 고민을 했던 리얼리즘 작가들의 작품에서 1930년대 이르러 작품내의 자연의 양상이 더욱 다채롭게 나타난다는 점에 기반을 두고[2] 오장환의 시에 나타난 자연의 의미를 연구하고자 한다. 이를 통해 1930년대 시문학에 나타

---

2) 박세영의 경우 농촌 착취의 현장으로서의 자연인 농토 이미지, 투쟁의식이 내면화된 자연물, 그리움의 대상으로서의 자연물이 나타난다.(김희원 · 김옥성, 「박세영 시에 나타난 자연의 양상과 현실 인식」, 『문학과 환경』 제16권 4호, 문학과환경학회, 2017, 97-132쪽) 이용악의 경우 현실의 참상을 고발하는 자연, 부정적 현실 인식과 의지와 희망이라는 이중적 의미를 지니는 강과 바다 이미지, 자연의 섭리를 통해 드러낸 시대 극복 의지로서의 자연이 나타난다. (김희원 · 김옥성, 「이용악 시에 나타난 자연의 의미 연구」, 『문학과 환경』, 문학과환경학회, 제17권 2호, 2016, 79-114쪽) 윤곤강의 경우 농토로서의 자연인 "대지"와 죽음이 지배하는 자연의 이미지인 "묘지", 근원으로서의 자연을 의미하는 "어머니"이미지의 자연이 나타난다. (김옥성, 「윤곤강 시에 나타난 자연의 의미」, 『문학과환경』 제14권 3호, 문학과환경학회, 2015, 31-57쪽)

난 함축적 의미를 지니는 자연의 양상을 고찰함으로써 내면 욕구의 표현이 우회적으로 드러날 수밖에 없었던 당대 문인들의 시적 상상력의 근원을 탐구하고자 한다.

1930년대 한국문학의 중심인물 중 한명인 오장환은 당대에도 많은 문인들의 다양한 평가를 받으며 등단하였다.[3] 그는 근대 문명의 충돌을 예리하게 그려내면서 현실을 비판적으로 바라보는 태도를 시를 통해 드러내고 있으며, 이러한 주제를 담담한 어조와 고도로 상징화된 시어들로 형상화하고 있다. 이것은 시대적 위기 상황과 사회적, 역사적 인식을 그려내는 것으로서, 당시 지식인의 내면세계를 드러내는 것이며 동시에 그 당대 사회를 드러내고 고발하는 것이다. 이렇게 부정의식에서 출발하고 있는 오장환의 시세계는 다양한 사조들을 넘나들며 시 창작을 한 것으로 평가받고 있다.[4] 1930년대는 문학의 혼란기로서 1920

---

3) 오장환(吳章煥, 1918~1951)은 1933년 11월 『조선문학』에 시 「목욕간」을 발표하면서 작품 활동을 시작하였으며, 중동학교 속성과를 거쳐 휘문고보를 다니다 중퇴한 후, 1934년 4월에 일본으로 건너가 그곳에서 생활하며 1936년까지는 지산(智山)중학교에서, 1937년 4월부터 1938년 3월까지는 메이지[明治]대학 전문부에서 수학한 바 있다. 또한 오장환은 1936년에 『낭만』·『시인부락』동인으로, 1937년에는 『자오선』동인으로 활동한 바 있다. 그리하여 1930년대 말에는 서정주·이용악과 더불어 시단의 삼재(三才)라는 평가를 받았다. 이 기간 동안 그는 도쿄[東京]에 체류하며 최하층 노동생활을 하면서 마르크스주의 이념에 동조하는 습작시를 썼다고 전해지고 있다. 오장환의 생애와 관련하여서는 김학동, 「오장환 평전」, 『새문사』, 2004.를 참고하였다.

4) 유성호는 「한국의 아방가르드 시인, 오장환」의 제목으로 발표한 『오장환 전집』(김재용편)의 서평에서 다음과 같이 언급한 바 있다. "그(오장환-필자)의 시 편력을 두고, 모더니즘에서 리얼리즘으로 옮겨갔다고 평가하는 시각이 그동안 우세하였다.…(중략)…그러나 이러한 이해방식은 오장환이 '리얼리즘/모더니즘'이라는 시사 파악의 대립적 예각 자체를 자신의 언어 안에서 철저하게 허구화한 시인이라는 규정으로 바뀌어야 한다. 그것은 오장환이 모더니즘이나 리얼리즘이라는 이념적, 방법적 프리즘으로 규정되기에는 그 육체 안에 너무도 많은 이질적 요소를 공유하고 있는 시인이기 때문이기도 하고, 그가 초기에서 후기까지 지속적으로 주체의 자기 개진 문제와 주체

년대에 성행하던 리얼리즘에 대한 비판과 더불어 모더니즘과 낭만주의 등 많은 사조들이 혼재하고 있었다는 점이 오장환에게는 풍부한 시창작을 가능하게 한 원동력이 된 셈이다. 오장환이 편이념주의적 시를 창작한 것은 8.15를 기점으로 하고 있다는 점에서 1930년대 창작된 시는 이념주의에서 비껴서 있으며 예리한 현실 감각과 높은 수준의 문학적 형상화를 보인다.

오장환의 시에서는 분명 근대에 대한 비판이 두드러지게 나타나며, 이에 대한 연구는 상당부분 진행되었다.[5] 그러나 그러한 근대 비판을 효과적으로 드러내는데 자연물이 매개하고 있다는 사실은 간과되어 왔다. 여기서 자연은 '세계로서의 자연'과 그 세계 안에서 삶을 영위해 가는 '존재 표상으로서의 자연'으로 의미화될 수 있다. '세계로서의 자연'은 당대 시인들의 작품에서 지속적으로 등장하는 '바다'이미지를 통해 명확해질 수 있으며, '존재 표상'으로서의 자연은 꽃, 금붕어, 파충류 등을 통해 드러난다.

지속적으로 근대 문명의 어두운 면을 시를 통해 드러내고자 했던 오장환의 작품은 그의 시가 '자연'을 통해 그러한 주제를 효과적으로 나타내고 있다는 점에서 1930년대의 시대인식과 더불어 '자연'의 의미 변화

와 현실의 접점 문제를 늘 고민하며 시적으로 실천해 왔기 때문이기도 하다." (유성호, 「한국의 아방가르드 시인, 오장환」, 『실천문학』, 실천문학사, 2002, 517-518쪽).

5) 김진희, 「1930년대, 식민지 근대의 불모성과 여성」, 『여성문학연구』 제7권, 여성문학학회, 2002, 217-242쪽; 강경희, 「오장환 시의 근대적 미의식 연구」, 『어문연구』 제33권 2호, 한국어문교육연구회, 2005, 305-330쪽; 남기혁, 「오장환 시의 육체와 퇴폐, 그리고 모럴의 문제」, 『한국문학이론과 비평』 제54권, 한국문학이론과비평학회, 2012, 155-190쪽; 양소영, 「오장환 시에 나타난 훼손된 여성의 의미 연구」, 『국제어문』 제60권, 국제어문학회, 2014, 401-431쪽; 손민달, 「물화가 보여준 오장환 시의 근대성」, 『국어국문학』, 국어국문학회, 2015, 505-534쪽.

양상을 드러내는 중요한 위치에 있다. 특히 이 시기 식민지 조선에서 밀려온 '근대'는 여러 가지 '근대적' 세계관을 담을 수밖에 없었는데, 그중의 하나가 자연에 대한 인간의 억압 구조이다. 이러한 억압 구조는 식민지 근대인에 대한 식민 자본주의라는 세계의 억압, 그리고 여성에 대한 남성의 억압으로 변형되어 동시에 나타난다. 오장환은 '근대'라는 실체에 대한 비판과 더불어 '근대'에 존재할 수밖에 없었던 지배 구조에 대한 인식에서 비롯된 비유로 당대를 효과적으로 형상화하고 있다. 이런 점에서 오장환 시에 드러난 '자연'의 의미를 고찰하는 것은 1930년대를 살아가며 치열하게 세계와 존재에 대한 사유를 했던 오장환 시세계의 저변을 알 수 있는 방법의 하나가 될 수 있다.

2. 근대의 왜곡된 이미지 – "바다"

한국 현대시에서 바다가 갖는 의미는 중요하다. 1910년 전후부터 1930년대에 이르기까지 '바다'의 이미지는 지속적으로 당대 시인들에게 매력적인 소재였다. 우리나라가 반도라는 지리적 특성을 갖고 있는 이유로, '바다'는 서구문물이 들어오는 중요한 통로 중 하나였다. 이러한 이유로 현대시에서 시어 '바다' 대한 논의는 계몽사상, 근대 사상과 맞물리어 해석되었다.[6]

6) 이러한 '바다'의 의미는 시대별로 변주를 일으키며 다층적, 입체적으로 전개된다. 최남선의 「해에게서 소년에게」 이후, '바다'는 외래문화의 통로, 서구 문물로 대표되는 근대성의 유입을 상징하는 것으로 그 의미가 고착되었다. 그 후 각 시대별로 유의미한 의미 변화 양상이 나타난다. 최남선의 「해에게서 소년에게」에서 '바다'는 단순히 물리적인 자연의 일부가 아니라 근대를 매개하는 형이상학적 주체로 나타난다. 즉

오장환의 경우『성벽』,『헌사』를 비롯하여, 시집에는 실리지 않았으나 1930년대에 발표한 시에 바다 혹은 그와 연관되는 이미지를 형상화한 시편이 여러 편 보인다. 1933년에 발표한 첫 작품을 포함하여서 1930년대에 창작된 오장환의 54편의 시 중에서 7편이 바다 이미지와 연관이 있는 시이다. 오장환이 근대의 어두운 단면을 명확하게 포착해 냈고, 그러한 근대의 이미지를 바다 이미지로 형상화했다는 점에서 '바다'의 의미는 더욱 무겁다. 오장환의 시에서도 '바다'는 근대문명을 상징하는 것으로 해석하는 것이 자연스러우나 당대 다른 시인들이 그려낸 '바다'와 차이가 있다. 오장환의 '바다'는 1910년대와 20년대에 '바다'가 가지는 명랑하고 생명력 있는 이미지는 사라지고 부패한 근대로 상징되는 육지와 연장선상에 있는 존재이다. 다음의 시에서 '바다'는 미지의 세계이지만 유토피아적인 세계로 그려지지는 않는다.

港口야/계집아/너는 悲哀를 貿易하였도다.//모-진 비바람이 바다ㅅ물에 설레이든 날/나는 貨物船에 업듸어 口吐를 했다.//…(중략)…//항구여! 거문 날쎄여!/내가 다시 上陸하던 날/나는 거리의 골목 벽돌담에 오줌을 깔겨보았다.//…(중략)…//야윈 靑年들은 淡水魚처럼/힘없이 힘없이 狂亂된 ZAZZ에 헤엄쳐 가고/빩-안 손톱을 날카로히 숨겨두는 손,/코카인과 한숨을 즐기어 常習하는 썩은 살뎅이//…(중략)…//港

'바다'는 최남선의 경우 그의 개화사상을 집약하는 개념이었다.「바다」연작시를 쓴 정지용의 경우에도 '바다'는 매력적인 소재이다. 정지용은 '바다'의 속성을 간파하면서 바다를 생동감, 생명력을 가진 대상으로 그려내는가 하면 최남선의 경우와 비슷하게 계몽의 의미를 지니는 경우도 있다. 이러한 속성들은 정지용의「바다」연작시에 잘 드러나 있다. (송기한,「정지용 시에서의 바다의 의미」,『한중인문학연구』제42집, 한중인문학회, 2014. 21-42쪽).

口여!/눈물이어!/나는 終是 悲哀와 憤怒 속을 航海했도다.//계집아, 술을 따루라./잔잔이 가득 부어라!/自嘲와 絶望의 구덩이에 내 몸이 몹시 흔들릴 때/나는 口吐를 했다./三面記事를,/咯血과 함께 비린내 나는 病든 記憶을……//어둠의 街路樹여!/바다의 方向/오 限없이 凶측맞은 구렝이의 살결과 같이/늠실거리는 거믄 바다여!/未知의 世界,/未知로의 憧憬,/나는 그처럼 물 우로 떠단이어도 바다와 同化치는 못하여왔다.//…(중략)…//絶望의 흐름은 어둠을 따러 땅 아래 넘처흐르고,/바람이 끈적끈적한 妖氣의 저녁,/너는 바다 변두리를 도러가 보라./오- 이럴 때이면 이빨이 무딘 찔레나무도/아스러지게 나를 찍어 누르려 하지 않드냐!//…(중략)…//燈臺 가차이 埋立地에는 아직도 묻히지 않은 바닷물이 웅성거린다./오- 埋立地는 사문장/동무들의 뼈다귀로 묻히어 왔다.//어두운 밤, 소란스런 물결을 따라/그러게 검은 바다 위로는/쑤구루루… 쑤구루루…/부어오른 屍身, 눈ㅅ자위가 헤멀언 人夫들이 떠올라온다.//…(중략)…/港口여!/눈물이어!/나는/못쓰는 株券을 갈매기처럼 바다ㅅ가에 날려 보냈다./뚱뚱한 계집은 부-연 배때기를 헐덕어리고/나는 무겁다.//雄大하게 밀리처 오는 오바다/湖水의 쏠려옴을 苦待하는 病든 거의들!/濕疹과 最惡의 꽃이 盛華하는 港市의 下水口,/더러운 수채의 검은 등때기,/급기야/밀물이 머리맡에 쏠리어 올 때/툭 불거진 두 눈깔을 휘번덕이며/너는 무서웠느냐?/더러운 구뎅이, 어두운 굴 속에 두 가위를 트리어 트리어 밖고//…(후략)

-「海獸」 부분, 『오장환 전집』, 412-420쪽(『城壁』, 1937).[7]

위 시의 화자는 선원이다. 선원은 숙명적으로 바다와 육지를 번갈아

7) 이 글에서 인용하는 오장환의 작품은 오장환, 김학동 편, 『오장환 전집』, 국학자료원, 2003에서 인용하였다.

가며 생활해야 하는 직업이다. 이러한 특성으로 화자는 바다의 속성과 육지의 속성을 두루 체험할 수밖에 없는데, 이러한 체험 속에서 화자는 육지와 바다 어디에서도 정착하지 못한다. 특히 '바다'에 대해서는 '미지의 세계'라고 인식하며 '그처럼 물 위로 떠다니어도 바다와 동화치는 못하여 왔다'라고 고백하고 있다. 화자는 오랜 시간 항해하면서도 바다의 속성에 적응하지 못하는 모습을 보인다. 이 작품에서 '바다'는 일차적으로 화자에게 미지의 공간으로 인식된다. 그러나 이 '미지의 바다'에 이내 '못쓰는 株券'을 날려버림으로써 '바다'는 식민 자본주의가 넘실대는 공간으로 변모한다.

한편 '바다'는 화자와 정서적으로 반대되는 위치에 놓여있다. '모-진 비바람이 바다ㅅ물에 설레이든 날/나는 화물선에 업되어 구토를 했다'의 시 구절에서 보이는 바와 같이, '비바람'과 '바다'가 '설레이는' 동안, 화자인 '나'는 '구토'를 하고 있다. 여기서 비바람과 바다의 출렁임이라는 물리적 움직임보다는 '설렘'이라는 정서에 주목할 필요가 있다. 여기서 '구토'는 화자의 괴로운 심리상태를 드러내는 상징에 다름이 아니며, 그렇다면 '바다'와 '나'는 필연적으로 동질화될 수 없는 대상임이 전제되고 있다고 보아야 한다. 그렇기에 이 항해는 '비애'와 '분노'로 이어진다.[8] 그리고 그 비애와 분노는 '자조'와 '절망'으로 심화된다.[9] 그렇게 바다를 항해했어도, 바다의 실체는 '화자'에게 명확하지 않아서 '흉측 맞은 구렁이의 살결'과 같이 공포의 존재이자 '미지의 세계'이다. 따라서 화자는 이 바다를 '동경'하기는 하지만 끝끝내 '동화'되지는 못한다. 이것은

8) "나는 종시 비애와 분노 속을 항해했도다." -「海獸」 부분.
9) "자조와 절망의 구덩이에 내 몸이 몹시 흔들릴 때/나는 구토를 했다." -「海獸」 부분.

앞서 살펴본 것처럼 '바다'의 속성이 기본적으로 '화자'와 대립되는 것이기 때문이다.

미지의 공간이자 부정의 공간인 '바다'의 실체를 알기 위해서는 바다가 적시고 있는 '항구' 이미지를 명확하게 해야 할 필요가 있다. 오장환의 작품에서 '바다'는 어느 시에서나 '항구' 즉, '육지'와 연결되어 있기 때문이다. 그러므로 그의 시에서는 근대의 퇴락적인 공간을 상징하는 '항구'와 바다가 상호연관성을 지닐 수밖에 없다.

'아직도 묻히지 않은 바닷물이 웅성거'리는 '매립지'는 이 '항구'가 바닷물을 묻어 형성한 공간임을 보여준다. 이러한 '항구'는 '눈자위가 헤멀언 人夫'의 시체가 떠오를 정도로 당시 노동자의 죽음인 과도한 노동과 맞바꾼 곳이라고 할 수 있다. 이러한 '항구'를 화자는 '습진과 최악의 꽃이 성화하는 항시의 하수구'라는 표현을 빌려 격렬히 부정하고 있다. '바다'가 미지의 공간으로 그려진 것과 달리 '항구'는 구체적인 현실이다. 바다가 '미지의 세계'로서 화자에게 공포와 고통을 주는 대상이라면, 육지는 청년들이 '담수어'처럼 힘없이 유흥을 즐기는 곳이며, 코카인에 찌들고 윤락이 성행하는 곳이다. 또한 항구는 육지이지만 바다와 맞닿아있는 곳이기 때문에 바다의 '절망'을 그대로 접촉해야하는 공간이다. ('절망의 흐름은 어둠을 따라 땅 아래 넘쳐흐르고') 화자는 바다에서도 그와 동화되지 못하면서 괴로워하며, 육지에 와서도 정착하지 못하고 윤락과 코카인에 빠지고 만다.

이러한 시 해석에 기초할 때, 숙명적으로 바다를 항해해야하는 선원의 운명은 1930년대를 살아가야 했던 당대인의 모습을 고도의 차원으로 상징화한 것으로 보아야 할 것이다. 오장환에게 1930년대는 '바다'와 같은 세계였을 것이다. 모든 존재를 부유하게 하면서 넘실거리는 바다의 이미지는 견고하지 못한 근대 세계를 이미지화한 것이나 다름없다. 다시 말하면 근대로 상징되는 '바다'는 근대의 관념적인 면을 형상화한 것으로, '항구'의 이미지는 관념적인 근대가 구체적, 실체적으로 실현되고 있는 공간을 형상화한 것으로 볼 수 있다.

바다가 '세계' 즉 1930년대의 근대 물결이라면 이러한 세계에서 부유하는 주체로서의 화자를 선원으로 설정한 것은 자연스러운 전개라고 할 수 있다. 이런 의미에서 선원은 관념적으로 정립이 되지 않은 근대의 물결에서 구체적이고 부정적인 근대의 실체를 먼저 접할 수밖에 없었던 당대인의 군상이라고 할 것이다. 다음의 시에서는 '바다'의 이미지가 더욱 구체화되는데, 「해수」와 마찬가지로 선원인 화자가 등장한다.

廢船처럼 기울어진 古物商屋에서는 늙은 船員이 追憶을 賣買하였다. 우중중-한 街路樹와 목이 굵은 唐犬이 있는 충충한 海港의 거리는 지저분한 크레옹의 그림처럼, 끝이 무디고 시꺼믄 바다에는 여러 바다를 거쳐 온 貨物船이 碇泊하였다.//…(중략)…나포리(Naples)와 아덴(ADEN)과 씽가폴(Singapore). 늙은 船員은 航海表와 같은 記憶을 더듬어 본다. 海港의 가지가지 白色, 靑色 작은 信號와, 領事館, 租界의 각가지 旗ㅅ발을. 그리고 제 나라 말보다는 남의 나라 말에 能通하는 稅關의 젊은 관사를. 바람에 날리는 흰 旗ㅅ발처럼 Naples, ADEN, Singapore. 그 港口, 그 바-의 계집은 이름조차 잊어버렸다.//亡命한 貴族에 어울려 豊盛한 賭博, 컴컴한 골목 뒤에선 눈자위가 시퍼런 淸人이 괴춤을 훔칫거리면 길 밖으로 달리어간다. 紅燈女의 嬌笑. 간들어지기야 生命水! 生命水! 과연 너는 阿片을 가졌다. 港市의 靑年들은 煙氣를 한숨처럼 품으며 억세인 손을 들어 타落을 스스로히 술처럼 마신다.//榮養이 生鮮가시처럼 달갑지 않는

海港의 밤이다. 늙은이야! 너도 水夫이냐? 나도 船員이다. 자-한잔. 한잔. 배에 있으면 육지가 그립고, 뭍에선 바다가 그립다. 몹시도 컴컴하고 질척거리는 海港의 밤이다. 漸漸 깊은 숲속에 올빼미의 눈처럼 光彩가 生하여 온다.

-「海港圖」부분, 『오장환 전집』, 19쪽(『城壁』, 1937).

여기서 '화물선'이 거쳐 온 '여러 바다'는 '나포리(Naples)와 아덴(ADEN)과 씽가폴(Singapore)'을 의미한다. 물리적으로 바다를 여러 개로 셀 수 없으므로, '여러 바다'라는 비유는 '여러 나라'로 바꾸어 읽어도 무방할 것이다. '잃어버린 항구의 이름', '잃어버린 어느 바의 계집의 이름'은 이러한 서구 문명의 수용이 당대인들에게 무분별하게 이루어졌음을 의미한다. 이렇게 본다면 자본주의의 어두운 면('못쓰는 株券')이 넘실대는 곳이자 여러 서구 문명이 뒤섞인 곳이라는 점을 '바다'가 갖는 속성으로 볼 수 있다. 그렇기에 바다를 '해항'하는 동안 화자는 '컴컴하고 질척'거릴 수밖에 없는 것이다.

한편, 선원으로 표상되는 '나'는 바다에서는 육지를 그리워하고, 육지에서는 바다를 그리워하는 존재이다.[10] 이것은 앞서 살펴본 「해수」의 화자의 이미지와 동질적이다. 지속적으로 오장환의 시에서 온갖 윤락이 존재하는 '항구'는 미지의 세계인 '바다'에 맞닿아있는 곳이자 퇴폐의 공간이다. 또 화자에게 있어서 '항구'는 퇴폐의 공간 안에서의 자신의 모습을 확인하는 자기 해체의 공간이다. 즉, 바다는 근대의 관념으로서 미지의 영역이자 동경의 대상이지만 화자에게 고통을 안겨주는 존재로, 그

10) "배에 있으면 육지가 그립고, 뭍에선 바다가 그립다"-「海港圖」 부분.

실체가 명확하지 않은 대상인 것이다. 이러한 '바다'의 속성으로 인해 화자는 '바다'를 항해하면서 방랑과 유랑을 지속할 뿐이다.

앞서 본 것처럼 바다가 자연의 물리적인 세계가 아니라 관념의 세계를 형상화한 것이라는 것은 다음의 시에서 명확해진다.

> 野心의 巨大한 아궁지에 石炭을 욱여너흐며/사나운 물결과 싸워오기에/너의 피와 너의 땀은 찝질한 너의 털어귀를/거세게 키워놨느니/본시 너는 바다를 찾어왔드냐,/본시 너는 바다로 쫓겨왔느냐//…(중략)…잠재울 수 없는 觀樂이여!/병든 官能이여!/가러귀처름 검은 피를 吐하며/不吉한 입가에 술을 적시고/아하 나는 엇지 歲月의 港口 港口를 그대로 지내왔드뇨?
>
> -「선부의 노래 2」, 『오장환 전집』, 277쪽(『子午線』, 1937).

역시 선원을 화자로 설정하고 있는 이 시는 항구를 '세월'이라고 명명하면서 이 바다 위에서 표류하는 것이 자신의 삶이라는 것을 드러내고 있다. '선원'의 존재를 당대인의 은유로 본다면 선원과 화자가 동일하다는 점에서 오장환의 근대에 대한 인식이 자기동일시를 통해 드러나는 것이라고 볼 수 있다. 선원이 '바다'를 '찾아온' 것인지 '쫓겨 온 것인지' 알 수 없는 상황은 시대의 흐름 속에 흔들리는 주체를 보여주는 것과 같다. 이러한 '바다'와 '선원'의 관계는 '내 몸을 쓸어가는 성낸 파도'[11]로 구체화되며 결국 선원은 바다를 부유하면서 "영원한 귀향"을 꿈꾸는 유랑자가 될 수밖에 없다.

---

11) 오장환 저 · 김학동 편저, 「永遠한 歸鄕」(1939), 『오장환 전집』, 2003, 60쪽.

당대의 시인 김기림도 「바다와 나비」[12]에서 역시 '바다'를 근대의 물결로 형상화하고 있다. 그러나 최남선의 그것과 차이점이 있다면 '바다'를 무한한 긍정의 대상으로 여기지 않는다는 점이다. 「바다와 나비」에서의 바다는 근대의 동경자인 '나비'에게 좌절과 시련을 안겨주는 부정성의 상징으로 형상화되고 있다. 이러한 점에서는 김기림의 '바다'와 오장환의 '바다'는 비슷한 면이 있다. 미지의 세계에 대한 동경, 그러나 '공주처럼 지쳐서' 돌아오게 만드는 바다의 속성이 오장환의 시에서도 드러나기 때문이다. 그러나 김기림의 시에서 '바다'가 '청무우밭'이라는 시어를 통해 낭만적으로 그려지고 있는 반면 오장환의 바다는 그보다 좀 더 직설적이고 음습하다. 현실을 간파하는 오장환의 인식이 두드러지게 드러나는 부분이라고 하겠다.

3. 존재의 구체적 표상-동물과 식물

시대를 불문하고 예술에는 동물의 상징이 풍부하게 나타난다. 상징성이 특히 두드러지는 오장환의 시편들에서 동물과 식물 이미지는 근대인의 여러 속성들을 내포하는 소재로 나타난다. 이러한 근대인들의 속성은 근대 자본주의에 맞물려 있는 자연에 대한 인간의 억압 구조가 그대로 나타나는 것을 통해 알 수 있다. 이러한 억압 구조는 근대인에 대한 식민 자본주의(세계)의 억압 구조로, 나아가 여성에 대한 남성의 억압 구조로 이어지면서 자본주의에 갇힌 근대인과 물화된 인간 존재, 그

---

12) 김기림, 「바다와 나비」, 『김기림전집』, 1988 ; 『여성』, 1939.

리고 그것을 소비하는 존재를 효과적으로 비판하고 있다.

근대 초기만 해도 이어지고 있던 자연에 대한 신비한 인식은 데카르트에 와서 그 베일을 벗고 기계론적 자연관으로 변모해 갔다. 이러한 기계론적 자연관은 인간이 자연을 완벽히 통제할 수 있다는 믿음으로 이어졌고, 이러한 사고는 자연에 대한 지배가 가능하다는 신념으로 자리 잡았다.[13] 이러한 시각은 오장환의 시에서 반복해서 드러나는데, 이를 통해 오장환의 작품에는 당대의 세계관을 지배하고 있던 인식 전반에 대한 비판이 내재되어 있음을 알 수 있다. 다음의 시를 통해서 문명이라는 이름 아래 자행되는 자연에 대한 인간의 억압이 나타난다.

> 꽃밭은 번창하였다. 날로 날로 거미집들은 술막처럼 번지였다. 꽃밭을 허황하게 만드는 문명. …(중략) … 줄기채 긁어먹는 뭉툭한 버러지, 류행 치마 가음처럼 어른거리는 나비나래. 가벼히 꽃포기 속에 묻히는 참벌이. 참벌이들. 닝닝거리는 우름. 꽃밭에서는 끈일 사이 없는 교통사고가 생기어 났다.
>
> -「花園」부분, 『오장환 전집』, 34쪽.(『城壁』, 1937).

아름다운 '화원'이어야 할 꽃밭은 겉으로는 번창한 듯 보이지만 '거미집'들이 '술막'처럼 번지는 곳이다. 이렇게 꽃밭을 허황하게 만드는 것은 바로' 문명'이다. '문명'이 꽃밭을 오염시키면서 꽃밭은 자유와 이상의 낙원의 역할을 하지 못하고 '허황'된 곳이 되었다. 이러한 꽃밭에서는 어떠한 평화와 자유도 허용되지 않기에, 꽃밭의 존재들이 끊임없는 '교통

13) 김일방, 「데카르트의 자연관: 그 형성배경과 공과 그리고 대안」, 『환경철학』 제23권, 한국환경철학회, 2017, 106-115쪽.

사고'로 인해 고통 받는 곳일 뿐이다. '문명'과 '교통사고'는 '근대'가 아니면 경험할 수 없는 근대의 다른 이름이다. 따라서 본래 아름답고 평화로웠던 꽃밭, 즉 '자연'은 식민 자본주의로 대표되는 '근대 문명'으로 인해 오염되고 더럽혀진 것이다. 이러한 꽃밭의 이미지는 「싸늘한 화단」에서도 지속된다. 특히 싸늘하고 젖어있는 화단의 이미지는 화단이라기보다는 늪지를 연상하게 한다.[14]

이렇게 타락한 자연은 「독초」에서 요사스러운 식물들의 군집을 통해 형상화된다. '바다'를 통해 존재에게 직접적인 영향을 미칠 수밖에 없는 '근대'라는 세계를 나타냈다면, 다음의 시에서는 오염된 자연인 숲에 서식하고 있는 구체적인 자연물들을 보여줌으로써 존재로서의 자연의 위치를 보여주고 있다.

> 썩어 문드러진 나무뿌리에서는 버섯들이 생겨난다. 썩은 나무뿌리의 냄새는 훗훗한 땅 속에 묻히여 붉은 흙을 검엏게 살지워 놋는다. 버섯은 밤내어 異常한 빛깔을 내었다. 어두운 밤을 毒한 色彩는 星座를 向하야 쏘아 오른다. 홀란한 사깟을 뒤집어 쓴 가녈핀 버섯은 한자리에 茂盛히 솟아올라서 思念을 모르는 들쥐의 食慾을 쏘을게한다. 진한 病菌의 毒氣를 빨어들이어 자주빛 빳빳하게 싸느래지는 小動物들의 燐光! 밤내어 밤내어 안개가 끼이고 찬 이슬 나려올 때면, 독한 풀에서는 妖氣의 光彩가 피직, 피직 다 타버리랴는 기름ㅅ불처럼 튀어나오고 어둠ㅅ속에 屍身만이 경충 서 있는 썩은 나무는 異常한 내음새를 몹시는 풍기며, 따따구리

14) 싸느란 제단이로다/젖은 풀잎이로다 //해가 천명에 다달았을 때/뉘 회한의 한숨을 돌이키느뇨//…(중략)…//죄그만 어둠을 터는 수탉의 날개/싸느란 제단이로다/기온이 얕은 풀섶이로다//언제나 쇠창살 밖으론/떠가는 구름이 있어/야수들의 회상과 함께 자유롭도다. -「싸늘한 花壇」부분, 『조선일보』, 1937.6.16.

는, 따따구리는, 불길한 가마귀처럼 밤눈을 밝혀가지고 病든 나무의 腦髓를 쪼읏고 있다. 쪼우고 있다.

-「毒草」, 『오장환 전집』, 30쪽(『城壁』, 1937).

기괴한 숲속에서 서식하는 식물들은 '썩어 문드러진 나무 뿌리'에서 자라는 '버섯'들이다. 그 버섯은 이상한 빛깔을 내며 '독'을 뿜어낸다. 이 버섯은 식욕만을 가지고 있는 '들쥐'들을 불러들이고 들쥐 외의 '소동물'들도 도깨비불과 같은 '인광'만을 내뿜고 있다. 이런 숲은 '시신'만이 존재하는 병적인 공간이다. '바다'가 근대의 관념적 세계를 나타내고 있다면 여러 병적인 식물들과 기괴한 생명체들이 난무하는 '숲'은 존재로서의 공간표상이라고 할 수 있다. 건강한 생명력이 숨쉬기 힘들고 오염되어 버린 숲은 그 숲에 서식하는 생물들마저 병들게 만든다. 오장환시에 드러나는 비판의 체계를 고려하면 숲은 근대문명에 억압되어 오염된 자연의 모습을, 구체적인 소동물들은 오염된 근대세계 내에서의 타락상을 보여주는 근대인을 상징한 것으로 해석할 수 있다. 따라서 이 시는 근대문명으로 인한 '인간의 자연지배'와 '근대세계의 근대인 지배'라는 두 층위가 모두 드러난 작품인 것이다. 이러한 숲과 식물의 관계는 1930년대의 병폐적 근대, 그리고 그 근대를 살아가는 구체적 존재들 사이의 관계와 같을 것이다.

근대라는 세계의 흐름 속에서 행해진 자연에 대한 인간의 억압은 식민지라는 1930년대 조선의 역사 속에서 재탄생되었다. 즉 자연에 대한 인간의 억압은 '식민지에 대한 식민 자본주의의 지배'와 등가적인 것이었다. 이점을 오장환은 놓치지 않고 섬세하게 포착하였고, 이러한 그의 시선에 '갇혀있는 이미지'의 동물과 식물이 매개하고 있다는 점은 흥미

롭다. 이것은 근대와 식민 자본주의라는 범주 안에서 이루어지고 있던 지배구조에 대한 비판에서 비롯되기 때문이다. 특히 이 시기 근대인의 초상은 병실 안의 어항, 사무실 안의 꽃병 등으로 나타나는 이중의 유폐 구조에 갇힌 동물과 식물의 이미지를 통해 구체화된다.

1930년대 시에서는 자주 '갇혀있는 이미지'(유폐된 존재)가 등장한다. 이것은 주로 '방'이나 '어항'과 같은 좁은 공간에 갇혀 행동의 자유가 박탈된 존재로 형상화된다.[15] 특히 어항과 금붕어의 이미지는 1930년대의 시문학에서 반복적으로 등장하는 소재이기도 하다.[16] 오장환이 포착한 '금붕어' 이미지는 1930년대 시작품에서 드러나는 유폐의 이미지와 공통분모도 있으나 중요한 차이도 존재한다. 먼저 다음의 시 「병실」을

---

15) 남기혁, 앞의 논문. 178-180쪽.

16) 김기림의 시에서 도시의 이미지는 '어항'의 이미지로 빈번하게 나타난다. 그리고 그 안에는 생명력의 공간으로서의 '바다'를 그리워하는 존재들인 '금붕어'가 있다.(금붕어는 어항 밖 대기를 오를래야 오를 수 없는 하늘이라 생각한다./금붕어는 어느새 금빛 비눌을 입었다 빨간 꽃 이파리 같은/꼬랑지를 폈다. (눈이 가락지처럼 삐여져 나왔다./인젠 금붕어의 엄마도 화장한 따님을 몰라 볼게다//…(중략)…//아침에 책상우에 옮겨 놓으면 창문으로 비스듬이 햇별을 녹이는/붉은 바다를 흘겨본다. 꿈이라 가르켜진/그 바다는 넓기도 하다고 생각한다//…(후략)-「금붕어」, 『김기림전집』, 심설당, 1988 ; 「조광」, 1935.)
또한 정지용의 어항 이미지는 「유리창Ⅱ」에 잘 나타난다. 정지용의 '금붕어'는 '어항'을 외부 세계와 단절 짓는 매개로 인식하고 '어항'이 시적 주체를 구속하는 대상임을 안다. 즉 이 시에서 '어항'은 개인을 가두고 조작하는 부정적 근대성의 상징이다. 그러나 정지용의 '금붕어'는 '이 알몸을 끄집어내라'며 어항이라는 구속의 주체에게 저항하는 면모를 보인다. (내어다 보니/ 아조 캄캄한 밤,/ 어험스런 뜰앞 잣나무가 자꼬 커올라간다/ 돌아서서 자리고 갔다/ 나는 목이 마르다/ 또, 가까이 가/ 유리를 입으로 쪼다./ 아아, 항안에 든 金붕어처럼 갑갑하다/ 별도 없다/ 물도 없다/ 쉬파람 부는 밤/ 수증기선처럼 흔들리는 창/ 투명한 보랏빛 누뤼알 아,/ 이 알몸을 끄집어내라/ 때려라, 부릇내라/ 나는 열이 오른다/ 빰은 차라리 연정스러이/ 유리에 부빈다/ 차디찬 입맞춤을 마신다/ 쓰라리, 알연히, 그싯는 음향--/ 머언 꽃! / 도회에는 고운 화재가 오른다. -「유리창Ⅱ」, 정지용, 김학동 편저, 『정지용 전집』, 민음사, 1988.)

통해 오장환의 '금붕어'가 자리한 위치를 보도록 한다.

> 養魚場 속에서 갓 들어온 金붕어/ 어항이 무척은 新奇한 모양이구나.// 病床의 檢溫計는/ 오늘도 三十九度를 오르나리고/ 느릿느릿한 脈搏과 같이/ 琉璃항아리로 피어오르는 물ㅅ방울/ 金붕어는 아득-한 꿈ㅅ길을 모조리 먹어버린다// 몬지에 끄으른 肖像과 마주 대하야/ 그림자를 잃은 靑磁의 花甁이 하나/ 오늘도 시든 카-네숀의 꽃다발을 뱉어버렸다.// 幽玄한 꽃香氣를 입에 물고도/ 충충한 먼지와 灰色의 記憶밖에는/ 이그러지고도 파리한 얼골.// 金붕어는 지금도 어늬 꿈ㅅ길을 따루는가요/ 册갈피에는 靑春이 접히어 있고/窓밖으론 葡萄알들이 한데 몰리어 파르르 떱니다.
>
> -「病室」, 『오장환 전집』, 37쪽(『城壁』, 1937).

위의 시에서 금붕어는 "병실"에 놓인 어항에서 살고 있다. '병실' 은 생명력이 약한 공간이며, '먼지에 끄으른 초상'의 시어가 상기하듯이 죽음과 맞닿아 있는 곳이다. 그런데 금붕어가 원래 살던 곳 역시 '양어장'이다. '양어장'은 바다와 달리 인공적인 곳이므로 금붕어는 '바다'를 알리가 없다. 따라서 당연히 물의 원형적 상징으로부터 파생되는 '생명력으로서의 바다'는 접해본 적도 없다. 오장환의 '금붕어'는 김기림의 '금붕어'와 달리 '꿈' 조차 꿀 수 없는 존재인 것이다. 따라서 그 '꿈'은 구체적이지 않고 모호한 채로 '아득한 꿈길'이 되어 버린다. 슬픈 사실은 그 '꿈'은 존재를 드러내기도 전에 사라져 버린다는 것이다. 금붕어는 원초적 세계로의 갈망이 거세된 존재이며, 오로지 '회색의 기억'만을 가지고 있다는 점에서 암담한 채로 꿈과 방향 없이 살아가는 존재이다. 그렇다면 이 작품에서 '병실' 역시 오장환이 간파한 시대상이 압축적으로 상징화된 장소라고 할 수 있다. '양어장'에서 자라 원초적 생명력을 상실한 근대인인 '금붕어'의 설정과 더불어 금붕어가 존재하고 있는 거시세계마저 '병실'로 설정함으로써 당대 전체를 병적인 시대로 규정하고 있는 것이다.

정리하자면 오장환의 '금붕어'들은 김기림의 '금붕어'처럼 '바다'를 그리워하지 않는다. 앞 장에서 살펴보았듯이, 오장환에게 있어 '바다'는 유토피아 혹은 생명의 바다로 그려지지 않는다. 바로 이점이 오장환이 당대를 날카롭게 포착한 지점이 되는데, 어항 속의 금붕어가 더 답답하게 느껴지는 이유는 갈망하고 있는 유토피아의 세계가 부재하고 있기 때문이다. 그러기에 오장환의 금붕어는 게으를 수밖에 없다.

> 어항 안/게으른 금붕어//나비같은 넥타이를 달고 잇기에/나는 무엇을 하면 올켔습니까//날애 무거운 回想에 어두운 거리/하나님이시여! 저무는 太陽/나는 해바라기 모양 고개 숙이고 病든 慰安을/찾아단이어//高層의 建築이건만/푸른 하늘도 窓 옆흐로는 가차히 오려 안는데/卓上에 힘없이 손을 나린다./먹을 수 없는 탱자 열매 가시낭구 香내를 코에 대이며……//주판알을 굴리는 자근 아씨야/너와 나는 비인 紙匣과 事務를 박구며/오늘도 시들지 안느냐/花瓶에 한 떨기 붉은 薔薇와 히야신스 너의 靑春이, 너의 體溫이……
>
> -「體溫表」, 『오장환 전집』, 51쪽(『풍림』, 1937.5).

이 시에서 화자는 어항 안 게으른 금붕어와 동일시된다. 금붕어의 상황은 화자로 하여금 '무엇을 하면 옳은가'라는 질문을 갖게 하고 있기 때문이다. 금붕어의 이미지는 '해바라기 모양 고개 숙이고' 있는 '나'와 '주판알을 굴리는 작은 아씨'로 이어진다. 병실 안의 생명력을 잃은 금붕어(「병실」)는 자본주의의 논리로 살아가야 하는 '나'와 '아씨'의 모습이다. 이러한 시적 상황에서 나는 '너'의 '청춘'과 '체온이' 시들고 있다고 느낀다. '나'와 '아씨'가 이미 등가적인 존재라는 점에서 아씨의 청춘과 체온이 시든다는 것은 '나'의 그것 역시 동일하다는 의미이다. 여기서 '체온'은 '지갑'과 '사무'를 바꿀 때 함께 바뀐 '청춘'이다. 따라서 '시들어가는 체온' 물리적인 신체의 온도를 의미하는 것이 아니라 자본주의의 속성을 따라갈 수밖에 없는 근대인으로서 돈을 벌기 위해 시들어가는 인간 실존을 말하는 것이다.

주목해야 할 부분은 앞서 언급했던 자연에 대한 억압 구조가 이 시에서 동일하게 드러나면서 억압된 식민지의 근대인과 훼손된 자연의 가치가 효과적으로 형상화되고 있다는 점이다. 즉, 유폐의 공간(화병)에서 시들어가는 '한 떨기 붉은 장미와 히야신스'는 '주판알을 굴리는 작은 아씨'의 '청춘'과 '체온'으로 치환되고 있다. '병실'과 '사무실'이라는 유폐의 공간 안에 또 다른 유폐의 표상인 '어항'과 '꽃병'은 이중의 유폐구조를 보여주며 독자로 하여금 '벗어날 수 없는 근대인들의 억압 체계'를 거대한 지배구조 안에서 바라볼 수 있게 한다.

따라서 오장환의 '금붕어'는 근대에서 원초적 생명력을 상실하고 무기력하게 살아가는 근대인을 의미한다고 할 수 있다. 생명력의 상실은 자신의 의지와는 무관한 것으로서, 외부의 현상으로 인해 생명력을 박탈당한 상태라는 점을 조명할 필요가 있다. 여기서 '외부'란 근대 문명과 자본주의로 치환될 수 있으며 '금붕어' 인간은 원초적 생명력 대신 반복되는 자본주의의 논리에 복속된 근대인을 상징하는 것이다.

이와 같은 병폐는 갇혀 있는 동식물에서 그치는 것이 아니라 나아가 여성에 대한 남성의 억압으로 이어지면서 성을 소비하는 자본주의 근대에 대한 비판으로 이어진다.[17]

> 溫泉地에는 하로에도 몇 차례 銀빛 自動車가 드나들었다. 늙은이나 어린애나 점잖은 紳士는, 꽃 같은 계집을 飮食처럼 싣고 물탕을 온다. 젊은 계집이 물탕에서 개고리처럼 더 보이는 것은 가장 좋다고 늙은 商人들은 저녁상머리에서 떠드러댄다. 옴쟁이 땀쟁이 가진 各色 더러운 皮膚病者가 모여든다고 紳士들은 투덜거리며 家族湯을 先約하엿다.
>
> –「溫泉地」, 『오장환 전집』, 26쪽(『城壁』, 1937).

'온천지'는 씻기 위해 일정 금액을 지불하고 욕탕을 이용하는 근대적인 목욕탕의 한 형태이다. 이 온천지에는 예전에는 치료 목적의 사람들이 드나들었지만. 「온천지」에서는 '은빛 자동차'를 타고 오는 '부'를 상징하는 자들이 찾는 곳이다.[18] 그러한 '점잖은 신사'는 자본의 능력으

---

17) 마리아 미즈는 그의 책에서 이렇게 말한 바 있다. "폭력은 비단 여성의 노동과 몸을 착취할 때에만 등장하는 것이 아니다. 이는 가사와 여성 구타에 대한 담론에서 분명해졌다. 폭력은 유럽의 초기 자본가가 외국 영토를 정복하고 복속시키고 식민화하는 수단이기도 했다. 이런 식민화가 없었다면, 아시아, 아프리카, 중남미 아메리카의 영토와 사람에 대한 약탈과 강탈이 없었다면, 근대의 노예제가 없었다면 자본주의는 순조롭게 출발하지 못했을 것이다. …(중략)… 여성의 노동이나 식민지에 대해서와 마찬가지로 자연 역시 일방적이고 착취적인 방식으로, '공짜'인 것으로 취급되었다. 역으로 생각해보면, 여성과 식민지를 '자연'으로 취급했다." 마리아 미즈, 『가부장제와 자본주의』, 갈무리, 2014, 26쪽.

18) 이현승은 「오장환 시의 부정의식 연구」에서 '온천지'를 식민주의에 의한 근대적 공간으로 해석하고, 온천지에 모여있는 서로 다른 계급에 대한 상대적인 시각이 바로 근대적 시선이자 식민지라고 보았다.(이현승, 「오장환 시의 부정의식 연구」, 『한국시학연구』 25권, 한국시학회, 2009, 238-239쪽)

로 외향은 '신사'이지만 '꽃 같은 계집'을 '음식처럼' 싣고 오는 존재들이다.[19] 여기서 여성의 이미지가 '음식'에 비유된 것은 여성이 여성의 고유성 및 존재성을 상실하고 남성과 자본 앞에서 상품화되었음을 의미한다. 또한 '꽃 같은 계집' 이라는 비유에서 알 수 있듯이 여성과 꽃의 이미지는 등가적이다. 여기서 꽃은 생명의 공간인 대지에서 뽑혀져 나와 음식과 같이 남성에게 소비되는 존재로 그려진다.

이와 연장선에서, 다음의 시 「매음부」에서는 근대의 주변으로 밀려난 소외와 타락의 주체를 그려냄으로써 성에 대한 물화가 결국 남성과 여성 모두를 근대에서 소외된 주체로 나타내고 있음을 알 수 있다.

푸른 입술. 어리운 한숨. 陰濕한 房안엔 술ㅅ잔만 훤-하였다. 직척척한 풀섶과 같은 房안이다. 顯花植物과 같은 계집은 알 수 없는 우슴으로 제 마음도 소겨온다. 港口, 港口, 들리며 술과 계집을 찾아 다니는 시ㅅ거믄 얼굴. 淪落된 보헤미안의 絶望的인 心火.- 頹廢한 饗宴 속. 모두다 오줌싸개 모양 비척어리며 얄게 떨었다. 괴로운 憤怒를 숨기어가며… 젓가슴이 이미 싸느란 賣淫女는 爬蟲類처럼 匍匐한다.

-「賣淫婦」, 『오장환 전집』, 27쪽(『城壁』, 1937).

---

19) 이러한 해석은 생태학과 여성학을 접목한 에코페미니즘의 관점에서 구체화될 수 있다. 이것은 "여성에 대한 해방과 자연 환경보호는 권력 구조 관계"를 문제시 삼지 않으면 안 된다는 전제에서부터 출발한다. 이런 시각에서는 "여성과 자연을 포함하여 지배 이데올로기에 의해 억압받고 착취당하는 모든 대상이 다 타자"가 된다. (김욱동, 「에코페미니즘과 생태중심주의 세계관」, 『미국학논집』 제29집 1호, 1997, 47-70쪽) 이러한 해석에 기초할 때 여성=자연의 도식이 도출될 수 있으며, 이들은 모두 타자의 지배 아래 놓여 있는 존재들이 된다. 이것은 여성이 꽃에 비유되며 남성들의 유희에 이용된다는 점에서 남성이라는 지배 권력에 의해 소모되는 일종의 도구로서 기능하는 것으로 해석할 수 있다. 이를 통해 이 시기 오장환에게는 이미 여성과 자연이라는 두 객체가 지배원리에 의해 착취의 대상으로 동질화되어 있다는 인식이 내재되어 있었다는 것을 알 수 있다.

매음의 현장을 묘사하고 있는 이 시는, 음습하고 칙칙한 '풀섶'에 그 장소를 비유하고 있다. 또 '현화식물'이라는 시어를 통해 인간으로서 가지는 존엄성은 유폐되고 시의 모든 긴장이 '매음'이라는 육체적-성적 관계에 복속되도록 만든다. 이로 인해 꽃이라는 속성이 일차적으로 내포하고 있는 정신적인 '아름다움'의 이미지는 사라지고 '현화식물' 이 상기시키는 육체적-성적 이미지만이 강렬하게 남게 된다. 이러한 시적 전개는 사람과 사람 사이의 관계에서 가장 중요한 정서적인 측면과 더불어 일차적인 전제조건이 되는 존엄성마저 사라지는, 근대의 물화에 대한 비판적 인식을 나타낸다.

이 시에서 윤락가를 찾는 "보헤미안" 역시 정서가 결여된 육체적-성적 관계를 원하지 않는다. '절망적인 심화'와 '괴로운 분노'를 숨기고 있는 그는 윤락을 찾아다니는 방랑자일 뿐, 시적 상황은 '사내'에게 진정한 안락과 행복을 가져다주지 않기 때문이다. 따라서 이 시는 매음녀와 "보헤미안"이 동질적으로 근대라는 거대한 세계에 떠밀려 주변부로 밀려난 소외와 타락의 주체들이라는 점을 강조하고 있다.

또한, 「온천지」에서의 '꽃'의 비유와 「매음부」에서의 '파충류'의 비유는 앞서 밝혔던 자연에 대한 인간의 억압을 떠올리게 하며, 결국 자연-식민지 근대인-여성이 등가적인 체계 안에 놓인다. 이들은 각각 인간-식민 자본주의-남성에 의해 지배 · 착취당하는 존재로서, 오장환은 이러한 존재들의 억압 구조를 입체적으로 병치시키고 있다. 이를 통해 오장환은 거시적인 세계관과 구체적인 존재의 형상화를 넘나들며 식민지 근대에 대한 효과적인 비판을 가하고 있는 것이다.

특히 『성벽』의 각 부의 판화로 삽입되어 있는[20] 삽화들은 이러한 시 해석에 큰 의미를 부여한다. 제 1부의 판화 「해변」은 제목만 해변일 뿐, 해변의 전체적인 모습보다는 해변에 앉아있는 개구리 한 마리를 집중적으로 확대하여 그려내고 있다. 특히 개구리와 같은 양서류가 바다에서 서식하는 것은 특별한 종을 제외하고는 일반적이지 않다. 따라서 이 판화 역시 상징적으로 해석해야 하는 것이다. 개구리와 파충류의 이미지는 개구리가 파충류가 아니라 양서류라는 생물학적으로 상이한 종의 구분보다는, 그것들이 자아내는 동일한 이미지에 집중해야 한다. 개구리와 파충류는 식민 자본주의에 의해 존엄성이 훼손된 식민지 근대인의 표상으로 볼 수 있기 때문이다.[21]

오장환은 이처럼 동물과 식물 이미지를 통해 근대를 살아가는 구체적인 존재들의 실존을 말하고자 했다. 여기에 근대 자본주의가 전제하고 있는 인간의 대한 자연의 억압은 다시 근대인에 대한 식민 자본주의의 억압, 나아가 여성에 대한 남성의 억압 구조로 이어지면서 오장환의 근대 비판은 탄탄한 시적 상상력 안에서 전개되고 있음을 알 수 있다.

---

20) 오장환은 자신의 시집을 한정판으로 직접 출간하면서 각 부의 제목 대신 1부에는 이병현의 판화 「해변」을, 2부에는 김정환의 판화 「밤」을 배치하여 부 구별을 하였다. 자신의 시집 출간에 있어서 작품 활동 뿐 아니라 표지 디자인 및 종이 재질 선택 등에도 많은 노력을 기울인 흔적으로 보아, 판화의 의미 또한 적지 않다고 할 것이다. (판화의 작가와 구체적인 시집 출간 내력에 대해서는 정우택, 「오장환과 남만 서점의 시집들」, 『근대서지』, 근대서지학회, 2015. 참고)

21) 다른 맥락에서 이러한 '개구리'의 상징성은 근대인의 상징과 맞물려 있다고 해석할 수 있다. 본래 '물'과 '육지' 모두에서 서식하는 동물인 개구리가 '바다'라는 거대한 물결 앞에서 물에 뛰어들지도, 그렇다고 물 곁을 떠나지도 못하는 판화의 상황은 마치 '바다'와 '육지' 모두를 부정적으로 여기면서도 항구의 생활과 바다에서의 항해를 지속해야하는 「해수」의 선원을 떠오르게 한다.

4. 결론

오장환의 근대에 대한 인식은 기본적으로 부정성을 전제로 한다. 그러한 부정성을 드러내는데 역설적이게도 한국 문학에서 미(美)의 대명사였던 '자연'을 소재로 차용했다는 점에서 그의 시에서 '자연'의 의미는 고찰할 만하다. 1930년대의 '근대의 초보자'인 오장환이 근대를 표현하는 방법은 그에게 친숙했던 '자연'이었던 것이다. 그러나 자본주의와 근대 문명이 자연에 대한 인간의 착취, 그리고 자연의 도구화로부터 비롯된다는 점을 상기할 때, 오장환의 자연 인식도 그와 동일선상에서 이루어지고 있다.

'바다'를 통해 드러낸 근대의 관념적 세계는 모든 존재는 세계로부터 자유로울 수 없다는 기본적인 자연인식에서부터 비롯된다는 것을 알 수 있다. 왜냐하면 오장환의 시에 등장하는 '바다'의 세계에 종속된 '선원'들 역시 '바다'로부터 직접적인 영향을 받기 때문이다. 모든 것을 부유하게 만드는 '바다'의 속성은 미지의 세계로 확장된다. 그러나 바다에서는 물결만 넘실거릴 뿐 정확한 실체는 드러나지 않기에, '바다'라는 세계를 떠다녀야 하는 선원은 유랑을 지속할 수밖에 없게 되는 것이다.

특히 '바다'의 이미지는 항구의 이미지와 연결되면서 부패한 시대를 적나라하게 보여주는데, 항구는 미지의 세계인 바다와 언제나 접하는 공간이라는 점에서 의미가 있다. 근대의 실상을 구체적으로 형상화한 공간이기 때문이다. 오장환의 눈에 비친 '근대'란 윤락과 코카인이 성행하고 매춘이 무분별하게 이루어지면서도 도덕성은 사라진 시대이다. 그러한 시대를 오장환은 '바다'의 속성과 그 조류에 휩쓸리는 '선원'의 이미지로 드러내었다.

한편 오장환은 '존재로서의 자연'을 통해 식민지 근대를 살아가고 있는 존재들을 형상화하고자 했다. 자연에 대한 인간의 지배가 '근대'와 필연적으로 맞물린 세계관이라고 할 때, 이러한 세계관과 '식민지에 대한 식민 자본주의의 억압' 그리고 '여성에 대한 남성의 억압'이 입체적으로 작품 안에 병치되면서 근대 비판에 효과적으로 '자연'이 매개하고 있음을 알 수 있다.

먼저 「화원」과 「독초」를 통해 인간과 문명으로 오염되어버린 자연의 가치를 형상화하였다. 여기서 꽃과 식물들은 '문명'이라는 세계 안에서 함께 오염되어 갈 수 밖에 없는 존재들을 상징한다. 이러한 인간-자연의 지배구조는 유폐된 존재들인 금붕어, 꽃 등을 통해 변주되면서 식민 자본주의에 억압된 채 살아가고 있는 근대인의 구체적인 표상을 나타낸다. 이들의 공통점은 본래 가지고 있던 원초적인 생명력을 상실하고 병들어 가고 있다는 점이다. 특히 금붕어는 '어항'에, 꽃은 '꽃병'에 각기 존재하고 있는데. 이것은 스스로의 의지가 아닌 세계의 강압에서 기인한 것이다. 오장환은 이를 통해 무기력하게 자본의 노예가 되었던 당대인의 자화상을 그려내고자 했다. 이러한 시적 상상력은 인간의 자연 지배 양상과 맞물리면서 오장환의 시세계에서 근대 비판이라는 주제를 형상화하는데 자연의 위치가 중요하다는 점을 시사해 준다.

'꽃'의 이미지는 여성의 이미지로 연결되는데, 이러한 여성의 이미지는 파충류로 확장되면서 '성'마저 물화의 가치로 전락해 버린 근대를 비판한다. 나아가 물화로 전락한 '성'을 소비하는 남성 역시 소비자이자 근대에서 밀려난 소외된 주체로 그려내면서 비판을 강화한다.

이를 통해 오장환의 작품에서는 자연-식민지 근대인-여성이 등가적인 체계 안에 놓인다는 것을 알 수 있다. 오장환은, 이러한 존재들의 억압 구조를 입체적으로 병치시키는 것을 통해 거시적인 세계관과 구체적인 존재 사이를 넘나들며 식민지 근대에 대한 효과적인 비판을 가하고 있는 것이다.

이로 볼 때, 오장환의 시편들에 나타난 자연들은 그의 시편들의 큰 축을 담당하는 근대 비판을 효과적으로 드러내는 매개라고 볼 수 있다. 오장환의 시세계에서의 자연은 아름답고 평화로운 도식화된 의미로서의 자연이 아니라 오히려 '근대 문명'을 비판하고, 근대인의 소외된 존재와 병폐적 당대를 그려내는 매개로 사용되었다.

제6장

이용악 시에서 자연의 의미
–『분수령』, 『낡은집』을 중심으로

김희원 · 김옥성

1. 서론

한국 근현대사에서 가장 질곡이 많았던 시기는 단연 일제강점기라고 할 수 있다. 35년간 이어진 일제의 식민통치기간 중에서도 1930년대는 우리 민족이 온갖 탄압과 무자비한 폭력에 무방비상태로 노출되었던 때이며 카프의 해산을 비롯하여 민족말살정책으로 인해 문학 활동도 극도로 위축되기에 이르렀다. 즉, 1920년대에 어느 정도나마 가능했던, 문학 작품에서의 투쟁 의지의 형상화가 1930년대에는 작품에 내면화되었던 것이다. 따라서 1930년대 문학 작품을 연구한다는 것은 가장 혹독했던 시기에 문인들이 어떠한 사고로 그 시기를 극복했는지를 가장 뚜렷하게 인식할 수 있는 매개가 된다.

1930년대의 대표적인 시인 중 한 명인 이용악은 1930년대 시작활동을 하던 당시에도 주목을 받았던 시인이자, 해금조치 이후 활발히 연구된 시인이기도 하다. 그간의 이용악 시세계에 대한 평은 일제강점기 유랑민의 참상을 고발한 시인이라는 것으로 간단히 정리할 수 있다.

지금까지 이용악 시세계에 대한 연구는 크게 공간의식에 대한 연구,[1] 고향상실 및 유랑 의식과 관련된 연구[2], 구조적인 측면에서 접근한 연구[3], 리얼리즘 측면에서 고찰한 연구[4], 해방 이후 및 월북 이후 작품에 대한 연구[5] 등으로 다양하게 이루어져 왔다. 그 중에서도 고향상실 및 유랑 의식과 관련된 연구는 그 양에 있어서도 압도적으로 많은 양을 차지하며. 백석 및 이찬, 오장환 등으로 이어지는 당대 문학장 안에서의 비교연구가 많이 이루어졌음을 알 수 있다. 이것은 이용악 시 연구의 편향

---

1) 강연호, 「이용악 시의 공간 연구」, 『현대문학이론연구』 제23권, 현대문학이론학회, 2004; 노용무, 「이용악 시에 나타난 길의 의미」, 『현대문학이론연구』, 제21권, 현대문학이론학회, 2004; 노용무, 「해방기 문학의 내적 형식과 길 모티프 연구 : 이용악의 시와 허준의 「잔등」을 중심으로」, 『한국문학이론과 비평』 제26권, 2005; 박용찬, 「이용악 시의 공간적 특성 연구」, 『어문학』 89집, 2005; 심재휘, 「이용악 시와 공간 상상력」, 『현대문학이론연구』 제53권, 현대문학이론학회, 2013; 송지선, 「이용악 시의 변방지역에 나타난 공간의 이동성 연구」, 『우리말 글』 제75권, 2015; 최은자, 「이용악 시 연구 : 공간을 나타내는 시어를 중심으로」, 『한국어문교육』 17권, 고려대학교 한국어문교육연구소, 2015.

2) 제해만, 「이용악 시의 고향의식 고찰」, 『국문학논집』 제14권, 단국대학교 국어국문학과, 1994; 한계전, 「1930년대 시에 나타난 '고향' 이미지에 관한 연구 : 백석, 오장환, 이용악을 중심으로」, 『한국문화』 제16권, 서울대학교 한국문화연구소, 1995; 이원규, 「한국시의 고향의식 연구 : 1930년-1940년대 시를 중심으로」, 성균관대학교 대학원, 박사논문, 2004; 이길연, 「이용악 시의 공동체 의식 상실과 공간 심상」, 『우리어문연구』 제26권, 우리어문학회, 2006; 곽효환, 「한국 근대시의 북방의식 연구 : 김동환, 백석, 이용악을 중심으로」, 고려대학교 대학원, 박사논문, 2007; 엄성원, 「이용악 시에 나타나는 북방 정서와 디아스포라 공간의식」, 『국제어문학회 학술대회 자료집』 제3권, 국제어문학회, 2008; 전병준, 「이용악 시에 나타난 고향의 의미 연구」, 『현대문학이론연구』, 제34권, 2008; 김경훈, 「디아스포라의 삶의 공간과 정서 백석, 이용악, 윤동주의 경우」, 『비교한국학』 제17권 3호, 국제비교한국학회, 2009; 배석호, 「"가족"과 "고향" 모티프의 시적 양상-이용악론」, 『새국어교육』 제84권, 한국국어교육학회 , 2010; 이근화, 「현대시에 나타난 "북방"과 조선적 서정성의 확립 -백석과 이용악 시를 중심으로」, 『어문논집』 제62권, 민족어문학회, 2010; 차성환, 「이용악 시에 나타난 식민지 민중 표상 연구」, 『우리말글』 제67권, 우리말글학회, 2015.

성을 보여주는 지표이며 이용악 시의 깊이 있는 연구 방향으로 그의 시에 나타난 집약적인 요소에 더욱 주목할 것을 요구하는 것이다.

물론 한 시인의 시를 분석함에 있어서 그의 전기적인 면을 간과할 수 없고, 이렇게 볼 때 그의 시에 유랑 의식과 귀향 의식, 고향상실 의식은 빼놓을 수 없는 부분이다. 선행 연구가 이루어 놓은 이러한 점을 전제로 한, 이용악 시세계에 대한 좀 더 깊이 있는 접근은 1930년대 문학의 장에 대한 지평을 넓히는 길이며 문학이라는 기록을 통해 당대의 정서와 교류할 수 있는 또 다른 길이 된다. 이것이 바로 문학이 지향하는 바이기도 한 것이다. 이를 위해서는 지금까지 이용악 연구의 패러다임으로 작용해 왔던 고향상실 의식 연구의 틀에서 벗어나 연구의 지평을 넓히는 작업이 필요하다.

그러한 방법의 하나로, 본 연구는 이용악 시에 드러난 자연의 양상에 주목하고자 한다. 예술에서 자연에 대한 관심은 언제나 긴밀하게 예술 자체와 연관되어 왔다. 시문학에서도 예외는 아니며 특히 일제강점기

---

3) 방연정, 「1930년대 시언어의 표현방법 - 백석 · 이용악 · 이찬의 시를 중심으로」, 『개신어문연구』 제14권, 개신어문학회, 1997; 윤한태, 「이용악 시의 서사적 구조에 관한 연구」, 『어문논집』 제28권, 중앙어문학회, 2000; 신익호, 「이용악 시의 형태 구조 연구」, 『한남어문학』 제26권, 한남대학교 한남어문학회, 2002; 이현승, 「이용악 시의 발화구조 연구, 간접화법을 중심으로」, 『비교한국학』 제14권 2호, 국제비교한국학회, 2006.

4) 오성호, 「이용악의 리얼리즘시에 관한 연구」, 『연세어문학』 제23권, 연세대학교 국어국문학과, 1991; 윤여탁, 「서정시의 시적화자와 리얼리즘에 대하여 : 이용악의 시를 중심으로」, 『한국현대문학연구』 제4권, 한국현대문학회 1995; 류찬열, 「1930년대 후반기 리얼리즘시 연구」, 『어문논집』 제35권, 중앙어문학회, 2006.

5) 이경수, 「월북 이후 이용악 시에 나타난 청년의 표상과 그 의미」, 『한국시학연구』 제35권, 2012; 김인섭, 「월북 후 이용악의 시세계: 『리용악 시선집』을 중심으로」, 『우리文學硏究』, 제15권, 2002; 송지선, 「월북 후 이용악 시의 서사지향성 연구 : 『조선문학』 발표 작품을 중심으로」, 『한국언어문학』 제69권, 한국언어문학회, 2009.

라는 격동기를 살아야 했던 개인들에게 현실 인식이라는 것은 자연을 매개로 하여 확장되었고, 자연으로부터 지향점을 얻기도 했다. 그리하여 많은 연구들은 자연을 매개로 한 작품들을 분석함으로써 당대의 작가들의 인식 변화 과정을 역추적하려는 노력을 보여주었다.[6] 특히 이용악의 경우, 『분수령』의 꼬리말에서 밝히고 있듯이 '강'이라는 자연물에 자신의 정서를 의탁하고 있는 모습을 보인다. 또 그의 수필에서도 자연에 대한 관심을 찾아볼 수 있다.[7] 또한 그의 작품에는 이러한 인식을 전제로 자연물을 매개로 하여 주제 의식을 드러내고 있는 시편들이 많다.[8]

---

6) 금동철, 「박두진 초기시에 나타난 자연 이미지의 이중성과 그 의미」, 『韓民族語文學』, 한민족어문학회, 2012; 김옥성, 「모윤숙 시의 종말론적 사유와 자연 지향성」, 『語文學』, 제120권, 한국어문학회, 2013; 김옥성, 「신석정 초기시의 근대적 자연미와 공동체 의식」, 『정신문화연구』, 제36권 4호, 2013; 김옥성, 「윤곤강 시에 나타난 자연의 의미」, 『문학과 환경』, 제14권 3호, 문학과 환경학회, 2015; 윤지영, 「1920~30년대 시에 나타난 자연의 심미화 연구」, 『한국문학이론과 비평』, 제69권, 한국문학이론과 비평학회, 2015; 김정현, 「정지용 후기 시에 나타나는 '자연'-이미지의 다층성 연구」, 『한국현대문학연구』, 제49권, 한국현대문학회, 2016; 이경수, 「박두진 시의 자연 공동체를 구축하는 형식적 특성과 그 현재적 의미」, 『현대문학의 연구』, 제60권, 한국문학연구학회, 2016; 박명옥, 「조지훈 시에 나타난 자연 인식과 미의식의 범주」. 『한국문학이론과 비평』, 제76권, 한국문학이론과 비평학회, 2017. 이 일련의 연구들은 자연의 인식이 현실 문제와 밀접한 연관이 있음을 전제로 하는 것이다. 이와 같은 맥락에서 1920년대부터 해방기에 이르기까지 역사적 격동기에 자연에 대한 사유가 깊어지고, 이에 따라 많은 연구논문들이 도출되는 결과를 낳았다.

7) 「관모봉등반기」, 『삼천리』, 1941.(이용악, 곽효환 외 엮음, 『이용악 전집』, 소명출판, 2015, 847-850쪽)

8) 『분수령』에 수록된 총 20편의 작품 중 자연물을 중심으로 시상이 전개되고 있는 작품은 15작품(「풀버렛소리 가득차잇섯다」, 「葡萄園」, 「國境」, 「嶺」, 「冬眠하는 昆虫의 노래」, 「새벽東海岸」, 「天癡의 江아」, 「暴風」, 「길손의봄」, 「제비갓흔少女야」, 「晩秋」, 「港口」, 「孤獨」, 「雙頭馬車」, 「海棠花」)이다. 『낡은집』 총 15편의 작품 중 자연물을 중심으로 시상이 전개되고 있는 작품은 14작품(「검은 구름이모혀든다」, 「너는 피를 토하는 슬픈동무였다」, 「밤」, 「연못」, 「아이야 돌다리위로 가자」, 「앵무새」, 「금붕어」, 「두더쥐」, 「그래도 남으로만 달린다」, 「장머개인날」, 「두만강 너 우리의 강아」, 「우라지오 가까운 항구에서」, 「고향이 꽃은 피지못했다」, 「낡은집」)이다.

그러나 이용악의 작품에서 자연은 그 자체가 묘사의 대상이거나 중심 주제를 이루기보다는 특정 정서를 드러내거나 화자의 태도를 드러내기 위한 문학적 장치로 사용된 경우가 대부분이다. 이점 때문에 이용악 시에서의 '자연'은 주목받지 못한 것이 사실이다. 하지만 역설적으로 이용악 작품에서 '자연'이 가지는 의미가 구명되어야 자연이라는 소재에 함축된 이용악의 시세계가 명확히 드러날 수 있다. 특히 리얼리즘의 구현 및 작품의 주제론적 측면에서 다루어졌던 이용악의 시세계에서 미적 형상화의 양상을 보다 뚜렷하게 다루기에 '자연'이라는 소재는 유의미하다. 여기서 '자연'이란 일차적으로는 물리적인 자연을 지칭할 수 있으나, 이용악의 시세계에서 '자연'의 의미는 다층적이다. 그것은 시적 소재인 동시에 미학성에 바탕을 둔다. 다시 말해 이용악 시에서 '자연'은 하나의 철학적 관념으로 포섭되기보다는 그 의미가 변주되어 드러난다. 이용악의 작품에서 차용된 '자연'의 이미지는 자신이 체험했던 역사와 그 비극성, 또 일제강점기를 살아내기 위해 감내해야했던 치열한 고뇌의 흔적을 시적 긴장 속에 녹아내는 문학적 도구로 기능한다.

1930년대 이용악 시에 나타난 자연의 의미를 고찰하기 위해 이용악의 작품 중 1937년에 발간된 『분수령』과 1938년에 발간된 『낡은집』을 중심으로 삼았다. 『오랑캐꽃』은 1939년부터 1942년까지 발표한 작품들을 중심으로 발간된 시집이기는 하나, 그 발간 년도가 1946년으로 해방 이후라는 점과 「오랑캐꽃」과 「전라도 가시내」를 제외하고는 그 이전의 시집인 『분수령』과 『낡은집』에 비하여 구체적인 현실 인식의 형상화 정도가 미흡하다는 점에서 본고에서는 제외하였다. 기본자료는 『이용악 전집』[9]으로 하였다.

2. 현실의 참상 고발과 비극적 정서를 함축하는 자연물

이용악의 시가 리얼리티를 확보하고 있다는 것은 그의 시가 현실의 문제를 예리하게 포착하고 있다는 뜻이다. 여기에서 현실의 문제라는 것은 비단 개인의 문제에 국한되는 것이 아니라 조선에 남아있으나 피폐해진 일제강점기 우리 민족의 비참한 삶을 의미한다. 이용악의 시에서의 현실 고발은 '풀벌레', '꽃', '낙엽' 등의 서정성을 지닌 자연물을 통해 나타난다. 특히 유이민의 참상을 담고 있는 「풀버렛소리 가득차 잇섯다」와 「晩秋」에서는 이러한 자연물이 화자의 감정의 절제를 유도하며 시적대상이 처한 상황의 비극성을 심화하는 요소로 작용한다.

> 우리집도 안이고/일갓집도 안인 집/고향은 더욱 안인 곳에서/아버지의 寢床없는 최후 最後의 밤은/풀버렛소리 가득차 잇섯다//露領을 단이면서까지/애써 자래운 아들과 딸에게/한마듸 남겨두는 말도 업섯고/아무울灣의 파선도/설룽한 니코리스크의 밤도 완전히 이즈섯다/목침을 반듯이 벤채//우리는 머리맡헤 업듸여/잇대로의 울음을 다아 울엇고/아버지의 寢床없는 최후 最後의 밤은/풀버렛소리 가득차 잇섯다
>
> -「풀버렛소리 가득차 잇섯다」, 『이용악 전집』, 28쪽(『분수령』, 1937).

유이민의 비극적 죽음을 다루고 있는 이 시는 "아버지의 죽음"이라는

9) 이용악, 곽효환 외 엮음, 『이용악 전집』, 소명출판, 2015.

개인사적 사건을 통해 당대 유이민의 비참함을 효과적으로 형상화한 것으로 평가받는다. 특히 '우리집도' 아닐뿐더러 '일가집'도 아닌, '아무을만'과 '니코리스크'로 유추할 수 있는 타지에서 맞이한 아버지의 죽음이라는 화자의 비극적 체험이 담담한 어조로 전개된다는 점에서 유이민의 참상이 더욱 효과적으로 전달된다. 그런데 이 작품이 단지 참상의 고발로만 여겨지는 것이 아니라 서정적인 여운을 남기며 독자에게 슬픔의 정서가 효과적으로 전달될 수 있는 이유는 서정성과 비극성이 동시에 나타나기 때문이다. 더불어 이렇게 대비되는 두 정서가 병치되면서 시적 긴장을 유지할 수 있는 것은 '풀벌레 소리'가 작품의 이미지를 결정짓고 있기 때문이다. 이 작품에서 풀벌레 소리가 없었다면 이 작품은 무미건조한 현실 고발이 되었을 터이다. 시적 화자인 '우리'의 울음과 슬픔의 정서는 '풀벌레 소리'에 묻혀 독자는 비참한 '밤'의 시간을 아름다운 자연물인 풀벌레의 울음소리로 치환할 수 있다. 아버지의 객사로부터 비롯된 절망과 슬픔을 평화롭고 아름다운 '풀벌레 소리'가 포용하고 있는 것이다. 그러면서 자연스럽게 화자가 처한 상황의 비극성은 심화되어 전달된다. 여기서 자연물은 서정성을 지니는 동시에 현실 고발을 더욱 탁월하게 전달하는 매개로 기능하고 있는 것이다.[10]

---

10) 「풀버렛소리 가득차잇섯다」에서 '풀벌레소리'의 역할에 대해서는 두 가지 견해가 존재한다. 하나는 '풀벌레소리'가 화자의 정서와 대비되는 자연물로서 기능하며 화자가 처한 비극적인 상황을 객관적으로 묘사하는 자연물이라는 견해이다. 일례로 전병준(앞의 논문, 33쪽)은 "시 전체를 지배하는 풀벌레 소리라는 청각적 이미지는 비극적 상황을 객관적으로 묘사하는 효과를 발휘한다. 육친의 죽음과 풀벌레 소리, 그리고 비극적 내용과 냉정한 어조는 서로 어긋나면서 시에 긴장감을 형성한다."라고 기술하고 있다. 다른 하나는 '풀벌레소리'가 일종의 감정의 이입의 형태로 기능하면서 화자의 북받치는 슬픔을 대변해 주는 자연물이라는 견해이다. 박용찬(앞의 논문, 267쪽)은 "수미상관으로 되풀이 되는 풀벌레 소리는 가족의 슬픔을 자연물의 세계

이렇게 형상화된 시적화자의 처지는 비단 화자 개인의 것으로만 치부될 수는 없었는데, 바로 이 지점에서 이용악의 자전적인 요소가 역사적, 민족적 의미로 확대된다고 볼 수 있다. 「晩秋」에는 당대 우리 민족의 보편적인 상황에 대한 고발이 드러난다.

> 노오란 銀杏입 하나/호리 호리 돌아 湖水에 떨어저/소리업시 湖面을 밋그러진다/쏘 하나—//조이삭을 줏던 시름은/요지음 落葉 모으기에 더욱 더/해마알개젓고//하눌/하눌을 처다보는 늙은이 腦裏에는/얼어죽은 친지 그 그리운 모습이 쏘렷하게 피여 올은다고/길다란 담뱃대의 쌍입 연기를/하소에 돌린다//돌개바람이 멀지안어/어린것들이/털 고운 톡기 썹질을 벳겨/귀걸개를 준비할째//기름진 밧고랑을 가져못본/部落民 사이엔/지난해처럼 쏘 쏘 그전해처럼/소름씨친 對話가 오도도오 썬다
>
> -「晩秋」, 『이용악 전집』, 48쪽(『분수령』, 1937).

「풀버렛소리 가득차 잇섯다」와 마찬가지로 「晩秋」에서 자연물은 시적 화자 혹은 시적 대상의 상황과 대조되면서 형상화된다. 1,2연에서 포착하고 있는 시적 배경은 '노오란 은행잎'이 떨어지는 정경이다. 떨어지는 은행잎을 따라가다 보면 '이삭을 줍던 시름'마저 낙엽을 모으느라 '해맑아'진다. 그러나 이러한 상황은 3연에서 반전을 맞이하게 되는데,

---

로 환치해버림으로써 가족 개인의 슬픔이 세계의 슬픔으로 확산된다."라고 언급하면서 "가족의 울음이나 슬픔이 자연의 풀벌레 소리와 상호 조응함으로써 그 슬픔은 객관화 되고 타자화된다." 해석하고 있다. 두 견해 모두 '자연'인 '풀벌레 소리'가 시적 상황을 효과적으로 드러내는 데 일조한다는 점에서는 일치된 견해를 보이고 있으나, 풀벌레 소리의 기능에 대해서는 서로 다른 입장을 취하고 있는 것이다. 필자는 여기에서 전자의 견해에 무게를 싣는다.

이러한 반전은 '늙은이'의 발언을 통해서 이루어진다. 낙엽의 서정성 뒤에 감춰진 현실은 '얼어죽은 친지'의 그리운 모습들이 떠오르게 하는 겨울이 다가오고 있다는 것이다. 이것은 비단 늙은이의 친지의 일만이 아니며, '지난해처럼 또 또 그 전 해처럼' 매년 반복되고 있던 역사인 것이다. 이처럼 「풀버렛소리 가득차 잇섯다」와 「晩秋」에서의 자연물들은 화자 혹은 시적 대상의 정서와 대비되는 것으로 나타나며, 이것으로 인해 작품은 서정성과 비극적 정서를 동시에 갖게 된다. 이것은 1930년대 시문학장에서도 두드러지게 발견되는 것이기도 하지만, 이용악의 시들에서는 여타 시인들에 비하여 자연의 서정성을 도구로 하여 비극적 인식이 두드러지는 특성을 보인다.

한편 이용악 스스로 유랑의 자전적 경험이 있는 것으로 미루어보아, 이용악은 물리적으로 고향을 상실한 경험과 더불어 정서적으로도 고향 상실 의식을 가지고 있었던 것으로 생각된다. 그에게 있어 고향이라는 대상은 떠나야할 곳이자 동시에 돌아와야 할 곳인 이중적인 의미를 지닌다.[11] 착취와 수탈에 못 이겨 고향을 떠나 유랑했던 자가 고향에 대한 막연한 그리움으로 다시 고향을 찾아 왔을 때 타락한 고향의 모습으로 인해 더 깊은 정서적 상실감을 느끼게 될 수밖에 없는 것은 필연적인데, 다음의 시에서는 이러한 상실감이 효과적으로 형상화되어 있다. 그리고

11) 「도망하는 밤」(『분수령』, 1937)에서 화자는 '동무야/무엇을 뒤도라보는가/너의 터전에 쎄둘기의 團欒이 질식한 지 오래다/가슴을 치면서 부르지저 보라/너의 고함은 기우러진 울타리를 멀리 돌아/다시 너의 귀ㅅ속에서 신음할 쌘'이라고 언급하며 고향에 미련을 두지 말고 떠날 것을 청유하고 있다. 특히 고향의 모습을 '쌕다구만 남은 마을'로 표현하면서 '여기서 생활은 가장 平凡한 因襲이엇다//가자/씨원이 써나가자/흘러가는 젊음을 싸라/바람처럼 써나자'고 유랑에 대한 당위성, 정당성을 언급하고 있다.

그러한 형상화에는 역시 자연물이 매개하고 있다.

> 하얀 박꽃이 오들막을 덮고/당콩 너울은 하늘로 하늘로 기어 올라도/고향아/여름이 안타깝다 뭉어진 돌담//돌우에 앉았다 섰다/성가스런 하로해가 먼영에 숨고/소리없이 생각을 드디는 어둠의 발자취/나는 은혜롭지못한 밤을 또 불은다// …(중략)… //드듸어 나는 떠나고야말았다/곧얼음 녹아내려도 잔디풀 푸르기전/마음의 불꽃을 거느리고/멀리로 낯선 곳으로 갔더니라// …(중략)… //나는 그리워서 모두 그리워/먼길을 돌아왔다 만/버들방천에도 가고싶지 않고/물방앗간도 보고싶지 않고/고향아/가슴에 가로누운 가시덤불/돌아온 마음에 싸늘한 바람이 분다// …(중략)… //내겐 한거름 앞이 보이지않는/슬픔이 물결친다//하얀것도 붉은것도/너의 아들 가슴엔 피지못했다/고향아/꽃은 피지못했다
>
> –「고향아 꽃은 피지 못했다」. 『이용악 전집』, 78쪽(『낡은집』, 1938).

위 작품은 '고향'이라는 의인화된 대상과 화자와의 대화로 이루어진 작품이다. '마음의 불꽃을 거느리고/멀리로 낯선 곳으로 갔'던(4연) 화자는 고향이 그리워 다시 고향을 찾아온다. 고향이 '나의 아들아 돌아오라'(6연)고 화자에게 말을 걸면서 고향에 대한 화자의 그리움을 상기시켰기 때문이다. 그러나 다시 돌아온 고향에서 화자는 절망감, 상실감만을 느낀 채 다시 고향을 떠나기로 마음먹는다(다시 너의 품을 떠날려는 내귀에/한마디 아까운 말고 속사기지 말어다오). 따라서 여기서 고향은 화자에게 그리움의 대상이자 결핍의 장소로 인식되는 대상이 되는데, 그러한 인식에는 '꽃'이라는 자연물이 매개되고 있다. 즉 '하얀 박꽃'이 만개하고 '당콩 너울이 하늘로 기어오르는'등 자연물로서의 '꽃'은 만개하였지만 그러한 자연물과는 다르게 '무너진 돌담'으로 알 수 있는 황폐

화된 고향의 모습은 화자로 하여금 탄식을 자아내게 한다. 따라서 화자의 마음에는 '꽃'이 필 수 없는 것이다. 여기서 '꽃'이란 단순히 물리적인 자연이 아니라 화자와 고향을 이어주는 하나의 표상으로 인식될 수 있다. 즉 자연의 아름다움이 정서의 아름다움 혹은 만족감과 동일시되지 못한다는 점이 화자와 고향을 이어주는 지점이자, 고향상실 의식을 더욱 효과적으로 드러내는 장치인 것이다.

다음의 시 「검은 구름이 모혀든다」에서도 역시 '꽃'을 매개로하여 서정성과 비극성을 동시에 드러내고 있다.

> 해당화 정답게 핀 바닷가/너의묻엄 작은 묻엄앞에 머리 숙이고/숙아/쉽사리 돌아서지 못하는 마음에/검은 구름이 모혀든다// …(중략)… //그러나 숙아/항구에서 피말러간다는/어미소식을 몰으고 갔음이 좋다/아편에 부어 온 애비 얼골을/보지않고 갔음이 다행ㅎ다//해당화고운 꽃을 꺾어/너의묻엄 작은 묻엄앞에 놓고/숙아/살포시 웃는 너의 얼골을/꽃속에서 찾어볼려는 마음에/검은 구름이 모혀든다/-족하의 무덤에서-
>
> -「검은 구름이 모혀든다」, 『이용악 전집』, 58쪽(『낡은집』, 1938).

이미 죽음을 맞이한 '숙'이라는 조카의 무덤 앞에서 화자는 답답한 마음을 감출 수 없다. '숙'이라는 조카는 무덤조차 '해당화가 정답게 핀 바닷가'에 위치해있다. '작은 무덤'이라는 표현으로 미루어보아 '숙'이는 어린 조카였을 것으로 짐작할 수 있다. 해당화와 어린 조카의 이미지가 중첩되면서 조카의 죽음에 서정적 정서를 더해주고 있는 작품이다. 그러나 이러한 전개는 '항구에서 피말러 간다는 어미소식'이나 '아편에 부어온 애비 얼굴'로 이어지면서 그 비극성이 심화되는 것이다. 이러한 전개는 앞서 살펴본 일련의 시들과 맥을 같이 한다고 볼 수 있다. 마지막에 해당화를 무덤 앞에 헌사하며 '살포시 웃는' 조카의 순수성을 떠올리는 화자의 모습에서, 이용악이 자연물을 매개로 하여 비극성과 서정성을 동시에 포착하고 있음을 확인 할 수 있으며 이러한 전개는 당대 상황의 비극성을 예리하게 드러내는 데 일조하고 있다.[12)]

따라서 앞서 살펴본 시들은 자연물로 서정성을 드러내면서 현실의 비극성을 드러내는 방식으로 현실 인식을 드러내고 있는 것이다. 이때의 자연물들은 꽃, 낙엽, 풀벌레 등과 같이 평화롭고 아름다운 자연물들이며, 이로써 독자들은 서정성과 비극성의 대립되는 정서로 인해 발생하는 시적 긴장을 통해 시적 화자가 느끼는 절망감과 슬픔을 효과적으로 체험할 수 있게 된다.

---

12) 「낡은집」의 경우 3인칭 화자의 시점을 활용하여 서사성을 가진다는 점에서 본문에서 언급한 시들과 차이점이 있지만, 자연의 형상화에 초점을 맞춘다면 위축된 자연을 통해 현실 상황을 포착하고 있다는 점에서 연장선상에 놓이는 작품이라고 할 수 있다. 그러나 위의 작품들이 자연물과 시적 상황을 대조하며 전개되면서 작중 인물들의 처한 상황을 부각했다면 「낡은집」을 통해서는 위축되는 자연물들을 통해 1930년대의 현실을 더욱 직접적으로 고발하고 있다. (날로 밤으로/왕거미 줄치기에 분주한 집/마을서 흉집이라고 꺼리는 낡은집/이집에 살았다는 백성들은/대대 손손에 물려준/은 동곳도 상호 관자도 갖지못했니라//재를 넘어 무곡을 단이던 당나귀/항구로 가는 콩시리에 늙은 둥굴소/모두 없어진지 오랜/외양깐엔 아직 초라한 내음새 그윽하다만/털보네 간곳은 아모도 몰은다// …(중략)… //그가 아홉 살 되든 해/사냥개 꿩을 쫓아단이는 겨울/이집에 살던 일곱 식솔이/어대론지 살아지고 이튿날 아침/북쪽을 향한 발자욱만 눈우에 떨고있었다/더러는 오랑캐영으로 갔으리라고/더러는 아라사로 갔으리라고/이웃 늙은이들은 모두 무서운 곳을 짚었다//지금은 아무도 살지않는 집/마을서 흉집이라고 꺼리는 낡은집/제철마다 먹음직한 열매/탐스럽게 열던 살구/살구나무도 글거리만 남았길래/꽃피는 철이 와도 가도 뒤울안에/꿀벌 하나 날아들지 않는다. -「낡은집」, 『낡은집』. 1938).

3. 강 · 바다 이미지와 이중적 정서의 형상화

이용악의 작품 중에서 '물'이미지가 형상화된 작품들은 꽤 많은 분량을 차지한다. 이용악이 자신의 시에 '물'과 관련된 이미지를 반복적으로 드러내고 있는 것은 그의 자전적인 요소와 관련된다. 그의 고향 경성이 국경을 바로하고 있는 두만강 근처였다는 것이 그의 북방 정서와 연관되어 있다는 점은 많은 연구자들이 언급하고 있는 바이다. 그가 어려서부터 보아왔던 국경과 강물의 이미지는 단연 유랑 의식과 연관되어 있을 것이다. 이용악의 전기가 여타 월북 작가들에 비해 충분치 않은 부분은 있으나, 그의 아버지가 대대로 소금 밀수업을 하였다는 점과 그가 빈궁한 삶을 살았다는 점만큼은 기정사실화 된 부분이다.[13]

한편으로 두만강은 시대적 특성으로 보아 이향, 유랑하는 사람들이 지나쳐야만 했던 운명의 강이기도 하다.[14] 그러나 두만강을 가까이서 보았고 또 밀수업을 하는 아버지를 따라 자신 역시 이 두만강을 건너는 체험을 했다는 점을 상기했을 때, 이용악이 '강'으로 대표되는 물의 이미지에 다양한 정서를 얹어내고 있다는 것은 주목할 만하다. 현실의 참상

---

13) 이것은 이용악 시의 고백적인 부분(아버지도 어머니도/젊어서 한창땐/우라지오로 다니는 밀수꾼//눈보라에 숨어 국경을 넘나들 때/어머니의 등곬에 파묻힌 나는/모든 가난한 사람들의 젖먹이와 다름없이 얼마나 성가스런 짐짝이었을까.「우리의 거리」,『이용악집』, 1949)과 이용악과 친분이 있었던 유정의 기록("이수형, 유정 등에 의해 단편적인 술회와 윤영천에 의한 추정으로 그의 가계가 조부 때부터 국경을 넘나들며 상업에 종사한 것으로 기술하고 있는 공통점을 지닌다" 김재홍,「그들의 문학과 생애-이용악편」,『한길사』, 2007, 19쪽) 등으로 알 수 있다.

14) 두만강에 대한 연구는 다음의 논문을 참고. 최낙민,「일제 강점기 안동을 통한 조선인의 이주와 기억」,『해항도시문화교섭학』 제16권, 한국대항대학교 국제해양문제연구소, 2017; 최병우,「한국현대소설에 나타난 두만강의 형상과 그 함의」,『현대소설연구』 제39권, 한국현대소설학회, 2008.

을 드러내는 방편으로 비극성과 서정성을 드러내는 자연물들을 빌려오고 있다면, 이것과는 다른 차원으로 '물'과 관련된 이미지를 끌어오고 있기 때문이다. 즉 여기에는 분노, 두려움과 같은 부정적인 정서와 희망, 그리움 등의 긍정적인 정서가 이중적으로 드러난다.

이용악 시에 나타난 물의 이미지를 분석하기 이전에 「국경」이라는 시를 통하여서 이용악이 '국경'으로 대표되는 "두만강의 이미지"[15]로 불안의식을 형상화하고 있었음을 언급할 필요가 있다.

> 새하얀 눈송이를 나흔 뒤 하늘은 銀魚의 鄕愁처럼 푸르다 얼어죽은 산톡기처럼 집웅 집웅은 말이 업고 모진 바람이 굴뚝을 싸고돈다 강건너 소문이 그사람 보다도 기대려지는 오늘 폭탄을 품은 젊은 思想이 피에로의 비가에 숨어와서 유령처럼 나타날것 갓고 눈우에 크다아란 발자옥을 또렷이 남겨줄것 갓다 오늘
>
> -「國境」, 『이용악 전집』, 34쪽(『분수령』, 1937).

1930년대를 휩쓸었던 모더니즘의 경향으로 詩作에 유행처럼 번졌던 이국적 이미지의 사용('은어의 향수', '피에로의 비가' 등)이 이 작품의 한계라고 지적하고 있는 연구들이 있으나, 이 작품은 국경 근처에서 삶을 영위하면서 가질 수밖에 없었던 불안감과 변방의식이 내재된 이용악의 현실 인식을 잘 드러내고 있다. 특히 '새하얀 눈송이', '얼어 죽은

15) 최낙민은 그의 논문에서 "압록강과 두만강을 경계로 조선과 중국의 국경을 구획한 것은 조선 전기부터였다."라고 언급하고 있다. 또한 "압록강과 두만강으로 상징되는 이 땅의 변경이란 국경의 끝과 시작이라는 물리적 차원에서 그치지 않는다는 점에서 그 시사적 의의가 있다."며 압록강과 두만강에 역사적, 사회적 의미를 부여해야 함을 강조하고 있다. (최낙민, 앞의 논문, 38-39쪽)

산토끼 같은 지붕', '모진 바람' 등의 시어로 알 수 있는 한겨울의 혹한기는 이 작품에서 형상화하고자 하는 불안 의식을 극대화해준다. '강 건너의 소문'을 애타게 기다리고 있는 화자에게 '오늘'이라는 시간은 '폭탄을 품은 젊은 사상'이 나타날 것만 같은 위태로운 시간이다. 제목이 명확히 말해주는 '국경'이라는 장소는 이용악에게 불안 의식의 상징과도 같은 곳이었다는 점을 상기할 필요가 있다. 흥미로운 점은 이러한 불안 의식이 저변에 깔린 두만강으로부터 이용악은 불안 의식뿐만 아니라 희망과 낙관적 미래의 이중적 이미지를 이끌어 내고 있다는 점이다.

먼저 「天痴의 江아」에 나타나는 강 이미지로 부정적 현실 인식을 형상화하고 있음을 알 수 있다.

> 풀폭을 樹木을 짱을/바윗덩이를 물으녹이는 열기가 쏘다저도/오즉 네만 냉정한듯 차게 흘으는/江아/天痴의 江아/국제철교를 넘나드는 武裝列車가/너의 흘음을 타고 하눌을 쌜듯 고동이 놉흘 째/언덕에 자리잡은 砲台가 호령을 내려/너의 흘음에 선지피를 흘릴째/너는 焦燥에/너는 恐怖에/너는 부질업는 전율박게/가져본 다른 動作이 업고/너의 숢은 숢을 이어 흘은다//네가 흘러온/흘러온 山峽에 무슨 자랑이 잇섯드냐/흘러 가는 바다에 무슨 榮光이 잇스랴/이 은혜롭지못한 숢의 饗宴을/傳統을 이어 남기려는가/江아/天痴의 江아//거를 건너/키 넘는 풀속을 들쥐처럼 기여/색달은 국경을 넘고저 숨어 단이는 무리/맥풀린 백성의 사투리의 鄕閭를 아는가/더욱 돌아오는 실망을/墓標을 걸머진듯한 이 실망을 아느냐//江岸에 무수한 해골이 딩굴러도/해마다 季節마다 더해도/오즉 너의 숢만 아름다운듯 고집하는/江아/天痴의 江아
>
> -「天痴의 江아」, 『이용악 전집』, 40쪽(『분수령』, 1937).

'천치의 강'으로 대변되는 변함없는 자연은 현실을 돌아보지 못하는 부정적인 대상으로 현실을 살아가고 있는 화자에게는 '천치'와 같이 자신이 갈 길만을 가고 있는 대상이다. 이러한 강을 두고 혹자는 이 강이 "전통을 상징"한다고 하기도 하며 "색다른 문화를 추구하는 근대주의자"를 상징한다고 지적하고 있으나[16], 강의 의미를 그렇게 확장시키기에는 무리가 따른다. 여기서 '강'은 일제의 착취를 의미하는 '무장열차'가 '선지피'를 흘리게 하는 현실에도 '초조'나 '공포'와 같은 정서만을 가질 뿐 어떠한 반응도 하지 않는 침묵으로 일관하는 자연물이다. 즉, '무수한 해골'이 딩구는 현실의 상황에도 아랑곳하지 않는, 침묵한 채 여전히 흐르기만 하는 자연물을 일컫는다고 보아야 한다. 문제는 이렇게 의지가 결여된 채 흐르기만 하는 자연물조차도 원망스러울 정도로 고조된 화자의 울분이 작품을 통해 드러내고 있다는 점이며 이것이 바로 이용악의 현실 인식이 드러나는 지점이라는 것이다.

이와 관련하여 이용악이 『분수령』의 꼬리말에서 서술한 것을 통해 확인할 수 있는 것이, 그가 '강'이라는 소재에 많은 애착을 가지고 있었다는 사실이다. 이용악은 『분수령』의 꼬리말에서 "이번에 분수령 꼭대기에서 다시 출발할 나의 강은 좀더 깊어야겠다. 좀더 억세어야겠다. 요리조리 돌아서라도 다다라야 할 해양을 향해 나는 좀더 꾸준히 흘러야겠다."[17]고 쓰고 있다. 따라서 '강'은 이용악에게 자신의 시세계를 더 풍성하게 하는, 그래서 더 굳건한 의지를 다지게 하는 ('더 깊어져야 하는') 자연물이다. 동시에 '해양'을 향해 꾸준히 흐르는 '강'의 속성을 차용하

---

16) 이길상, 「이용악 시의 저항성 연구」, 『한국문화기술』 제19권, 단국대학교 한국문화기술연구소, 2015, 112-113쪽.
17) 이용악, 곽효환 외 엮음, 『이용악 전집』, 소명출판, 2015.

여 자신 역시 '바다'라는 더 넓은 세계, 이상적 세계를 향해 끊임없이 나아갈 것을 다짐하고 있는 것이다. 따라서 '강'과 '바다'는 이용악에게 유기적으로 연결되는 이미지였음을 알 수 있다. 이러한 인식이 '강'이라는 이미지에 이중적 의미를 부여할 수 있었던 이유가 된다. 다음의 작품에서 볼 수 있듯이 바다로 이어지는 강의 줄기는 이용악에게 인내를 전제로 하는, 희망과 이상을 함축하고 있는 곳으로 여겨진다.

> 나는 죄인처럼 숙으리고/너는 코끼리처럼 말이 없다/두만강 너 우리의 강아/너의 언덕을 달리는 찻간에/조고마한 자랑도 자유도 없이 앉았다//아모것두 바라볼수 없다만/너의 가슴은 얼었으리라/그러나/나는 안다/나른 한줄 너의 흘음이 쉬지않고/바다로 가야할 곳으로 흘러 내리고 있음을//지금 차는 차대로 달리고/바람이 이리저리 날뛰는 강건너 벌판엔/나의 젊은 넋이/무엇인가 기대리는 듯 얼어붙은 듯 섰으니/욕된 운명은 밤 우에 밤을 마련할뿐//잠들지말라 우리의 강아/오늘밤도/너의 가슴을 밟는 뭇 슬픔이 목말으고/얼음길은 거츨다 길은 멀다//기리 마음의 눈을 덮어줄/검은 날개는 없다냐/두만강 너 우리의 강아/북간도로 간다는 강원도치와 마조 앉은/나는 울줄을 몰라 외롭다
>
> -「두만강 너 우리의 강아」, 『이용악 전집』, 73쪽(『낡은집』, 1938).

'죄인처럼 수그리고 있는 나'와 '코끼리처럼 말이 없는 너'는 '찻간'에 마주 앉아 북간도로 가고 있다. '조그마한 자랑도 자유도 없이' 찻간에 실려 가는 화자의 눈에는 창밖에 흐르는 두만강이 보인다. 화자는 그 두만강을 바라보며 '너의 흐름이 쉬지 않고/바다로 가야할 곳으로 흘러내리고 있음'을 알고 있다고 말한다. 여기서 포착되는 강의 속성은 "쉬지

않는다"는 점이며, 화자는 이러한 꾸준함이 바다로 나아가게 하는 원동력임을 인식하고 있다. 그리하여 화자는 화자 스스로에게 다짐하는 말을 하듯 두만강에게 '잠들지 말라'고 말하고 있는 것이다. 다시 말해, 화자는 표면적으로는 침묵하는 것 같으나 결국엔 이상적 세계인 바다에 도달할 수 있는 저력을 가지고 있는 강의 존재를 확인하고 있다. 이러한 화자의 인식은 결국에는 두만강이 지명으로서의 강을 넘어서 '우리의 강'으로 변모하게 하였으며 '북간도로 간다'는 유랑민 중 한 명인 '강원도치'와 다름없이 유랑의 길을 선택한 화자의 마음에도 '슬픔'과 함께 '우리의 강'이 흐르게 되는 것이다. 이것은 화자가 당대를 극복할 수 있는 하나의 방편으로 선택한 길일 것이다. 여기서 '바다'의 이미지는 이용악에게 반복적으로 이상적인 세계 혹은 희망의 이미지로 그려지는데, 다음의 시 「항구」에서도 그러한 '바다'의 이미지가 드러난다.

> 太陽이 돌아온 記念으로/집 집 마다/카렌다아를 한 장식 뜻는 시간이면/검누른 소리 港口의 하늘을 빈틈업시 흘럿다//머언 海路를 익여낸 汽船이/港口와의 因緣을 死守할여는 검은 汽船이/뒤를 이어 入港햇섯고/上陸하는 얼골들은/바눌 씃흐로 쏙 찔럿자/솟아나올 한방울 붉은 피도 업슬 것 갓흔/얼골 얼골 히머얼건 얼골샌//埠頭의 인부꾼들은/흙은 씹고 자라난 듯 써머틔틔햇고/시금트레 한 눈초리는/풀은 하늘을 처다본적이 업는 것 갓햇다/그 가온대서 나는 너무나 어린/어린 로동자엿고-//물위를 도롬도롬 헤야단이던 마음/흐터젓다도 다시 작대기처럼 꼿꼿해지던 마음/나는 날마다 바다의 꿈을 꾸엇다/나를 밋고저 햇섯다/여러해 지난 오늘 마음은 港口로 돌아간다/埠頭로 돌아간다 그날의 羅津이여
>
> -「港口」, 『이용악 전집』, 50쪽(『분수령』, 1938).

'여러 해 지난 오늘'이라는 시어를 통해 과거를 회상하는 형식으로 전개되고 있는 이 작품은 화자가 '노동자'로 있었던 과거 어느 시점의 '항구'가 시적 배경이 된다. '太陽이 돌아온 記念으로/집 집 마다/카렌다아(달력)를 한 장식 뜯는 시간'은 새해가 밝은 희망찬 시간을 의미한다. 그러나 화자에게 이 시간은 마냥 행복한 시간일 수 없었는데, '항구에 상륙하는 얼굴들'은 '바늘로 찔러도 피 한방울 나오지 않을' 것 같은 비인간적인 인물들뿐이었기 때문이다. 그러한 인물들과 대조되는 '부두의 인부꾼들'은 '흙을 씹고 자란' 것 마냥 거무튀튀한 사람들이었고 화자도 그중 한 명이었다(그 가온대서 나는 너무나 어린/어린 로동자엿고-). 이용악이 일본에서 유학할 시절, 그는 혹독한 가난에 시달려야 했고, 막노동으로 하루하루를 연명해야했다.[18] 이 시는 이용악의 그러한 자전적인 체험이 녹아든 작품일 것이다. 그러한 혹독한 고통과 가난 속에서도 그는 '날마다 바다의 꿈을 꾸었'던 것이다. '바다'는 화자에게 있어 고통의 나날들을 잊게 해 줄 수 있는 상징적인 공간이자 화자가 자기 자신을 믿을 수 있고 스스로를 다독여 나갈 수 있는 힘을 주는 공간(나를 밋고저 햇섯다)이었던 것이다.

이처럼 이용악에게 있어 '강'이미지는 부정적인 현실을 인식하고, 그것에 대한 울분을 토로하게 하는 매개물이자, '바다'이미지와 연장되는 자연물로서의 속성으로 희망과 이상의 세계를 포함하는 존재이기도 했

18) 1935년 22세 무렵에 약 2년 동안 시바우라, 메구로, 시무라 등지에서 막노동에 종사한 것으로 추정된다.(곽효환 외 편집, 『이용악 전집』, 소명출판, 2015, 972쪽 참고) 또 이와 관련하여 김재홍은 다음과 같이 적고 있다. "말이 좋아 유학이지 이용악의 생활이 무척이나 빈곤하고 고독하였지만 그에 지배되지 않았다는 점을 알 수 있기 때문이다. 이 시기 이용악은 공사판, 부두노동 등에 시달리면서 밤에는 대학에서 공부하는 이른바 주경야독의 생활을 했던 것으로 전해진다." (김재홍, 앞의 책, 39쪽)

다. 따라서 '강'과 '바다'이미지는 부정적인 속성과 긍정적인 속성의 이중적 의미를 내포하면서 이용악 시세계를 더욱 입체적이고 다층적으로 인식할 수 있게 하는 자연물이 된다.

4. 극복 의지의 발현과 자연의 섭리

현실의 참상을 고발하던 이용악은 강과 바다로부터 희망의 세계를 포착하고, 그것을 향한 의지를 작품을 통해 형상화한다. 특히 『분수령』에서는 현실에 대한 극복 의지를 뚜렷하게 드러내는 시편들이 창작되었다. 그러나 극복 의지의 정서를 형상화하고 있는 시편들은 『낡은집』에 와서는 현저히 줄어든다. 이러한 변화는 그가 끝이 보이지 않는 낙관적인 인식을 접어두고 어둡고 착취당하는 당대의 현실을 구체적으로 형상화하는 것으로, 즉 그의 저항 정신을 시 작품에 녹아내는 방향으로 시세계를 변모시켰음을 보여준다.

한편 『분수령』에서 보이는 극복 의지의 형상화는 부정적인 현실 인식이 전제되어야 함은 물론이다. 앞서 첫 시집을 내기 전, 이용악은 『신가정』에 「너는 왜 울고 있느냐」를 발표한다. 이 작품에는 울고 있는 '너'에게 이상향의 공간을 제시하며 그곳으로 떠나기를 청유하고 있다.

> '포플라' 숲이 푸르고 때는 봄!/너는 왜 울고 있느냐/또 ……//진달래도 하늘을 향하여 미소하거늘/우리도 먼- 하늘을 쳐다봐야 되지 않겠나?/묵은 비애의 철쇄를 끊어버리자……/그 사람이 우리 마음 알 때도 이제 올 것을 ……/너는 왜 울고 있느냐/매아미는 이슬이 말러야 세상을

안다고 ……/어서 눈물을 씻어라//울면은 무엇해?//'포플라'숲으로 가자!/잃었던 노래를 찾으러……

-「너는 왜 울고 있느냐」, 『이용악 전집』, 724쪽(『신가정』, 1935).

다소 관념적으로 전개되고 있는 이 시에서 시의 초점은 '포플라 숲'으로 모이고 있는데, 화자가 '울고 있는 너'에게 '잃었던 노래'를 찾으러 갈 수 있는 장소로 제시하고 있는 곳이기 때문이다. 여기서 '포플라 숲'은 거대하고 울창한 나무를 연상케 하며, 그러한 이미지는 '묵은 비애의 철쇄'를 끊고 '잃었던 노래'에 해당하는 순수의 세계 혹은 생명력의 세계와 연결되기에 충분하다. 이렇게 초기시에서도 이용악은 불안 의식만을 드러내는 작품을 창작한 것이 아니라 이상적 세계를 설정하며 극복 의지를 드러내고 있다. 이상적 세계의 설정과 불가분의 관계에 있는 이용악의 불안 의식은 아비상실 의식, 가난으로부터 오는 자전적 요소, 국경을 바로하고 있던 경성이라는 본적에서부터 비롯된다고 볼 수 있으나, 기실 그 자전적 요소라는 것도 1930년대 일제의 혹독한 식민통치기라는 시대적 상황에서 벗어날 수 없는 것이 사실이다. 이것을 전제할 때, 작품을 통해 나타나는 그의 불안 의식은 조금 더 구체적이다. 다음의 작품에서는 불안 의식의 정체가 '폭풍'이라는 자연현상에 빗대어 제시되고 있다.

폭풍/暴風/거리 거리의 整頓美가 뒤집힌다/집웅이독수리처럼 날아가고/벽은 교활한 未練을 안은채 쓸어진다/大地에 썰구러지는 大理石 기둥―/보이잔는 무수한 化石으로 裝飾된/都市의 넉시 폭발한다//통곡하는게 누구냐/地下로 地下로 피난하는 善良한 市民들아/눈을 감고 귀를

막은 등신이 잇느냐/숨통을 일허버린 등신이 잇느냐/폭풍/暴風

-「暴風」, 『이용악 전집』, 42쪽(『분수령』, 1937).

이 시는 '폭풍'이 휩쓸고 지나가는 상황을 상세히 묘사하는 것으로 시작한다. '거리의 정돈미가 뒤집'히고, '지붕이 독수리처럼 날아가'며 '대리석 기둥'도 넘어진다. 그러나 이것을 단순한 자연현상으로 치부하기에는 '보이지 않는 무수한 화석으로 장식된/ 도시의 넋이 폭발한다'는 시구가 자연스럽지 않다. '대리석 기둥'으로 세워진 건물은 고급스러운 건물을 의미하는 것이며, 이것은 당시 도시에 건설되었던 수많은 일제의 건물들을 의미하는 것일 가능성이 있다. 또한 '무수한 화석으로 장신된 넋' 또한 '장식'이라는 시어를 통해 유추해 보건데 겉으로는 화려함을 추구하는 정신을 의미한다고 볼 수 있으며 나아가 일제의 현실에 타협하고 살아가는 우리민족의 또 다른 모습이라고도 할 수 있을 것이다. 이러한 도시의 화려한 '정돈미'는 일제의 억압과 폭력 앞에서 세워진 아름다움인 것이다. 화자는 이러한 현실에 분노하고 있는데, 이러한 분노가 바로 '폭풍'이라는 자연현상에 빗대어 형상화되고 있다.

화자는 이런 상황에서 '통곡하는' 사람, '지하로 피난하는' 사람, 두려워서 '눈을 감고 귀를 막은' 사람들을 '등신'이라는 직설적인 표현을 통해 강하게 질책한다. 화자에게 있어 '폭풍'과도 같은 분노는 정당한 것이며 필요한 것이라고 할 수 있는 것이다. 그리하여 '폭풍'을 만났을 때 두려워하고 그저 피하기에 급급한 사람들을 분노해야하는 대상 앞에서 분노하지 못하는 '선량한 시민'이라고 언급하며 저항성이 결여된 존재들로 여기고 있다. 그러나 이러한 화자의 극복 의지는 다음의 '동면하는 곤충'의 섭리에서 인내를 동반한 극복 의지로 형상화된다.

산과 들이/늙은 풍경에서 앙상한 季節을 시름할때/나는 흙을 쑤지고 들어왔다/차군 달빛츨 피해/둥굴소의 앞발을 피해/나는 깁히 땅속으로 들어왔다//멀어진 太陽은/아직 써머첩첩한 疑惑의 길을 더듬고/지금 태풍이 미처 날뛴다/얼어빠진 혼백들이 地溫을 불러 곡성이 놉다/그러나 나는/내 자신의 體溫에 실망한적이 업다//온갓 어둠과의 접촉에서도/생명은 빗츨 더부러 思索이 너그럽고/가즌 학대를 체험한 나는/날카로운 무기를 장만하리라/풀풀의 물색으로 平和의 衣裝도 수민다//어름 풀린/냇가에 버들이 휘늘어지고/어린 종다리 파아란 —을 시험할 째면/나는 봄볏 짜듯한 땅우에 나서리라/죽은듯 눈감은 명상—/나의 冬眠은 위대한 躍動의 前提다

-「冬眠하는 昆蟲의 노래」, 『이용악 전집』, 37쪽(『분수령』, 1937).

화자는 '나'로 대변되는 '곤충'이다. 이 곤충은 '동면' 즉, 겨울잠을 자는 존재이다. 이 작품에서 '차가운 달빛'과 '둥굴소의 앞발'을 피해 땅속으로 들어온 '곤충'은, 「폭풍」에서의 '地下로 피난하는 善良한 市民들'과는 다른 이유로 '깊은 땅속'으로 들어온다. 즉, "겨울잠"이 함축하고 있는 의미는 '날카로운 무기를 장만'하기 위한, 전진을 내포한 후퇴이다. 이것은 '갖은 학대를 체험한' 자만이 가질 수 있는 인내의 방편이다. 그리하여 '앙상한 계절'인 겨울이라는 계절이 지나 '냇가에 버들이 휘늘어지고', '종다리'가 우는 봄이 오면 화자는 저항할 준비가 된 자로서 당당히 나설 수 있는 것이다. 그것은 화자가 '자신의 체온'에 실망한 적이 없을 만큼 스스로의 역량을 믿고 있기 때문이다. 따라서 '온갖 어둠과의 접촉'은 오히려 화자의 '생명'과 정신('사색')을 빛나게 하는 요소일 뿐이다. 그리하여 '태풍'이 '미쳐 날뛰'는 이 시기의 '동면'은 화자에게 있어서 '위

대한 약동의 전제'가 되는 것이다.[19]

이보다 더 적극적이고 진취적으로 극복의 의지를 드러내는 작품은 아래의 「雙頭馬車」이다.

나는 나의 祖國을 몰은다/내게는 定界碑 세운 領土란 것이 업다/-그것을 소원하지 안는다//나의 祖國은 내가 태여난 時間이고/나의 領土는 나의 雙頭馬車가 굴러갈/그 久遠한 時間이다//나의 雙頭馬車가 지나는/욱어진 풀속에서/나는 푸르른 眞理의 놀라운 進化를 본다/山峽을 굽어보면서 꼬불꼬불 넘는 嶺에서/줄줄이쌔든 숨쉬는 思想을 맛난다//열기를 통하면서/나의 雙頭馬車가 赤道線을 돌파할째/거기엔 억센 심장의 威嚴이 잇고/季節風과 싸우면서 凍土帶를 지나/北極으로 다시 南極으로 돌진할째/거기선 확확 타올르는 삶의 힘을 발견한다//나는 항상 나를 冒險한다/그러나 나는 나의 天性을 슬퍼도 하지안코/期約업는 旅路를/疑心하지도 안는다//明日의 새로운 地圖가 나를 불으고/더욱 나는 그것을 밋길래/나의 雙頭馬車는 쉴새 업시 굴러간다/날마다 새로운 旅程을 探求한다

-「雙頭馬車」, 『이용악 전집』, 53쪽(『분수령』, 1937).

---

19) 한상철은 「1930년대 후반기 시의 현실 비판적 경향과 '벌레/곤충' 표상」이라는 그의 논문에서 1930년대 문학장에서 이전에 비해 벌레와 곤충 이미지가 확장되어 나타난다는 점을 언급하면서 이것이 당대 문학장의 큰 특징이라고 말한다. 특히 벌레와 곤충 이미지는 현실 비판 인식이 두드러지는 작품에서 많이 나타난다는 점을 전제로 이용악의 작품을 끌어오고 있다. 그러면서 임화와 이용악의 시편들에는 1935년 카프 해산 전후의 정세 변화와 맞물리는 시기에 곤충과 벌레의 표상이 부각되고 있다는 점을 강조한다. 임화의 시에서는 벌레 표상이 부정적 상징성을 극적으로 보여준다면, 이용악의 시편들에서는 시적 주체의 낭만적 의지를 형상화하고자 했다는 점을 들어 두 시인 사이의 차이점을 밝히고 있다. (한상철, 「1930년대 후반기 시의 현실 비판적 경향과 '벌레/곤충' 표상」, 『한국문학이론과 비평』 제19권 2호, 한국문학이론과 비평학회, 2015, 323-345쪽)

화자에게 주어진 시련이란 '나는 나의 祖國을 모른다'는 고백을 통해 명확해 진다. 이 고백은 내게 조국이 없다는 말의 역설적 표현이기 때문이다. 화자는 이어서 '조국'은 화자가 '태어난 시간'이고 화자의 '영토'는 화자의 '쌍두마차'가 굴러갈 '구원한 시간'이라고 고백한다. '쌍두마차'란 화자의 의식의 상징으로 이해할 수 있는데, 그것은 쌍두마차가 달리는 지역을 통해 유추할 수 있다. '쌍두마차'는 '山峽'이 굽어다 보이는 꼬불꼬불 한 嶺을 지나가는 마차이며, '적도선'과 '동토대'를 지나 '北極'과 '南極'을 횡단하는 열차이기 때문이다. 실로 전 지구를 횡단하고 있는 것이다. 덧붙여 쌍두마차를 이끄는 두 마리의 말은 남성적이고 힘찬 이미지를 가지며 이를 통해 화자의 기상을 엿볼 수 있게 한다. 정리하자면 조국이 없는 이 시대를 탓하는 것보다 자신의 극복 의지와 저항 정신을 진취적으로 행사하는 것이 올바르다는 화자의 인식이 드러나는 부분이라고 할 수 있다.

특히 '우거진 풀속'에서 발견한 '푸르른 진리의 놀라운 진화'는 끊임없이 죽음과 소생을 반복하는 자연의 본성으로, 화자는 「동면하는 곤충」에서처럼 순환론적인 사유에 입각하여 겨울이라는 어둠 뒤에는 반드시 푸르른 봄이 찾아온다는 자연의 섭리를 언급하고 있다.

이처럼 이용악에게 있어 순환하는 자연의 섭리는 외적, 내적인 폭력을 견디는 방편이었으며, 이것을 '곤충'과 '푸르른 진리의 놀라운 진화'라는 시어를 선택함으로써 작품에 구현되고 있다.

5. 결론

1930년의 시대 상황을 견뎌내야 했던 많은 시인 중에서 현실 인식을 작품에 드러내는 데 치열하게 고민했던 리얼리즘 시인의 대표 문인인 이용악의 시세계를 연구하는 것은, 당대 현실을 극복하고자 했던 우리 민족의 아프지만 견고한 삶의 자세를 되짚어보는 일이다. 또한 이것은 궁극적으로 우리 문학의 지평을 넓히는 길이 된다. 1930년대 창작된 이용악의 작품 중에는 자연을 소재로 하여 주제를 형상화한 작품이 많은 비중을 차지한다. 여기서 '자연'은 물리적인 자연에서 그치는 것이 아니라 미학적 요소로 작용한다. 즉, 이용악 작품에서 여러 의미로 변주되면서 다층적인 의미를 지닌다. 그의 시의 소재로 작용하는 자연이란, 현실의 참상을 고발하는 데 효과적으로 작용하는 매개이자, 부정적 현실에 대한 울분을 토로하는 소재였고, 희망의 세계를 함축하고 있는 소재이기도 했다. 현실의 참상을 고발하는 자연물은 서정성과 비극성을 동시에 함축하는 매개로 기능하며 비극적인 현실의 상황이 더욱 강조되어 표현될 수 있도록 하였다. 「풀버렛 소리 가득차 잇섯다」, 「晩秋」, 「고향아 꽃은 피지 못했다」, 「검은 구름이 모혀든다」의 작품에서 '풀벌레 소리', '꽃', '낙엽' 등과 같이 아름답고 평화로운 자연물이 자아내는 서정성은 동시대 여타 시인들에 비해 이용악의 작품에서 더욱 두드러지는 부분이라고 할 수 있다.

강 · 바다 이미지에는 부정적인 정서인 울분을 함축시키면서도 희망과 이상향이라는 긍정적인 의미를 내포하였다. 「국경」에 드러나는 불안의식은 국경을 접경으로 하고 있는 이용악의 고향으로 인해 이용악이 가질 수밖에 없었던 북방 의식으로 설명될 수 있다. 이러한 불안 의식은 「天痴의 江아」에서 확인할 수 있듯이 울분과 질책으로 이어진다. 여기서 '강' 의 이미지는 화자에게 울분을 느끼게 하는 자연물로 기능하고 있다. 그러나 이용악은 이러한 이미지로 '강'의 이미지를 고착시키는 것이 아니라 「두만강 너 우리의 강아」, 「港口」에서 보듯이 '강'이 '바다'로 흘러간다는 속성으로부터 희망과 이상향의 이미지를 이끌어 내고 있다. 이 지점에서 '강'과 '바다'의 의미는 하나의 의미로 이어지면서 이용악의 시세계는 더욱 다층적이고 입체적이 될 수 있는 것이다.

마지막으로 이용악의 시편들에서는 당대 현실을 극복할 수 있는 방안도 자연의 섭리에서 찾는 것을 확인할 수 있다. 「暴風」에서는 화자의 저항정신을 '폭풍'이라는 자연현상에 빗대어 형상화하고 있으며 '폭풍'과도 같은 저항성이 결여된 사람들을 질책하고 있다. 이러한 저항성을 유지하는 방편으로 「冬眠하는 昆蟲의 노래」에서는 자연의 섭리를 선택한다. 겨울잠을 자고 봄을 기약하는 '곤충'의 이미지는 현실 극복의 의지를 내포하는 화자의 또 다른 모습이며, 나아가 「雙頭馬車」에서 역시 '푸르른 진리의 놀라운 진화'라는 시구를 통해 순환하는 자연의 섭리를 매개로 현실 극복 의지를 드러내고 있다.

이처럼 이용악 시에서 드러나는 자연 이미지를 통해 그간 고향상실 의식과 유랑 의식의 측면에서 편향되어 고찰되어 왔던 이용악의 시세계를 다층적인 측면에서 바라볼 수 있다. 나아가 이를 1930년대 문학장으로 끌어들여와 다른 문학인들과의 비교연구가 이루어진다면 당대의 문학장에 더욱 넓은 지평을 형성할 수 있으리라 기대해 본다.

제7장
박세영 시의 자연과 현실

김희원 · 김옥성

1. 서론

해금조치 이후 월북문인에 대한 연구가 활발히 이루어지고 있지만 아직 연구가 미진한 인물들로, 월북 이후 북한 체제 내에서 고위층을 담당하며 핵심적인 인물로 활동한 작가들을 들 수 있다.[1] 박세영 역시 북한의 애국가를 작사한 인물로 북한에서는 88세의 나이로 사망한 후 그 장례 또한 북한 사회장으로 치러질 만큼 유명한 시인인 동시에 남한에서는 월북문인 중에서 연구가 미진한 인물 중 한 명이다.

현재까지의 박세영에 대한 연구는 문예사조 측면에서 논의된 연구[2],

---

1) 월,납북 이후 체제에 적응하지 못하여 낙오되거나 숙청된 인물들에 대한 연구는 비교적 많이 이루어졌으나 박세영과 같이 북한 체제에 적극적으로 기여한 인물에 대한 연구는 상대적으로 미진한 편이다.

2) 김재홍, 「박세영론, 대륙주의 풍모와 남성주의」, 『월북문인연구』, 문학사상사, 1988 ; 윤여탁, 「박세영론」, 『한국문학의 리얼리즘과 모더니즘』, 민음사, 1988 ; 박경수, 「1930년대 시의 현실 지향과 저항적 문맥」, 『비교문화연구』, 부산외국어대학 문화연

전기적 측면을 토대로 한 연구[3], 유랑의식 및 고향상실의식의 발현으로 보는 연구[4], 형식적인 측면을 고찰한 연구[5] 등으로 다양하게 이루어져 왔다. 그럼에도 불구하고 기존 논의의 몇 가지 한계점은 첫째, 그가 비해소파 카프일원이었다는 점만을 강조만 나머지 그의 카프시절의 시들만이 조명을 받고 있으며, 그 중에서도 비교적 문학적 성취가 뛰어난 작품만이 한정적으로 언급되고 있다는 것이다. 둘째, 박세영 개별 작가에 대한 연구보다도 다른 작가들과의 비교연구를 다루는 연구들이 두드러지므로 박세영의 독자적인 시세계의 탐구가 미진했다. 셋째, 선행 연구자들은 주로 박세영의 카프시를 중심으로 논의를 전개하였기 때문에 시세계의 여러 면모를 간과해 왔다. 그러면서 범한 오류 중 하나는 다양성을 갖춘 박세영의 시세계를 하나의 색깔로만 단정지어 버림으로써 그 시세계를 단조로운 것으로 만들었다는 것이다.

구소, 1991 ; 황정산, 「리얼리즘 서정시로서의 박세영의 시」, 『어문논집』, 안암어문학회,1990.

3) 한성우, 「박세영시 연구」, 중앙대 박사, 1996 ; 한만수, 『그들의 문학과 생애-박세영』, 한길사, 2008 ; 김은철, 「박세영 시의 형성과 변모양상 고찰」, 『우리문학연구』, 우리문학회, 2009 ; 박영식, 「박세영 시문학과 북한문학사 초기 형성 과정」, 『남북문화예술연구』, 남북문화예술학회, 2011 ; 박영식 · 이동순, 「해방 이후 박세영 문학 세계의 전개와 변모 과정」, 『순천향 인문과학논총』, 순천향대학교 인문과학연구소, 2012 ; 하상일, 「해방이후 박세영 시 연구」, 『한국문학이론과 비평』, 한국문학이론과 비평학회, 2005 ; 최명표, 「해방기 박세영의 시와 시론」, 『한국시학연구』, 한국시학회, 2008 ; 전봉관, 「박세영 초기시에 나타난 중국의 의미」, 『국제학술대회』, 중한인문과학연구회, 2003.

4) 조용훈, 「한국 근대시의 고향 상실 모티프 연구」, 서강대 박사, 1994 ; 박은미, 「1930년대 시에 나타난 가족 모티프 연구」, 건국대 박사, 2003 ; 박수연, 「식민지적 디아스포라와 그것의 극복」, 『한국어문연구』, 2007 ; 김영화, 「실향문학의 연구」, 동국대 교육대학원 석사, 2015.

5) 이수남, 「한국 현대 서술시의 특성 연구」, 부산외대 석사, 1995 ; 김수기, 「1930년대 단편 서사시 연구」, 건국대 교육대학원 석사, 1997 ; 박은미, 「박세영 시에 나타난 현실 인식과 시적 형상화 방법 연구」, 『겨레어문학』, 겨레어문학회, 2002.

그러나 박은미가 언급한 바대로 박세영은 단지 이념만을 전달하고자 했던 편이념주의적 창작에 매몰된 시인이 아니었으며 미학적 탐구에도 많은 노력을 기울인 시인이다.[6] 박세영은 지금까지 알려진 면모보다 훨씬 다채로운 시세계를 구축했던 시인인 것이다. 특히 그를 자연친화적 시인이라고 언급하고 있는 연구들은 있지만[7] 그의 시세계에서 '자연'이라는 소재가 어떤 매커니즘으로 작동하는지에 대한 연구는 이뤄지지 않았다.

해방 이전 박세영의 시 65편 중 자연을 소재로 하여 창작된 작품은 33편으로 그 양으로 보아서도 '자연'이라는 소재가 차지하는 비중은 매우 높다.[8] 여기서 '자연'이란 소박한 개념으로 자연물을 중심으로 하여 창작된 작품의 소재를 말한다. 그러나 그렇게 소박한 개념으로만 인식하기에는 박세영이 그의 작품에서 '자연'을 통해 드러내고자 했던 현실 인식과 그에 대한 정서적 대응이 유의미한 변모 양상을 보인다. 특히 그의 전기적인 면에서 볼 때, 그가 중국에서 지냈던 2년여 간의 생활에 바탕을 두고 창작했던 작품들은 자연을 보고 느낀 것에 대한 정서가 많다. 박세영은 중국의 이곳 저곳을 돌아보며 자연에 대한 깊이 있는 사유를 했을 것으로 짐작된다.[9] 중국의 체험이 1930년대 시편들에까지 지속적으로 등장하는 것으로 그것을 추측할 수 있다. 또 프로 시인으로 활동하

---

6) 박은미, 위의 논문, 186쪽.

7) 박수연은 그의 논문에서 박세영을 "자연친화적 경향"의 시인이라고 언급한 바 있다. 박수연, 앞의 논문, 213쪽.

8) 박세영의 시 작품은 이동순 、박영식, 「박세영 시전집」, 소명출판, 2012를 기준으로 하였다.

9) 박세영의 중국 체험에 대해서는 알려진 바가 거의 없어 구체적으로 어느 지역을 유람하였는지는 명확하지 않으나, 「양자강」, 「강남의 봄」등의 시편들을 통해 짐작 할 수 있을 뿐이다.

며 직접 농촌의 생활을 경험하고자 했던 그의 노력[10] 또한 그의 시에서 '자연'이 중요한 이유다. 프로시에서 '자연'이란 '농촌'과 결부될 수밖에 없는데, 그러한 필연성을 그는 직접 경험을 통해 농도 짙은 현실 인식과 결부시켰다. 작품 활동 초기부터 이루어진 자연에 대한 이러한 꾸준한 사유는 결국 그의 대표작으로 평가받는 「산제비」를 탄생시켰다.

본고는 박세영의 해방 전 작품을 연구대상으로 삼아 자연에 대한 그의 사유를 고찰해 보고자 한다. 해방 전 그의 시세계는[11] 1기 본격적인 프로 문학을 하기 전인 1923년-1926년, 2기는 본격적인 카프 문인으로서 활동한 시기인 1927년-1934년[12], 3기는 카프 해산 이후의 시기인 1935년-1938년[13]의 세 시기로 요약할 수 있다.

해방 이전 박세영의 시세계에서 자연의 양상은 공통적으로 현실 인식의 형상화로서의 자연과 현실 외부의 자연, 두 축을 중심으로 전개된다.

---

10) 박세영은 『별나라』 편집시절 1928년부터 송영과 함께 빈농들을 위한 '사립학교 교원'으로 일한다. 이때 박세영은 마을 농민들과 어울리며 농민조합을 지도하기도 한다. 한만수, 『그들의 문학과 생애, 박세영』, 한길사, 2008, 73-76쪽

11) 1902년에 경기도 양주에서 태어나 가난한 유년시절을 보낸 박세영은, 1917년 가을 그가 수학하던 배재보고에서 '소년구락부'를 조직하고 『새누리』라는 문예윤독잡지를 발행하면서 습작기를 거친다. 박세영의 본격적인 작품 활동은 『염군』에서부터 시작되는데 그가 '염군사'로 활동한 것은 박세영이 1922년 무렵 중국으로 유학길에 올랐을 때이다. 2년간 지속된 중국에서의 생활은 후에 그의 작품 세계에 큰 영향을 미치게 된다. 박세영이 본격적으로 프로문학에 투신하게 되는 것은 1927년이다. 이후 1935년에 카프가 공식 해산하면서 비해소파 카프 일원으로서 그가 느껴야했던 고민들은 고스란히 작품에 남게 된다. 1938년 시집 『산제비』를 펴낸 박세영은 이후 절필하고 만주로 건너가 독립운동에 가담한다. 그러다가 청진감옥에서 해방을 맞이하게 되는 것이다. 한만수, 『그들의 문학과 생애-박세영』, 한길사, 2008 참고.

12) 박세영은 1925년에 카프 창립에 가담하지만 본격적으로 사회주의 작품을 발표하기 시작한 것은 1927년부터이다.

13) 박세영은 1935년부터 1938년까지 짧은 작품 활동 후 절필하고 간도, 만주로 넘어간다.

이에 본고는 이 두 축의 메커니즘에 주목하여 1기에서 3기로 전개되는 자연 인식과 현실 인식의 변모 양상을 고찰하고자 한다. 이것은 박세영 시 연구의 편향된 주제의식에서 벗어나 중심소재로 나타나는 '자연'에 초점을 맞추어 해방 이전 시기에 나타나는 박세영 시세계의 면밀한 변화과정을 추적하고자 함이다.

2. 애상적 자연과 피상적 현실 인식

1기의 시들은 뚜렷한 현실 인식이 배제된 채 1920년대 한국문학의 흐름에서 주된 정서인 비애, 상실의 이미지를 보이고 있는 시편들이 대부분이다. 그러나 현실 인식을 드러내고 있는 시도 소략적으로나마 창작이 되는데 「산촌의 어머니」, 「양자강」과 같은 시들이 그러하다.[14] 그러나 이 시기 현실 인식은 구체적이 아니라 피상적, 서정적으로 나타난다. 즉 현실의 문제를 드러내기보다는 현실 상황에서 느끼는 애상적 정서로 마무리 되는 경향이 짙다. 따라서 이 시기의 시들은 현실 인식보다는 현실의 외부에 초점이 맞춰져 있어 시의 긴장이 떨어지는 작품이 대부분이다.

특히 「揚子江」은 현실 인식을 드러내는 시 중 2기의 시편들에도 이어지는 작품으로, 1922년부터 2년간 계속된 중국체험과 연관이 깊다.

흐리고나 바단가싶은 이江물은 / 어지러운 이 나라처럼, / 언제나 흐려

14) 박수연은 박세영의 디아스포라 시편을 언급하면서 「북해와 매산」을 중국 군벌 비판을 형상화했다고 하였다. 박수연, 앞의 논문, 225쪽.

만 가지고 흐르는구나.//옛날부터 흐리고나, 이 江물은 / 그래도 맑기를 기다리다 못하여 / 이 나라 사람의 마음이 되었구나. // 해는 물 끝에 다 갈 때, / 물은 붉은 우에 또 붉었다, / 아즉도 남은 배란 웃물에 나붓기는 돛단배 하나

-「揚子江」, 『박세영 시전집』, 15쪽,(『산제비』; 「염군」, 1923).

이 작품은 박세영이 중국 유학 시절에 쓴 작품이다. 화자는 양자강을 바라보며 "흐린 강물"을 "이 나라 사람"에 비유하고 있다. 이것은 당시 목격한 중국의 혼란스러운 상황을 강물에 빗대어 표현한 것이다. 「양자강」에서 "이 나라 사람의 마음"을 중국의 상황에 대한 은유로 해석하면서, 이것을 당시 일제강점기였던 조선의 현실을 상징하는 것이라고 해석하는 경우가 있다.[15] 그러나 자연과 화자의 모습이 뚜렷한 연결고리 없이 은유적으로만 치환되고 있다는 점에서 뚜렷한 역사의식이 드러나는 시편이라고 단정 짓기에는 무리가 따를 것으로 보인다. 다만 2기에서 중국체험과 관련된 시들과 유의미한 차이점을 지니는 것을 볼 때, 「양자강」에 박세영의 관심사인 민족의식이 드러난다는 것은 언급할 필요가 있다. 다시 말하면 '이 나라 사람'으로 표현되는 시적 대상이 민족적 성격을 지닌다는 것은 분명하다. 그러나 구체적인 현실 인식이 드러나지 않고, 마지막 시구조차도 '우물에 나부끼는 돛단배 하나'로 끝남으로써 애상적 정조가 두드러지는 것은 이 작품의 긴장이 떨어지는 효과를 가져 온다. 한편 중국 체험에 바탕을 둔 소재가 나타나는 시편들이

15) 1920년대 당시 중국은 군벌정치가 자행되던 때였다. 이때 군벌들은 자기들이 장악한 지역 내의 백성들로부터 가혹한 세금을 거두어들이는 등 각종 착취를 일삼았다. 특히 1920년대 강남 지역에서는 각 국벌 간의 혼전이 존재하고 있었으며 이것은 백성 갈취로 이어져 백성들의 생산 및 경영활동이 크게 위축되었다.

의미를 갖게 되는 것은 카프시에서 시작된다. 그 시기가 되어서 박세영의 시편에 다시금 중국 기행의 체험이 드러나고 있는데 그때에는 이미 중국 유학을 마치고 돌아온 뒤 수년이 흐른 뒤이다. 그때에 다시금 중국의 지명을 거론하며 시적 상황을 형상화했다는 것은, 당시 조선의 상황이 중국의 상황과 중첩된다는 것을 염두에 두고 작품을 창작했다는 증거이기 때문이다.

한편 상실의식 자체만을 드러내는 시편들은 이 시기 박세영의 주된 시적 경향이다. 이런 시편들은 대체적으로 화자의 외부 세계로 설정되어 있는 '자연'을 통해 화자의 정서가 촉발된다. 여기에는 「그이가 섰는 딸기나무로」, 「잃어진 봄」, 「후원」 등의 작품이 있다. 이런 시편들은 비애감이 두드러지게 나타나며 이러한 비애감과 상실감은 모두 '그'로 설정되어 있는 사랑의 대상이 떠나가는 것에서 비롯된다. 그러나 이별의 이유 역시 뚜렷하게 제시되지 않기 때문에 피상적인 정서 형상화에 머물 수밖에 없게 된다.

(전략) 언덕에 열린 샛빨간 딸기/ 나의 마음은 鮮血의 끓는 방울 같이 / 그의 손은 딸기로 가득 하다. // 마음은 타 오를 때 그는 憂鬱에 싸여 / 來日은 가신다 지요 / 그와 나는 시내를 떠날 줄 모르고. // 붉은 딸기 나무는 / 스러저 가는 이슬처럼 성겨가고 아니 보일 때, / 그와 나는 옛을 追憶하여 한숨지고 말없이 서름의 하소연을 하다.// … (중략) … 시름없는 거름으로 가시넝쿨을 헤치고 나와, 우리는 또 헤어지게 되다, / 그는 넋 잃은 것 같이 언덕으로 넘어갈 때.

-「그이가 섰는 딸기나무로」, 『박세영 시전집』, 16쪽(『산제비』; 창작 시기, 1925. 7.).

그렇게도 고은 봄은 / 웃음의 빛을 펏드려 / 누구나 오라건만 나는다만 / 한숨을 쉰다 / 잊히지 않는 지난 날을 생각하고.//오는 봄날엔 그대와 같이 / 꽃찾어 가자든 언약도 / 이제와선 어디론지 날러가 / 오늘에 남은 것이란 / 폭풍우 끝에 낙수물 소리.

-「잃어진 봄」, 『박세영 시전집』, 25쪽(『산제비』 ; 창작 시기, 1926.1.).

(전략) 젊은 시악씨와 사나이는 말하였습니다. / 꾀꼬리도 울고, 杜鵑도 울며, / 때로는 소쩍이도 곱게 운다고 합니다. / 이딴금 와서 일홈 모를 새들도, / 이 後園을 늘 떠나지 않고 운다고 합니다.// … (중략) 어느날 이 마을을 차저 山넘고 밧이랑 도니 / 잣나무는 나를 먼저 마졌습니다. / 그러나 이는 말는지 이미 오래였고, / 새들은 날러들지 않었습니다. // 그리고 날이 밝아 올때나 점으러 올때는 / 안개와 연기는 옛같이 / 나무허리에서 떠돌기는 하것만, / 지금의 이後園은 슬픔만 가득합니다.

-「後園」, 『박세영 시전집』, 26쪽 (『산제비』; 창작 시기, 1926.10.).

"딸기나무"는 화자가 이별을 겪고 있는 곳이며, "낙수물 소리" 또한 이별한 화자가 느끼는 슬픔의 정서를 드러내는 소재이다. 마찬가지로 "후원"과 "잣나무" 는 화자에게 까닭모를 '슬픔'만을 전해주는 장소이다. 이처럼 이 시기 시편들에서 '자연'이라는 소재는 화자에게 비애, 슬픔의 정서를 촉발하는 매개로 작용하고 있다. 그리하여 화자는 자연을 바라보며 촉발되는 감정을 드러내는 것밖에는 할 수 없는 수동적인 입장에 놓이는 것이다. 앞서 말했듯 이러한 시상 전개는 시의 긴장을 떨어뜨리며 시의 완성도도 성취하지 못하게 된다.

현실 인식보다는 현실의 외부에 초점을 맞추고 있는 이 시기, 박세영은 서정적인 시들을 창작하는 데 많은 노력을 기울인 듯하다. 완상의 대상으로 자연을 바라보는 시들도 창작하는데, 「處女洞」과 같은 작품에서 확인할 수 있다.

> 조약 돌 씨스며 흘러 내리는, / 시내끼고 올나가면 잣봉산 기슭이다. // 응달이 저서 으슥한 골작이엔/ 깊고 얏게 고이여 흐르는 물, / 세상에선 액기는 물이라.// 찌는 별이 지나도 보이는 사람은 없이 / 돌씻는 소리만 나라, 물길은 굽어 내리고.
>
> -「處女洞」, 『박세영 시전집』, 22쪽(『산제비』; 창작시기, 1925.12.).

'처녀동'은 정확하게 어느 곳인지는 명확하지는 않으나 이곳은 세상과 단절되어 있으면서도("지는 별이 지나도 보이는 사람은 없이") 평온한 곳이다. 다만 물길이 흐르면서 조약돌을 씻어 내려가는 소리만이 들릴 뿐이다. 그리고 그 흐르는 물조차 "세상에서 아끼는 물"일 정도로 이 곳의 모든 자연물은 화자에게 깨끗함을 제공하는 동시에 신비함을 머금고 있는 곳이다. 박세영은 이 시기에 아름답고 평화로운 자연을 완상한 있는 그대로 창작하면서 자연의 아름다움을 드러내고자 시도하였다. 그러나 이 시기의 시들은 전반적으로 현실 인식이 배제된 자연의 완상이나 이유가 구체적이지 않은 슬픔의 정서로 시상이 전개되고 있기 때문에 시의 긴장이 떨어진다.

3. 농촌 착취의 비판과 봄의 역동성

박세영은 1928년부터 약 2년간 농민들과 함께 생활하고자 농촌 생활을 자처한다. 한학자였던 아버지 밑에서 자란 박세영은 카프 활동을 하면서도 농촌의 생활을 접해보지 못한 자신을 인식하고 농민들과 직접 몸으로 부딪히는 생활을 원했다. 농촌 경험을 통해 그는 농민들이 쓰는 언어를 접하고 그것들로 시를 창작하여 진정한 의미의 농민을 위한 시를 쓰고자 했다.[16] 이것은 이론이 아닌 물리적인 체험을 통해 자신의 신념을 문학적으로 형상화하고자 한 박세영의 노력이 보이는 부분이다.

이러한 노력에 기반하고 있는 카프 시기의 시편들은 이념에 충실하면서도, 다양한 미적 형상화의 시도를 통해 창작되었다. 계급투쟁과 사상적 고취를 선동하는 시편들이 등장하는 한편 서정적인 어조로 자연의 아름다움을 읊은 시들도 대거 남겼다. 특히 자연에 대한 경외감이 드러나는 시편도 발견되는데 이러한 시들은 1930년대 「산제비」를 위시한 박세영의 걸작들이 일회적, 단편적으로 창작된 것이 아니라는 것을 방증한다. 또한 이 점은 그의 전반적인 시세계에서 자연에 대한 사유를 지속적으로 해 왔다는 것을 보여준다. 주목할 것은 자연에 대한 사유가 지속적으로 이루어진 만큼 그의 시세계에서 나타나는 자연의 모습도 다채롭다는 점이다.

먼저, 이 시기의 자연은 수탈당하는 조선의 현실을 적나라하게 드러내는 매개로 등장한다. 이 때 그 구체적인 방법은 아름답고 풍요로운 자연과 화자가 처한 부정적인 시적 상황을 명료하게 대비하는 것인데, 이

16) 이 부분에 대해서는 한만수, 『그들의 문학과 생애 박세영』, 한길사, 2008 참고.

를 통하여 세계에 대한 비판의식을 첨예하게 드러내고 있다.[17] 1기의 시편에서 자연이 감정을 촉발하는 매개로 작용하면서 화자를 수동적인 위치에 있게 했다면 2기의 시편들에서 자연은 투쟁 의지를 촉발하는 매개로 기능하면서 화자를 능동적인 인물로 이끌고 있는 것이다. 이와 같은 시상은 「농부 아들의 탄식」, 「타적」, 「강남의 봄」, 「풀을 베다가」에서 잘 드러난다. 먼저 「농부 아들의 탄식」과 「타적」은 농촌 수탈의 현실을 '농부'라는 화자를 빌려 다음과 같이 형상화하고 있다.

(전략) 아무것도 몰낫든 나는 뉘우치다/ 철업는 나는 우리 건줄만 알엇더니/ 이는 모도다 헛일이엇다/ 이는 꿈갓튼 일이엇다.//아버지는 멧해이나/ 이짓을 하엿노? /길너주기만 하는 햇일을 하엿노/ 어느날은 동무들과 노래부르며 /덜건너 저 언덕으로 갓슬 때/ 그곳에는 우리 먹는 쌀이삭이/ 누런 터벌개 꼬리갓치 / 흔들고들만 잇섯다. …(중략)… 넓은 덜은 黃金의 나락으로/ 옷은 입엇다 한갇갓치 옷은 입엇다/ 平和로운 幸福의 덜이 되엿것만/ 그속에는 반듯이 /피눈물이 덜우에 떨어지고/ 쉴사이업시 歎息, 怨望, 咀呪는 바람이 되야/ 펄펄 부러 오고감을 알다/ 나는 알엇다 …(중략)… 넓은 덜에 滿足은 차서/ 우리들의 피땀이/ 生命의 거름이 되는/ 그때를 맛보리라 가지리라/ 大地여!나는 농부의 아들이다/ 沒落한 농부의 아들이다.//지금 우리는/ 피눈물을 헛되이 말이고 잇다/ 아버지는 괴로움에 늙어버리고/ 아!설어라/ 버레와 새때가 몰여잇서도/ 누가 보아주는 이 업는/ 우리의 糧食은/ 저 강마른 언덕에 잇다/ 그러나 익어가고 잇다

-「농부아들의 탄식」, 『박세영 시전집』, 41쪽(『문예시대』, 1925.12.).

17) 박세영의 카프시에서 획득하고 있는 리얼리티는 형식이나 내용면을 넘나들며 여러 측면에서 논의가 가능하지만 본고에서는 자연이라는 소재에만 초점을 맞추기로 한다.

(전략) 절늠바리의 거름과가튼 이가을은 / 그래도 모든穀食을 염을이고 가는가 / 울타리와 지붕엔 파란박이 굴늘 듯이 노엿드니만/ 굴너갓는가 터저서 X가됏는가 / 지금은 집응조차 빨간물이 들엇네. …(중략)… 잠깐동안 들은 금을 펴논것갓더니 / 강말나빠진 농부에게 주는 량식처럼, / 지금은 거더드리여 갈갈이 찌저내는구나 / 우리의 농부여 허제비는 그대로두라 / 우리들의꼴이 잡바지려는 허제비꼴이나 무에 다르랴. … (중략) … 오-해마다 오는 가을이여 / 언제나 절늠바리로만 왓다가려는가 (후략)

-「타적」, 『박세영 시전집』, 54쪽(『조선지광』, 1928.11.).

「농부 아들의 탄식」에서 화자는 '농부 아들'로, 외부로부터 자행되는 착취를 직접 체험하고 그 착취의 비극을 직접 깨닫는 인물이다. 따라서 화자의 비극은 첫째는 자신의 이야기를 전달하는 형태를 띠고 있다는 점에서 사실성과 신뢰성을 확보하게 되는 것이다. 이러한 리얼리티의 성공에 관여하고 있는 또 하나의 요소가 바로 "황금의 들"과 화자와의 관계이다. '농부 아들'이 착취의 현실을 깨닫는 것은 봄과 여름이 지나고 "황금의 들"이 된 가을이 되어서야 이루어진다. 봄, 여름, 가을이 지나는 동안 농부들은 열심히 밭과 들을 일구었을 것이다. 그러나 이런 노동의 즐거움은 한순간에 탄식으로 바뀐다. 모두 "우리 것"인줄 알았던 이 곡식들이 자신들의 품으로 돌아오지 못한다는 것을 알았기 때문이다. 이것은 화자가 아니라 화자의 아버지 대부터 겪고 있었던 악순환의 연속인 것이다. 화자는 "아버지는 몇 해나 이 짓을 하였나"라고 직접적으로 탄식하면서 "서러움"에 눈물 흘리고 만다. 그제야 화자는 "넓은 들이 황금의 나락"으로 풍요롭게 뻗어나가 "평화로운 행복의 들"이 되어도 그 세계는 자신의 세계가 아니라는 것을 명확하게 깨닫는다. 그리하여 결국에는 자신들의 한이 섞인 "탄식, 원망, 저주"가 그 들에 서리게 되는 것이다.

이처럼 이 작품은 화자가 정성스럽게 일구어 황금빛으로 일렁이는 들과 그것들을 모두 내어주어야 하는, 그래서 자신의 것이라고는 하나도 가질 수 없는 일제강점기 농민들의 수탈을 성공적으로 그려내고 있는 작품이다. 여기서 화자의 격양된 감정은, 풍요로운 들이라는 외부세계, 즉 자연의 상황을 먼저 제시함으로써 효과적으로 고양되고 있다.

「타적」 역시 농부인 "우리들"을 아무것도 할 수 없는 "허수아비"에 비유하고 있다. 금을 펴놓은 듯한 들은 잠깐에 지나지 않고, 결국에는 양식은 거두어들인 후 "갈갈이 찢겨" 빼앗기기 때문이다. 따라서 이 작품은 탄식밖에 남지 않은 농촌 현실에 대한 원망을 토로하고 있는 것이다. 결국 풍요의 상징이어야 하는 가을이라는 계절 역시 "절름발이"의 계절로 귀결되고 마는 것이다.

농민 화자를 등장시키지 않고도 성공적으로 현실 세계의 부조리를 고발하고 있는 작품은 「강남의 봄」이다. 공통적인 것은 「강남의 봄」 역시 아름다운 자연 세계가 현실 세계와 대조되면서 시상이 전개된다는 점이다.

江南의봄은 끗업는 들판에서 오나니/ 아즈랑이 끼고 파란 풀포기 자라서/ 연못가의 색스런꼿 들은 江南의 따사로운 봄을 꾸며줄 때/ 수업는 흰오리떼를 몰고오는 牧童은/ 양떼나 갓치 흰구름이 피여 오르는 한울ㅅ가 저-쪽을 바라보네 ‥ (중략) … 포구건너 저-편을 바라보면 螺旋形의 雷塔이 武名江에 빗처잇고/ 慈金山기슭에 솟은 中山묘는 玄武湖에 어리여 이大地를 직히고 잇네만은/ 넓은 들판엔 느러가느니 주린해골이요/ 만하가느니 小車에 몸을실여 故鄕을 떠나가는 시악씨들일세// 따사로운 봄, 연연한 江南의 아름다운봄은 왓거만/ 떠러진 솜옷을 아즉도 걸친 그들, / 이봄도 그대로 가고야 말아나봐

- 「江南의 봄」, 『박세영 시전집』, 93쪽(『문학창조』, 1934.6.).

이 시는 봄을 맞아 생동감을 띠고 있는 강남의 풍경을 노래하고 있다. 특히 '아지랑이', '색스런 꽃', '흰 오리떼', '흰구름'들은 평화롭고 색채감 넘치는 아름다운 봄을 효과적으로 형상화하고 있다. 그러나 이러한 형상화는 뒤에 이어질 시적 상황과 대조된다. 즉, 아름다운 봄의 모습으로 가득 차 있는 자연의 모습을 서두에 제시하면서 뒤에 이어질 시상과의 반전을 꾀하고 있다. 늘어가는 "주린 해골"과 "고향을 떠나는 시악씨"들임이 사실은 아름다운 봄풍경의 실체인 것이 3연에서 밝혀지는 것이다. 이러한 의도적 반전은 3연부터 전개되는 비극성을 심화하는 요인으로 작용한다. 결국 마지막 연에서 화자의 인식은 "이 봄도 그대로 가고야 말" 것으로 귀결된다. 앞선 시기와 달리 이 시기 자연은 화자를 수동적인 위치에 머물게 하는 것이 아니라 현실 상황의 비극성을 강조하여 드러내는 데 효과적인 장치로 사용되고 있는 것이다.

한편 「江南의 봄」은 1934년 작품이다. 중국 유학 시절 체험했던 '강남'이 시적 모티브가 되고 있다는 사실은 큰 의미를 지니는 한편, 중국 유학 시절 창작한 작품과 유의미한 차이점도 지닌다.[18] 또 이 작품은

18) 중국 유학을 다녀온 후 십년 이상이 흐른 시점에서 중국체험을 바탕으로 한 시가 창작이 되었다는 것은 두 가지 이유에서 의미가 있다. 첫째, 중국체험이 박세영 詩作의 원초적 체험을 이룬다는 점이며 둘째, 중국 체험 시를 단순한 기행시로는 볼 수 없다는 점이다. 그가 본격적으로 프로문학을 시작한 이후에도 중국의 상황을 묘사하거나 중국의 풍경들을 소재로 한 시편들을 계속하여 창작했다는 것은 중국을 당대 조

1923년 作인 「揚子江」과 같이 '강남'이라는 외부세계가 시에서 중요한 모티프로 작용하고 있다. 그러나 양자강에 비해 「강남의 봄」은 확실히 구체성이 두드러지며 자연의 생동감과 현실의 궁핍함이 대조되어, 읽는 이로 하여금 「양자강」에서는 느낄 수 없는 탄식을 느끼게 하는 것이다. 이것은 박세영이 1기와는 다르게 현실의 문제를 구체적으로 인식하게 되었음을 시사한다.

그러나 이렇게 투철한 현실 인식을 반영한 시들을 창작하던 시기에도 박세영은 꾸준히 서정시에 가까운 시들을 발표한다. 1기의 시편들이 까닭 모를 비애와 애상감에 젖어 허무함, 절망감, 우울 등을 피상적으로 드러내고 있다면 2기의 시들은 봄의 아름다움에 집중하고 있다.[19] 「봄」, 「봄피리」, 「오월의 앵도원」의 시들이 그러하다.

그대가 연두저고리를 입었더니, / 엷은 버들가지들도 그네를 뛰는구료. // 그대가 다홍치마를 입었더니, 앙상하던 나무들은 흉내를 내는구료. // 그대가 파아란 하늘을 쳐다보고 / 어쩌면 그렇게도 고우냐고 웃었더니 // 온갖 꽃들은 활짝 피여 / 그대를 오라는구료.(후략)

-「봄」, 『박세영 시전집』, 47쪽(『박세영시선집』(1959); 창작 시기, 1927.4.).

선의 은유로 사용했을 가능성이 농후하기 때문이다.

19) 「강남의 봄」의 경우에도 봄의 아름다운 정경을 노래하고 있지만 탈향의 모습을 드러내고 있다는 점에서 제 1기에서 언급했던 현실 외부의 자연에 초점을 맞춘 서정시의 계열에 속한다고 보기는 힘들다. 오히려 「강남의 봄」에서 '봄'의 정경은 아름다운 봄을 뒤로하고 떠날 수밖에 없는 탈향민들의 절망감을 드러내는데 효과적인 장치라고 보아야 한다.

모든 새들은 노래를 배우러 가서 / 아직도 안돌아 온때, / 뒷동산에선 봄의 노래가 들려와 / 햇숙했던 세상에 / 봄이여, 오라고 부르오니 / 마을의 따님들은 / 버들 피리만 불어서.

-「봄피리」, 『박세영 시전집』, 48쪽(『산제비』; 창작 시기, 1927.5.).

(전략) 江南의 五月은 곱고 따스하여, / 사람들은 초막에서 나무밑에서 / 櫻桃의 보구니를 하나식 들고, / 아즉도 남은 봄날을 노래한다. // 나는 또 본다, 나루배에 실린 젊은 男女를, / 푸른洋傘으로 그들은 또 가린 / 젊은 이의 웃음을 실고. / 으슥한 湖畔에도 사람은 있어, / 배를 저어 가려 한다. (후략)

-「오월의 앵도원」, 『박세영 시전집』, 58쪽(『산제비』; 창작 시기, 1929.9).

「봄」에서 "그대"의 연두저고리와 함께 그네를 뛰는 "버들가지"와 "파아란 하늘", 활짝 핀 "온갖 꽃"들은 봄의 역동성을 드러내는데 충분한 소재이다. 또 「오월의 앵도원」에서는 "곱고 따스"한 오월에 "젊은 남녀"의 웃음 소리가 들리는 평화로운 봄 풍경이 펼쳐져 있다.[20] 이렇게 봄의 정경을 묘사하는 것을 넘어서 「봄피리」에서는 '봄'을 적극적으로 맞이하고자 하는 인물들의 즐거움을 드러내고 있다.

---

20) 물론 이러한 시들 역시 1기에서처럼 화자의 외로움이나 고독감이 드러나는 경우도 있다. "오즉 나의 가슴에선 들려 오느니/ 날러 헤매는 가을 잎새 소리구료."(「봄」)과 같은 구절이 그러한데, 그럼에도 불구하고 시상의 전체적인 이미지는 봄의 아름다운 정경으로 점철되어 있다는 점에 주목해야 한다. 시의 전반적인 정조가 1기의 애상성을 탈피했기 때문이다.

농촌 수탈의 현실을 드러내는 데 가을의 풍요로운 들판이 시상의 효과적인 반전의 매개로 작용하면서 현실의 문제를 더욱 첨예하게 드러냈다면, 봄의 아름다운 정경을 통해서는 약동하는 자연의 모습을 통해 생명력 넘치는 세상을 드러내고자 했다. 가을과 봄이라는 명료한 계절적 대립은 박세영이 수탈의 계절인 가을을 통해 현실 문제를 고발하는 한편 "해숙했던" 세상을 종식시킬 '봄'의 세계를 염원했던 박세영의 시세계를 보여준다. 이것은 수탈의 계절의 상징인 '가을'을 넘어서 풍요의 세계를 희망했던 박세영의 낙관적 미래인식에 기초한 것이라고 볼 수 있다.

이 시기 박세영 시세계에서 독특한 작품은 바로 「자연과 인생」이다. 현실 인식에 머물러 있는 시들이나 봄의 아름다움을 형상화한 시들과 달리 이 작품에서 자연의 사유는 자연에 대한 경외감을 드러내고 있기 때문이다. 따라서 이 시는 3기의 「산제비」 계열의 시와 맥이 닿아있다고 볼 수 있다.

(전략) 그러나 大自然, 당신은 티끌만한 거짓도 없사외다. / 우리는 마음껏 당신을 사랑합니다, / 우리들의 戀人보다도 누구보다도, / 비록 당신들이 근심없는 이들에게 매였드래도. // 그들의 거지반은 거짓에서 사는 人間이외다, / 良心을 죽이고 사는 인간이외다, / 그리하야 당신은 모진 손아귀에서 긴 세월을 보냈사외다.// 허나, 거짓없는 大自然에는 / 거짓없는 인간이 살어야 할것이외다, / 당신은 여지껏 거짓의 거미줄을 되쓰고 왔사외다, / 기름진 乳房을 다 째웠사외다. // 당신이여! 당신은 이대로 늙으렵니까, / 시퍼런 青春, 햇살보다 뜨거운 우리들의 情熱을 버리고 / 그리하여 지금의 피나는 손목을 / 우리는 거듧 떠도 안 봅니다. / 오

직 당신을 사랑하기에! / 오 당신의 몸을 바치소서 / 우리들의 情熱에로
바치소서.

-「自然과 人生」, 『박세영 시전집』, 91쪽(『산제비』; 창작 시기, 1934.3.).

「자연과 인생」에서는 자연을 인간과 대비하며 인간을 거짓된 존재로 설정하고, 자연을 인간보다 우위에 두고 있다. 이 시에서 화자는 "당신"이라 칭하고 있는 "대자연"을 통해 인간의 부정적인 모습을 고발하며 "대자연"의 정열과 거짓 없음을 취하고 싶다고 고백한다. 또 "양심을 죽이고 사는 인간" 때문에 모질고 긴 세월을 보낸 "대자연"을 언급하며 인간과 자연의 이분법적 구조를 설정하고 있다. 이러한 자연과 인간의 관계는 다음 장에서 언급할 시들에서도 나타나는 공통된 구조이다.

요컨대 이 시기 박세영은 본격적으로 카프 문학에 투신하면서 '농토'라는 자연물을 통해 현실 인식을 드러내고자 했다. 풍요로운 가을과 수탈당하는 농민의 모습을 대조적으로 그리고 있는 이 시기 시들은 사회주의자 박세영이 이룩하고자 했던 프로문학으로서의 시도를 보여준다. 또한 현실 인식의 형상화에만 그치지 않고 미래지향적 인식을 보여주는 시들 역시 자연을 매개로 형상화되는데 다가올 봄에 대한 기대감을 드러내거나 봄의 역동성을 묘사하고 있는 작품들이 그 예이다. 또 「자연과 인생」에서 자연에 대한 경외감을 드러내는 등 이 시기 박세영에게 '자연'은 다채로운 면모를 보인다.

4. 그리움의 자연과 투쟁의 내면화

1935년에 카프가 공식 해산하고, 더 이상 시로써 투쟁할 수 없다고 여긴 박세영은 1938년에 시집 『산제비』를 출간하고 1942년 무렵에 간도로 넘어간다.[21] 카프 해산이라는 사건은 사회주의자 박세영으로 하여금 어떤 행동노선을 취해야하는지에 대한 고민을 하도록 만들었을 것이다. 또한 내부적으로 카프해소파와 비해소파 간의 갈등이 있었던 것을 상기해 보았을 때 그가 겪어야 했던 심리적 갈등은 당연한 것이었다.

1935년부터 그가 절필하기까지의 시기인 3기의 시세계는 정치적 색채가 이전 시기에 비해 약화되면서 동시에 작품성은 높은 수준의 성취를 이룬다. 특히 이 시기에는 이전 시기에 등장하지 않았던, 자아 인식에 대한 고뇌를 드러내고 있는 작품이 여럿 보인다. 「악령」(햇볕을 못 보는 내 동무도 만컷많은/ 나의 몸은 이리도 괴로움뿐인가/ 깨끗한 날은 없는가), 「시대병 환자」 (나는 지금도 독까쓰를 마신 질식한 사나이/ 시대병환자다), 「화가」 (나는 그를 또 본다/공간에 화폭을 그려보는 그, 그를 보는 나,/ 나를 지나가며 보는 무수한 군중!)등에서는 화자 내면을 투영해 보는 인물이 등장하며 동시에 자신의 고뇌를 직접적으로 토로하는 격정적 어조를 드러내는 작품도 있다. 이들 작품 중 「자화상」에서 박세영의 고뇌를 더욱 구체적으로 알 수 있다.

> 지나간 내 삶이란 / 종이 쪽 한장이면 다 쓰겠거널 / 몇점의 原稿를 쓰려는 내 마음/ 오늘은 내일, 내일은 모래, 빗진자와 같이 / 나는 때의 파산

---

21) 이 부분에 대해서는 한만수, 『그들의 문학과 생애 박세영』, 한길사, 2008 참고.

> 자다 / 나는 다만 때를 좀먹은 자다.// … (중략) … 오랫동안 쓰라린 현실은 내눈을 달팽이 눈같이 만들었고 / 자유스런 사나이 소리와 모든 환희는 나에게서 빼앗어 갔다 / 오 나는 동기호-데요 불구자다.//…(중략) … 그러나 七星中의 미자(開陽星)가 코옆에 숨었음은, 逃避子와 같네./ 해밝은 거리언만, 왜 이리 침울하며/ 끝없는 하늘이 왜 이리 답답만 하냐. (후략)
>
> -「自畵像」, 『박세영 시전집』, 98쪽(『산제비』; 「신동아」, 1935.9.).

카프의 해산이라는 사건 앞에서 박세영이 느끼는 상실감은 「자화상」의 화자가 느끼는 이상과 현실 세계와의 괴리와 다르지 않았을 것이다. 이러한 상황은 박세영 자신을 "때의 파산자", "때를 좀먹은 자"로 정의하도록 만들었으며 "돈키호테"에 비유하도록 하였다. 반복적으로 드러나듯 "때"와 연관된 시대적 인식, 다시 말하면 화자가 처한 외부적 상황이 화자로 하여금 자조하도록 만드는 것이다. 따라서 이러한 위축된 자아 인식과 불가분의 관계에 있는 것이 부정적 현실 인식이다. 특히 현실 인식에 있어 '자연'은 이 시기 주요한 소재이다. 자연을 중심으로 하여 통해 박세영은 고통 받는 개인에 주목하면서 동시에 고향을 떠날 수밖에 없는 이들을 포착하고 있다. 구체적 개인에 초점을 맞추고 있으나 결국 사회적 불합리성을 나타내는 것이라고 보아도 무방한 이런 시들에는 「甘菊譜」, 「沈香江」이 있다. '가버린 김승일 군에게 주노라'라는 부제가 붙어있는 「甘菊譜」에서는 가을에 꽃을 피워야할 국화가 결국에는 시들어버린 상황을 통해 카프 맹원들이 겪어야 했던 모진 시대상황을 감각적으로 드러내고 있다.[22] 또 「沈香江」에서는 반복되는 불합리한 역사

---

22) 시인 권환, 장치가 리상춘, 연기자 김승일은 1934년 카프 맹원 검기 때 일제 경찰의

인식을 드러내면서 동시에 디아스포라적 상상력을 드러낸다.

(전략) 색스런 百日紅은 가즈런히 피어 / 날이 가고 가도 변함이 없고, 나비도 찾어왔네 / 쨍한 해 볕에, 나비는 춤추고 꽃은 웃는 듯 / 매아미 소리 들려 불이 일듯 따습건만 /이래도 甘菊은 해를 못 봤네 //때로 사람들은 짠물을 뱉고, 구정물을 껸질뿐/ 香그러운 꽃필 날을 몰라 주네 //…(중략)… 가여운 甘菊은 / 사나이 젖꼭지같이 봉오리가 맺힌채로 / 지난밤 치위에 얼어버리고 / 잎도 벌서 시들었지요 // 그러나 누구하나 가엽다는 이 없이/ 해만 점점 길다란 그림자를 내릴뿐 / 눈만이 고요히 고요히 내리 덥히었네

-「甘菊譜」-이 노래를 가버린 金承一君에게 주노라, 『박세영 시전집』, 105쪽 (『산제비』;「신동아」; 창작 시기 1936.2.).

"백일홍"이 피고 "나비가 찾아"와도 "감국"은 해를 보지 못한다. 심지어 사람들은 감국을 보고 짠물과 구정물을 끼얹는다. 대체적으로 '감국'에 해당하는 국화가 시적 상상력의 소재로 등장했을 때에는, 국화가 서리가 내리는 가을에 핀다는 점에 착안하여 시련을 이기는 존재로 그려지는 것이 관습적이다. 그러나 「감국화」에서의 '감국'은 백일홍이 피는 봄에서부터 해를 보지 못할 뿐 아니라 가을이 되어 자신만이 꽃을 피울 수 있는 시기가 되어도 결국 꽃을 피우지 못하고 힘없이 얼어서 시들어 버렸다. 결국 가을에 피는 국화조차 시들게 만드는 모진 날씨, 그리고 해를 보지 못한 감국의 상황은 당시 카프 맹원들이 겪어야 했던 시대상황

모진 고문으로 말미암아 거의 폐인이 되었으며 결국 김승일은 사망하였다. 김봉희, 「신고송 문학전집 2」, 소명출판, 2008, 351-352쪽.

에 다름 아니다.

「감국보」가 카프 해산이라는 비교적 구체적인 현실 인식에 초점을 맞추었다면 「침향강」에서 당시 우리 민족이 겪어야 했던 보편적인 상황이 드러나 있다.[23)]

> 댕긴 활등같이 굽어흐르는 沈香江, 新勒寺 새벽鍾에 잠을깨는 沈香江, 몟萬年 프른물이 흘렀으련만 지금은 흐렸구나. …(중략) 해마다 얼마나 많은 벼ㅅ섬이 너에게서 흐터지는가/그러나 지금은 거츠러가는 故鄕을 버리고 마을의 處女들이 이 江으로 또 흘너간다구 / 沈香江 풀은물아 너는 너의 秘密을 말하여다구 / 나일江보다도 라인江보다도 더많은 秘密을 같고 있으니 / 그렇다면 네 沈香江은 / 늙은 농부의 울음을 울니든 / 원한 실은 배는 흘려보내지 마러라/ 故鄕을 안타까이도 버리는 저들을 / 푸른 江아 보내지는 마러라.
>
> -「沈香江」, 『박세영 시전집』, 101쪽(『신동아』,1935.11.).

"몇 만년"을 흐른 "침향강"은 오랜 시간 흐르면서 역사를 함축하고 있는 강이다. 그래서 많은 "비밀"을 갖고 있는 존재인 것이다. 지금은 흐린 물만 흐르는 이 강에서 해마다 농부들은 자신이 수확한 많은 볏섬을 만져보지도 못하고 실어 날랐을 것이며, 지금은 또 많은 이들이 이 강을 건너 고향을 등지고 타지로 떠날 수밖에 없는 상황이 되었다. 이 강에

23) 박세영은 1938년 9월8일 동아일보에 다음과 같은 글을 게재한 바가 있다. "일기일절, 釣魚- 한참 찌는 여름에도 避暑니 무어니 생각도 하지 못하는 사람이얼마나 만흐랴만 웬일인지 오래간만에 손에 낙싯대를 쥐는 것도 과문한듯그리 떳떳치 못한것 같은 느낌이난다. 沈香江岸, 이름과같이 아름다운 이 강이엇만 이런 外來者의 散策을 許하지 않는다. 그것이란 것은 강변이 어찌도 더러운지 오늘도 나는 차라리 밭뚝으로해서 강안에 이르럿다. (후략) "

는 "늙은 농부의 울음"과 민족의 원한이 서려있는 것이다. 따라서 "침향강"은 과거로부터 반복되어온 역사가 내포되어 있는 동시에 지금도 지속되고 있는 새로운 역사가 지속적으로 누적되는 공간이다. 「침향강」은 중국 체험을 반영한 작품으로 그가 중국 유학을 한 후 10여년 이후에 쓰인 작품이다. 1920년대 중국의 군벌정치를 경험하고 온 그가 10년이 지난 후 중국의 수탈당하는 백성을 그려내고 있다는 것은 그와 동일한 상황인 조국의 모습을 형상화하려는 의도이다. 따라서 이 작품을 통해 드러내고자 한, 반복되는 민중의 고통은 1930년대 겪어야 했던 우리 민족의 고통의 은유인 것이다.

그러나 박세영은 이러한 현실 인식에 머무르지 않고 자연에서 위로를 얻기도 한다. 이러한 자연의 모습은 그리움의 대상으로 나타난다. 특히 여기서의 자연은 대체적으로 '고향'으로서의 자연을 의미하며 아름답고 풍요로운 고향을 모습을 회상하는 형식으로 제시된다.

> 하늘은 왜청같이 파랗고 / 들은 금같이 누른데 / 바람이 이네, 물결을 치네 /아-나는 거기 살고싶네.// 씻은듯 하늘은 맑고/ 이삭은 영그러 바다 같은데 / 野菊핀 언덕 밑, 맑은 개울로/ 왜가리 한마리 거닐고 있어 / 홀로 가을을 즐기는 듯 / 田園의 가을은 곱기도 하여라.// 바람결에 스치는 베향기/ 목미여 새쫓는 애들의 소리/ 平和한 가을의 田園은 모든 사람을 오라 부르나/ 못살어 흘러간 마을 사람도 다시오라 부르나!
>
> -「田園의 가을」, 『박세영 시전집』, 97쪽(『산제비』; 창작 시기,1935.7.).

> 아-그립구나 내 故鄕 / 익은 들이 물결치는 가을 / 누르런 들과 새파란 하늘을 볼 땐/ 생각하느니 내 故鄕 / 山골작이엔 藥水 / 마을 앞엔 프론江

/ 江에 배띄고 고기잡던 옛시절 / 내 故鄕은 이리도 아름다워라.//… (중략) … 고추를 너러 샛빨간 지붕/ 파란 박은 寶貨같이 넝쿨에 달리고/ 방아소리 쿵쿵 울릴 때/ 이 가을, 이 秋夕을 맞는이 / 아-故鄕에 몇이나 되노.(후략)

–「鄕愁」, 『박세영 시전집』, 117쪽(『산제비』; 『조선문학』;1936.11.).

왜청같이 파란 하늘과 황금색 들판의 조화는 그 뚜렷한 색채 이미지로 인해 가을의 풍요로운 들판의 모습을 감각적으로 나타낸다. 화자는 이러한 풍요로운 전원에서 "살고 싶다"고 말한다. 들국화가 핀 언덕과 그 밑을 흐르는 개울물, 그리고 왜가리가 유유자적하며 거니는 이곳은 어느 곳보다도 안정적이고 평화로운 곳이다. 여기에 "새 쫓는 애들의 소리"는 행복감을 더해주며 흐뭇한 미소를 띠게 만드는 요소이다. 이처럼 「전원의 가을」에서 형상화된 자연은 화자가 '살고 싶은' 이상적인 공간이다. 화자는 이러한 이상적 공간을 창조함으로써 피폐한 현실에 대한 위로를 제시하고 있다.

「향수」에도 「전원의 가을」과 같이 상상 속의 자연, 기억 속의 자연이 나타난다. "그립구나"로 시작하는 첫 행은 앞으로 전개될 자연의 모습이 화자의 기억 속에 있는 공간이라는 것을 나타낸다. 화자의 상상 속의 고향은 "익은 들이 물결"치고 마을 앞 푸른 강에서 "고기 잡던 옛 시절"의 추억이 있는 곳이다. 이곳은 누가 보아도 '아름다운 고향'이다. 그러나 이러한 풍요롭고 아름다운 고향에서 추석을 맞는 이는 화자를 포함하여 아무도 없다. 왜냐하면 이미 이러한 자연은 피폐해진지 오래되었기 때문이다. 따라서 화자를 비롯한 고향 사람들은 기억 속의 고향을 떠올리며 향수에 젖는 것 외에 방법이 없는 것이다.

그러나 박세영은 이러한 소극적 위로에서 멈추지 않고 자신의 투쟁 의지를 내면화하면서 현실 극복의 의지를 드러낸다. 일제의 본격적인 카프 해산 조치로 인해 자유로운 표현에 한계가 있었던 당시 상황에서 박세영은 자연에 자신의 극복의지를 함축시켰다. 결국 박세영은 "로보트"(「자화상」)같이 변함없는 자세로 희망의 자세를 다지며 "세기말 포스터를 걸고"(「자화상」) 나가는 고독한 행군으로 현실에 맞선 극복의지를 나타낸 것이다. 그러면서 박세영의 시세계에서 가장 높은 작품성을 가진 시로 평가되는 「산제비」가 탄생된다. 「은폭동」, 「오후의 마천령」에서도 동일한 상상력이 나타난다.

> (전략) 울퉁불퉁 돌끝이 솟은 밑바닥/ 물 방울은 뚝뚝 떨어저/ 나의 記憶을 創造期로 이끌어 간다.// … (중략) … 히다 히다 못하고 / 밝다 밝다 못하여 / 하늘의 모든 별을 몰아다 쏫는 듯이 눈이 부신 물의 曲線/ 아-내려갈수록 검어지는 그림 같은 이 瀑布야말로, 隱士와같구나. / 그리하여 네 아름다움과, 그 莊嚴하고 神秘함을 어둠의 골로 담어 버리는구나.// 山만치 무거운 沈着 / 바다만치 깊은 謙讓 / 그리고 하늘만치 높은 네 高潔은/ 나의 홋겹대기 處女術 모조리 씻어 보내련다/ 假面의 粉가루를 날러 보내련다 / 閃光이 빛나는 물의 曲線은 또 무엇을 말하는것 같구나.
>
> -「隱瀑洞」, 『박세영 시전집』, 114쪽(『산제비』; 『조선문학』; 창작 시기,1936.8.).

「은폭동」은 은폭동 폭포를 마주하고 있는 화자의 감회를 드러낸 작품이다. 여기서 은폭동은 화자의 기억을 "창조기"로 이끌어 갈 만큼 화자에게 신선한 충격을 주는 자연물이다. 너무나 희고 밝아 마치 우주의 별을 쏟아놓은 것같은 이 폭포는 화자에게 "은사"와 같은 이미지로 다가온다. 폭포는 침착하며 겸양하고 그리고 고결하기 때문이다. 따라서 화자는 자신의 "처녀술"과 자신을 감추고 있던 "가면의 분가루"를 모두 이 폭포에 흘려보내고 싶어 한다. 폭포는 화자의 내면을 일깨우고 성찰하도록 만드는 선구자적인 면모를 갖고 있는 대상이면서 화자가 우러러 보는 대상, 경외의 대상으로까지 나타나는 것이다. "은폭동"이 화자가 생각하는 이상적인 대상을 형상화한 것이라면 「오후의 마천령」에서 자연은 화자에게 도전을 주고 그것을 극복하도록 이끄는 존재이다.

> (전략) 나의 가는 길은 조그만 山기슭에 숨어버리고, / 멀리 山아래 말에선 연기만 피여 오를 때, / 나는 저 摩天嶺을 넘어야 됩니다. / 나는 생각합니다, 저 山을 넘다니, / 山을 싸고 도는 길이 있으면, 百里라도 돌고 싶습니다. / 나는 다만 터진 北쪽을 바라보나, / 길은 그여이 山위로 뻗어 올라 갔읍니다.// 나는 莊嚴한 大自然에 눌리어, / 山같은 물결에 삼켜지는 듯이, / 나의 마음은 떨리었읍니다./ 그러나 나는 빠삐론 사람처럼, / 칼을 든 巫女처럼, / 山에 절 할줄도 몰랐읍니다.//
>
> … (중략) … 그러나 나는 지금은 갑옷을 입은 戰士와 같이, / 性 이리와 같이, / 고개 길을 쿵쿵 울리고 올라갑니다./ 거울 같은 산기슭의 湖水는 나의 마음을 비처 보는 듯, / 올라가면 올를수록 겁나던 마음이야 옛일 같습니다.// 나는 摩天嶺위에서 나의 올르던 길을 바라봅니다./ 이리 꼬불, 저리 꼬불, W字, I字, 或은N字, /이리하여 나는 勝利의길, WIN字를 그리며 왔읍니다.//모든 山은 엎디고, / 왼세상이 눈아래서 발버둥칠 때, / 지금의 나의 마음은 나를 내려다 보든 이 山이나 같이 되었읍니다.// 이 壯快함이여, / 이 偉大함이여, / 나는 언제나 이 마음을 사랑하겠읍니다.

-「午後의 摩天嶺」,『박세영 시전집』, 108쪽(『산제비』;『학등』, 1936,3.).

화자는 병풍같이 둘린 높은 산을 마주하고 있다. 그 '산'은 화자가 넘어야 극복의 대상이다. "마을에서는 연기만 피어 오르"는 이 오후의 때가 화자에게는 도전의 시간이 된다. 그래서 화자는 누구와 함께가 아닌 "홀로" 산을 오른다. 화자는 "장엄한 대자연"에 눌리어 겁을 먹지만(나는 莊嚴한 大自然에 눌리어, / 山같은 물결에 삼켜지는 듯이, / 나의 마음은 떨리었읍니다.) "바빌론(빠삐론) 사람"이나 "무녀"처럼 산에게 굴복하려 하지 않는다. '자연'이라는 물리적 공간이 관념적 공간으로 변모하면서 화자에게 이상적인 대상으로 탈바꿈되는 지점이다.

일단 산을 오르기 시작하니 겁먹던 마음은 언제 그랬냐는 듯 사라지고 산 정상에 선 화자는 자신이 오른 길을 조망하게 된다. 그 길은 바로 WIN자의 길, 즉 승리의 길이다. 화자가 선 산 정상은 승리의 공간, 그리고 승리를 거머쥔 화자가 바라보고 있는 산 아래의 공간은 화자의 "눈아래서 발버둥치고"만 있는 패배의 공간이 된다. 화자에게는 '산 정상'의 공간이 승리의 공간으로 자리 잡고 있는 것이다. 이렇게 관념적 이상 세계를 설정하고 그것을 향해 나아가려는 의식의 발현 그 자체가 박세영에게는 당시 험난했던 시대를 버틸 수 있는 버팀목이 되었을 것이다. 또한 시를 통한 관념적 승리가 결국에는 무장투쟁[24]이라는 실천성으로 나아가게 하는 원동력이 되었을 가능성이 크다.

한편 우리가 여기서 주목해야 할 부분은 산 정상으로 설정되어 있는 이상 세계와 산 아래로 설정되어 있는 현실 세계의 이분법적 구조이다.

---

24) 박세영은 1938년 시집 『산제비』를 출간하고 절필에 들어간다. 그러다가 1942년 무렵에 간도, 만주 지방으로 건너가 독립운동에 가담한다. 한만수, 앞의 책, 107쪽.

즉, 「오후의 마천령」에서 화자에게 불완전한 현실세계는 이상 세계인 산 정상과 대비되는 땅의 세계이다. 이러한 이분법적인 구조는 다음의 「산제비」에서도 나타난다.

> (전략) 綠豆만한 눈알로 天下를 내려다 보고, /주먹만한 네몸으로 화살같이 하늘을 꾀여/ 魔術師의 채쭉같이 가로 세로 휘도는 山꼭대기 제비야/ 너이는 壯하고나.// 하로아침 하로낮을 허덕이고 올라와/ 天下를 내려다보고 느끼는 나를 웃어다오, / 나는 차라리 너이들같이 나래라도 펴보고 싶고나, / 한숨에 내닷고 한숨에 솟치여/ 더날를 수없이 神秘한 너이같이 돼보고 싶고나.// 槍들을 꽂은듯 히디힌 바위에 아침 붉은 햇발이 비칠제/ 너이는 그꼭대기에 앉어 깃을 가다듬을것이요, / 山의 精氣가 뭉게뭉게 피여 올를제,/ 너이는 마음껏 마시고, 마음껏 휘정거리며 씻을것이요, / 原始林에서 흘러나오는 世上의 秘密을 모조리 들을것이다.//묏돼지가 붉은 흙을 파 헤칠제/ 너이는 별에 날러볼 생각을 할것이요, / 갈범이 배를 채우려 약한 짐승을 노리며 어슬렁거릴제, / 너이는 人間의 서글픈 소식을 傳하는, / 이 나라에서 저 나라로 알려주는/ 千里鳥일것이다.// 山제비야 날러라, / 화살 같이 날러라, / 구름을 휘정거리고 안개를 헤쳐라.// 땅이 거북등 같이 갈러졌다, / 날러라 너이들은 날러라, / 그리하여 가난한 農民을 위하여/ 구름을 모아는 못 올까, / 날러라 빙빙 가로 세로 솟치고 내닫고, / 구름을 꼬리에 달고 오라.// 山제비야 날러라, / 화살같이 날러라, / 구름을 헷치고 안개를 헤쳐라.
>
> -「山제비」, 『박세영 시전집』, 119쪽 (『산제비』(1938), 『낭만』게재; 창작 시기, 1936,11.).

「오후의 마천령」에서 비탈진 산길을 오르던 화자는 이제 '산제비'를 보며 "너이같이" 되고 싶다고 말한다.「오후의 마천령」에서 화자의 이상향이 산 정상이었다면 '산제비'는 그 보다 더 높은 곳인 "산상에도 상상봉, 더 오를 수 없는 곳"에서 "녹두만한 눈알로" 천하를 내려다보는 존재로, 지상계에서 最高의 지점인 산봉우리에 오른 화자조차도 범접할 수 없는 천상의 존재이다. 이런 '산제비'는 화자에게 "자유의 화신"으로 여겨진다. 화자는 산제비의 구체적인 모습을 "묏돼지"가 땅을 파 헤치며 고개를 숙일 때 "별"로 상징되는 자유의 세계로 날아갈 존재, 또 "갈범"이 약한 짐승을 노리며 단지 생존의 본능에 집중할 때 전 세계에 서글픈 소식을 전하는 사명의식을 실천하는 존재 등으로 땅의 동물과 대조하며 그려내고 있다. 이것은 지상계와 천상계를 명확히 구분함과 동시에, 천상계로 설정된 '산제비'에게는 화자가 동일시 될 수 없다는 것을 암시한다. 즉 화자는 땅에 있으면서 하늘의 세계를 동경하는 것에 그쳐야하는 것이다. 그러나 앞서 말했다시피 박세영에게 1930년대 후반을 살아가는 원동력이란 인간 세계보다 위대한 이상적인 자연을 동경하고, 나아가 그러한 자연을 닮고자 하는 의지였다. 이것은 제 1기에서의 감상적 애상적 차원을 벗어나, 유토피아적 세계를 갈망하며 현실과 이상의 괴리를 좁히고자 했던 시인의 고뇌가 남긴 상흔이라고 할 수 있다. 결국 3기의 시편들에서는 박세영이 닮고자 했던 극복의지의 정신성, 그 정신성을 미학적으로 추구한 결과물로서의 자연이 두드러지는 것이라 할 수 있다.

박세영의 시세계 중 가장 뛰어난 작품을 창작했다고 평가되는 3기는 결국 작품 초기에서부터 지속되었던 자연에 대한 사유로부터 비롯된 것이다. 이 시기 박세영은 카프 해산 이후에 밀려오는 자괴감과 절망감을 '자연'이라는 이상 세계를 설정함으로써 극복하고자 하였다. 그 결과 관념적 자연을 설정하고 그것에 동화되려는 화자의 의지를 형상화함으로써 일제 말기의 가혹한 현실을 견디고자 했다.

5. 결론

카프시인이라는 이름표는 박세영의 시세계를 편협하게 가둬두는 울타리와도 같은 역할을 하였다. 그러나 앞서 살펴본 바와 같이 박세영은 '자연'을 매개로한 다양한 시세계를 구축한 시인이다. 그의 시세계에서 자연의 의미는 단순하지 않다. 그것은 그가 포착한 현실 인식에 대응하여 다채롭게 변화한다. 자연의 양상은 현실 인식으로서의 자연과 현실 외부의 자연이라는 두 축을 중심으로 유의미한 변모를 보인다.

1기에서는 현실 인식보다는 현실 외부의 자연이 두드러지며 현실 인식 또한 관념적, 피상적으로 전개된다. 현실 인식이 드러난 시편들 중 「양자강」은 2기와 3기에도 지속적으로 등장하는 중국체험 시편들과 연관이 깊은 시이다. 그러나 1기의 「양자강」은 다른 시기에 비해 현실 인식이 구체적으로 드러나지 않는다는 것이 특징이다. 부정적 현실을 상기하고 그에 따른 애상의 정서를 드러내고 있다는 점에서 그의 1기 시편이 공통적으로 갖는 비애감. 애상감의 정서 표현을 넘어서지 못하고 있다. 따라서 이 시기에는 현실 외부의 자연에서 촉발되는, 까닭 모를 이별의 상황에서 비롯되는 비애감, 상실감 등을 서정적인 어조로 드러내는 것에 그치는 작품이 대부분이며 시의 긴장이 떨어진다.

2기에는 그가 프로 문학에 투신하면서 농촌의 구조적 모순으로 인한 농민 착취를 드러내는데 주력한다. 특히 그의 농촌 체험은 사상적 이론을 경험을 통해 구체화하려는 그의 노력이 반영된 결과이다. 그러다보니 현실외부의 자연보다 현실 인식의 매개로서의 자연에 초점이 맞춰진다. 현실 인식이 드러난 작품들은 대체적으로 농민 화자를 설정하여 리얼리티를 획득하고 있다. 그러면서 풍요의 자연과 농민들이 착취당하는 현실을 대조적으로 그려내고 있는데 그러한 대조적 전개가 작품의 리얼리티를 고조시키고 있다.

한편 이 시기 현실 외부의 자연은 현실 인식의 상징으로 등장하는 '가을'과 대비되는 '봄'의 역동성을 중심으로 형상화된다. 이는 착취와 수탈의 계절인 '가을'로 상징되는 현실에서 벗어나 풍요와 역동의 '봄'을 맞이하고자 하는 화자의 낙관적인 미래지향 의식이 내포된 것으로 볼 수 있다. 이 시기에는 현실 인식이 구체화되며 리얼리즘적 형상화가 두드러지므로 작품성이 떨어진다. 한편 이 시기에는 「자연과 인생」을 통해 자연에 대한 경외감이 나타나는데 이것은 3기에 고된 현실의 극복 매개로서 설정한 자연 인식이 일회적, 단편적으로 이루어진 것이 아니라는 것을 보여준다.

3기에 이르러 박세영의 시세계는 뛰어난 미학적 성과를 이루어 낸다. 카프의 해산과 더불어 전개되는 그의 시세계는 2기에 명시적으로 드러나던 현실 투쟁 의식이 자연이라는 소재를 통해 내면화된다. 카프 해산 이후 자아 인식에 대한 고뇌를 거듭하던 박세영은 카프맹원들이 겪어야 했던 고통과 당시 조선 민중들에게 보편적으로 나타나던 고향 상실 의식을 드러내는 작품을 창작한다. 그러나 그는 이러한 현실 인식에 머무르지 않고 자연에서 위로를 찾고자 하는데 이때의 자연은 풍요로운 과거의 아름다운 고향을 형상화하는 소재로 나타난다.

이러한 현실 인식과 현실 외부에 대한 사유의 연속성 아래에서 현실을 극복하려는 현실 초극의지 역시 자연이라는 소재를 통해 나타나게 된다. 그 중심에 있는 작품이 「산제비」이며 「은폭동」과 「오후의 마천령」에서도 동일한 상상력이 나타난다. 여기서 '자연'은 화자에게 동경의 대상이자 닮아야 하는 대상으로 그려진다. 화자는 "폭포"(「은폭동」), "산"(「오후의 마천령」), "산제비"(「산제비」)로 표상되는 이상 세계를 설정하고 그것에 가까워지려는 의지를 나타냈다. 특히 「오후의 마천령」과 「산제비」에서는 땅과 하늘의 이분법적 구조를 설정하고 있는데 이러한 설정은 '자연'이라는 대상이 이상적 대상으로 형상화되는 데에 큰 기여를 하고 있다. 또한 '자연'으로 상징되는 이상적 대상에 동화되려는 관념적 실천은 박세영에게 있어 당대 현실을 극복하고자 하는 의지의 발현으로 볼 수 있다.

이와 같이 박세영의 해방 이전 시세계는 '자연'을 중심으로 유의미한 양상을 보이고 있다. 본 연구는 박세영 시 연구의 편향된 주제의식에서 벗어나 그의 시세계에서 중심소재로 나타나는 '자연'에 초점을 맞춤으로써 그의 시세계의 면밀한 변화과정을 추적했다는 데에 의의가 있다.

제8장

이찬 시에서 자연의 의미
–『待望』,『焚香』을 중심으로

김희원 · 김옥성

1. 서론

'자연'이라는 개념은 소위 프로시, 리얼리즘 시학에서는 간과되어 온 것이 사실이다. 왜냐하면 프로시 및 리얼리즘 시학에서는 프로시 및 리얼리즘에 해당하는 시문학 작품들이 어떻게 현실의 모순과 비극을 묘사하여 효과적으로 부당한 현실을 고발하고 저항하고 있는가를 분석하는 것에 초점이 맞춰졌기 때문이다. 특히 "한국 현대 시사를 개괄해온 비평적 틀이 순수서정, 모더니즘, 리얼리즘이라는 세 가지 영역이었"[1]다고 말한 유성호의 논의에 찬성한다는 전제로, 현대시 연구에서 '자연'의 개념은 자연지향적인 시, 자연친화적 경향을 띠는 시문학 특히 순수서정시의 연구에 치우친 감이 있다.

그러나 여기서 간과된 것은 '자연'의 개념이 프로시 및 리얼리즘 시

1) 유성호,「프로시의 미학」,『한국시학연구』 제38권, 한국시학회, 2013, 128쪽.

문학에서 중요한 매개로 기능한다는 것이다. 특히 각 시 작품들 저변에 깔린 '자연'의 의미를 고찰하는 것이 오히려 '자연' 혹은 '자연물'이 시적 대상 그자체로 기능하고 있는 작품들보다 당대의 시정신의 맥락을 면밀하게 연구하는 방법의 하나가 될 수 있다.

특히 1930년대에는 '자연'이 리얼리즘 시인들에게는 중요한 개념일 수밖에 없었다. 리얼리즘 시인들은 대체로 계급의식이 내재될 수밖에 없었는데, 그 계급의식이라는 것은 빈곤층이 처한 생활 고발로부터 나타난다. 그런데 1930년대의 빈곤층이라 함은 대개 농민계층, 어민계층, 노동자계층인 것이다. 일제의 병참기지화 정책으로 인한 중화학 및 공업 산업의 증대는 수많은 노동자를 양산했으며 전쟁 물자 보급지로 전락한 조선의 농촌은 언제나 과도한 착취에 시달려야했다. 그곳은 어촌도 예외는 아니었으며, 더불어 국경지대의 삼엄한 경비 속에서 역사의 가장 어두운 면을 생활로 체험해야 했던 압록강 부근 지역에서의 삶은 피폐해질 대로 피폐해졌다. 1930년대의 리얼리즘시라는 것은 결국 생활터전으로서의 '자연'에서 삶을 영위하는 빈곤층에서부터 출발하지 않을 수 없는 것이다. 따라서 이 시기 리얼리즘 시에서의 '자연'은 일차적으로는 우리 민족 대부분이 '생활 터전'으로 삶았던 자연이며 이차적으로는 그 생활터전을 묘사함으로서 시인들이 드러내고자 했던 당대의 현실 인식이 매개되는 시적 장치이다.

본 연구에서는 이러한 자연 인식의 중요성의 토대 위에서 재북 시인 이찬을 연구하고자 한다. 이찬은 특이한 시력을 가진 시인 중 하나이다. 비교적 그의 생애에 대한 정보가 잘 알려져 있지 않아 간략하게나마 그의 생애를 정리[2]하면 다음과 같다.

함경남도 북청에서 1910년 1월에 농사를 짓는 부친과 어머니 양일숙 사이에서 태어난 이찬은 1918년부터 1924년까지 북청 공립보통학교에서 수학한다. 그후 1924년 경성 제2고보에 입학하였는데 1,2학년까지는 '공부를 잘하고 역사에 관심이 많은 학생'이었으나, 3학년 때부터 '결석이 많고 의지가 동요되면서 사상적으로 관찰을 요하는 학생'으로 '문학에도 관심을 가진 불온한 사상의 소유자'로 기록되어 있다. 이 시기 이찬은 조선일보 학생 문예 공모에 시 「나팔」이 당선되어 등단하는데, 이때가 1927년 그의 나이 18세 때이다. 1929년에 도일한 그는 동경에 있던 임화를 만나게 된다. 이때 임화로부터 사회주의 사상을 전도 받은 것으로 추정된다.[3] 1931년에는 연희전문에 입학하였지만 등록만 하고 수강은 하지 않은 것으로 되어있다. 이 시기 이찬은 동경으로 건너가 신고송과 함께 「동지사」의 편집위원으로 참여하였다. 그 후 1932년인 23세 때 귀국하여 카프 중앙위원으로 선출되기도 하였다. 같은 해 『문학건설』 창간에 참여했다가 11월 19일 '별나라 사건'으로 신고송과 함께 체포되어 2년 만기 후 석방되었다. 그 후에는 북청으로 귀향하여 생계를 위해 인쇄업과 양조장 등에서 일하기도 하였다. 이런 중에 그는 1937년부터 1940년까지 총 3권의 시집을 발표한다. 해방 이후에는 북에서 함남도 혜산군 인민위원회 부위원장, 프로레타리아예술동맹 함남지역 위

2) 이찬의 생애에 대한 것은 이동순 외 편, 『이찬 시전집』, 소명출판, 2003의 생애 관련 부분을 참고하였다.

3) 물론 이찬이 사회주의 노선을 선택하게 된 것은 그의 생애와 무관하지 않다. 특히 그의 출신지인 함경도는 1920년대 중반기부터 유달리 소작쟁의와 노동쟁의가 성행한 곳이다. 또한 거기서는 상당히 강한 세력으로 사회주의 운동이 전개되었다. 이찬 역시 그런 출신 지역의 영향을 받아서 계급운동에 투신한 것으로 보인다.

원, 함남인민일보사 편집국장으로 활동하였다. 이후에도 북에서 주요 보직을 맡다가 1974년 사망하여 평양의 애국열사능에 묻힌 것으로 확인된다. 이찬은 북한에서 시인에게는 최고의 명칭인 '혁명시인' 칭호를 받았다.

이러한 생애와 더불어 주목할 부분은 이찬의 시세계가 여러 번의 변모를 거친다는 것이다. 북한에서의 작품 활동은 이 논의에서 제한다 치더라도, 1920년대 등단했을 무렵부터 1940년대 시집을 발간하기까지 그의 시세계는 낭만주의부터 계급주의시, 프로시, 모더니즘시까지 실로 한국 근대시의 거의 모든 경로를 거쳤다고 해도 과언이 아니다. 다시 말해 이찬의 시세계가 하나의 사조로 편입되지 않는다는 것 자체가, 그가 파란만장했던 한국근대사와 그 행보를 함께하는 시인이라는 점을 드러낸다.

따라서 이 연구는 '자연'이라는 소재가 시의 주요한 전개로 기능한다는 것을 기저로 삼아, 리얼리즘 시에서 보이는 '자연'의 전개양상을 살펴보고자 한다. 이것은 자연과 예술이 서로 밀접한 연관을 갖는다는 당연한 이치에서 출발하면서도, 그 동안 리얼리즘시 연구라는 지도에서 간과되어 왔던 '자연'이라는 문학적 개념의 부분 지형도를 그릴 수 있으리라는 목표와 맞닿아있다. 이러한 연구의 일환으로 이찬의 시를 연구 대상으로 삼되, 이찬의 초기시에 집중하였다. 그러면서 『망양』을 연구 범위에 포함하지 않은 이유는 시기상 1940년에 출간한 시집이기도 하지만 그 내용과 형식에 있어 당시 유행하던 상투적인 모더니즘의 기법을 차용한 시들이 많이 수록되어 있기 때문이다. 본문에 인용한 이찬의 시는 이동순 외, 『이찬 시전집』[4]을 대상으로 했다.

4) 이동순 외 편, 『이찬 시전집』, 소명출판, 2003.

2. 봄과 '화원' : 이상 세계에 대한 갈망과 상실

이찬은 한국 현대시사가 그리고 있는 굴곡진 역사의 자취를 그대로 밟아온 시인이라고 할 수 있다. 그러기에 그의 시세계는 하나의 사조나 동일한 시작(詩作) 유형으로 규정되지 않는다. 이찬 연구[5]의 핵심을 차지하고 있는 김응교[6]의 연구에 의하면 이찬은 등단한 1927년부터 1970년대 후반 북한에서 시인으로의 삶을 마무리하기까지 주관적 감상주의, 계급의식을 지닌 시, 옥중 체험의 시, 북방 정서의 표출, 서정적이고 모더니즘적인 실험과 내면화 경향, 친일문학과 희곡, 수령형상문학과 개

---

5) 시인 이찬에 대한 연구는 1990년대부터 괄목할 만한 성과를 이루어 왔다. 대표적으로 윤여탁, 「이찬 시의 현실 인식과 변모 과정에 대한 연구」(윤여탁, 오성호, 『한국현대리얼리즘 시인론』, 태학사, 1990년)가 초기 연구로 주목된다. 그 후 이찬 연구는 크게 해방 이전의 작품을 대상으로 한 연구(윤진현, 「일제말 조선인을 위한 차선의 모색과 그 한계」, 『민족 문학사연구』 제60권, 민족 문학사학회, 민족 문학사연구소, 2016; 방연정, 「1930년대 시에 나타난 북방 정서」, 『개신어문연구』 15권, 개신어문학회, 1998; 김응교, 「이찬 시 연구」, 『한국현대문학의 연구』 3호, 학국문학연구학회, 1991, 181-207쪽) 해방 이후의 작품을 대상으로 한 연구(우대식, 「해방 후 월북 시인의 행방」, 『한국문학과예술』 제12집, 한국문학과예술연구소, 2013 85-111쪽; 송숙이, 「해방 이후의 이찬의 시세계」, 『우리말글』 52권, 우리말글학회, 2011, 283-310쪽; 김인옥, 「해방 전후 이찬 시의 특성 연구」, 『한국문예비평연구』 32권, 한국현대문예비평학회, 2010, 163-193쪽; 유성호, 「이찬 시의 낭만성과 비극성」, 『비교문화연구』 19권, 경희대학교 글로벌인문학술원, 2010, 127-147쪽; 박승희, 이찬의 북한시와 남북한 문학의 단절, 배달말 30권, 배달말학회, 2002, 109-127쪽, 김응교. 리찬의 개작시 연구, 이찬시 연구(2), 민족 문학사연구 17권, 민족 문학사학회, 2000, 241-267쪽), 친일 문학을 대상으로 한 연구(김응교, 「이찬의 일본어와 친일시-이찬문학연구(6)」, 『현대문학의 연구』 25호, 한국문학연구학회, 2005, 301-328쪽; 김응교, 「아오바 가오리, 이찬의 희곡 「세월」과 친일문학; 이찬 문학 연구5」, 『민족문화연구』 41권, 고려대학교 민족문화연구원, 2004, 251-278쪽; 김응교, 「리찬 시와 수령형상 문학-이찬 시 연구(3)」, 『현대문학의 연구』 17권, 한국문학연구학회, 2001, 227-258쪽)로 나눌 수 있다.

6) 김응교, 「이찬 시 연구」, 『한국현대문학의 연구』 3호, 학국문학연구학회, 1991, 183쪽.

작시 등으로 다양한 시세계의 변모를 일군 시인이다.

이찬의 초기작 중 1928년에 발표한 「봄은 간다」와 「이러진 화원(花園)」을 통해 당시 이찬은 '봄'과 '꽃'의 이미지로 막연하게나마 자신이 원하는 세계를 드러냈다. 이 두 작품의 공통점은 '봄'으로 상정되는 이상 세계가 나타나 있다는 점, 그러한 이상 세계는 상실된 세계라는 점, 그로 인한 화자의 상실의 정서가 주된 정서로 표현되어 있다는 점이다.

북쪽 나라- 눈바람 불어치는 거치른 벌판에/ 외로이 보여 선 산향나무의/ 남국을 그리우는 스린 마음을/ 뉘라서 알아주리!/ 두견 우는 비애의 호젓한 미지를/ 초생달의 엷은 빛만/ 입을 씻고 흘러라/ 말갛고 노랗고 또 하얗고 빨간-

채색의 풀꽃이 무르녹던 화원도/ 눈 나리기 전 그 옛날의 환상이어니/ 지금은 어둔 컴컴한 빛속에 파뭇쳤어라/ 그렇다고 그대여! 내 마음은 막지 말어라/ 이 몸은 열두번 죽어 두더지가 되어서라도/ 손발톱이 다 닳도록 눈벌판을 헤매여서

기어히 이러진 화원을 찾아보고야 말려노라

-「이러진 화원」, 『이찬 시전집』, 22쪽(『新詩壇』1호, 1928.8.).

화자는 "채색의 풀꽃"이 무르익던 아름다운 화원의 과거가 이제는 "옛날의 환상"이 되었다고 언급한다. 이러한 화원의 찬란한 과거와 대비되는 어둠의 현실(어둔 컴컴한 빛속)은 구체적으로 어떠한 상황인지는 제시되어 있지 않으나 "눈바람 불어치는 거친 벌판"인 것은 확실하다. 그러나 화자는 '손발톱이 다 닳도록' 노력하여 '잃어진 화원'을 찾고 말겠다는 의지를 보인다. 이 작품은 '화원'이 '잃어진' 이유가 무엇인지 제

시되어 있지 않으며 또 '손발톱'이 '닳도록' 그 과거의 화원을 찾아야 하는 당위성도 언급되어 있지 않아 피상적인 인식에 머물고 있는 작품이다. 그러나 풀꽃이 흐드러지게 핀 화원이 '봄'의 이미지와 이어진다는 것과 그러한 '봄'이 이상 세계로 설정되어 있다는 점, 또 '겨울'의 이미지를 연상시키는 '눈'과 '북쪽 나라'의 시어를 통해 현실의 절망감을 표현하고 있다는 점에서 이찬이 당대를 혹독한 시련의 시절로 인식하고 있었다는 것만은 분명하게 알 수 있다. 특히 이찬이 형상화하고 있는 '봄'은 앞서 언급했듯 이상 세계의 의미를 지니는데, 여기서 이상 세계랑 '유토피아'의 개념과 맞닿아있다. '유토피아'는 단순히 낙원, 이상향으로 규정지어지지 않는다. 그것은 불합리한 사회로부터의 탈출구이다. 이것은 결국 더 나은 사회에 대한 담론으로 이어진다. 즉 개인적으로 원하는 좋은 세계가 아니라, 역사적 혹은 사회적으로 유의미한 차원의 세계여야 한다. 요컨대 유토피아는 사회적 구조나 체제와 연관 있는 것이어야 한다.

이한구는 칼 만하임의 『이데올로기와 유토피아』의 내용을 언급하며 기존 질서를 파괴하고 넘어서려는 사상을 유토피아로 규정해야 한다고 말한 바 있다.[7] 이에 따르면 '유토피아'는 현실을 완전히 새롭게 바꾸려는 이상으로 볼 수 있을 것이다. '봄'을 다루는 1920년대의 이찬의 시에서는 '봄'의 아름다움과 평화의 세계를 자신이 형상화하고자 하는 '유토피아적 세계'로 그려내고 있다. 다음의 「봄은 간다」에서도 역시 '가버린 봄'은 아름다운 세계이며 그러한 '봄'의 세계를 갈망하는 화자의 인식을 볼 수 있다.

7) 이한구, 「유토피아에 대한 역사철학적 성찰과 유형화」, 『철학』110, 한국철학회, 32쪽.

봄은 간다!/ 보-얀 하날 노나릿한 햇볕이 내려쬐이고/ 풀나무에 꽃 피던 그 봄은 확실히 간다/ 오래인 날 봄빛에 주린 몸이라/ 붙들면 놓잖을까 두려워함인지/ 앉지도 않고 감이언만 기별도 없이/ 꽃송이나 뜯어 쥐고 가버리노라// 봄아! 가는 봄아!/ 네야 가거나 말거나/ 내게 무슨 상관이 있으랴!/ 네가 왔다 해도/ 나라는 꽃은 피지도 않고/ 네가 간다 해도

내 가슴의 설움은 안 가져 가거늘……// 그러나 봄이여!/ 너는 올해엔 이만 가도 다음에 또 오리니/ 그때엔- 풀과 나무만을 찾지를 말고/ 몇 번이나 헛수작에 속아넘고도/ 너를 그리워 우는 이 마음을 가엾다 하거든/ 세 마리 소등에 꽃 한 짐만 줿어 갖고/ 기어이 시들어진 이 마음도 찾아와 달라!

-「봄은 간다」,『이찬 시전집』, 23쪽(『新詩壇』1호, 1928.8.).

「봄은 간다」의 화자는 늦봄의 어느 날 떨어지는 꽃송이를 보며(꽃송이나 뜯어 쥐고) 끝나가는 봄을 보내고 있다. 그러나 화자에게 더 중요한 것은 계절의 물리적인 변화가 아니라, 봄이 와도 꽃피지 않는 '나라'의 상황이다.[8] 더불어 봄이 꽃송이는 가져갈지언정 화자의 서러움을 가져가지 않아 그로 인해 화자는 절망적 심사를 체험한다. 이러한 정서는 "몇 번이나 헛수작에 속아넘"어 갔던 과거에서 기인한다. 그러나 화자는 반복되는 상실에서도 절망에서 멈추지 않는다. 봄이 "올해엔 이만 가도 다음에 또" 올 것을 알고 있기 때문이다. 이러한 화자의 인식은 자연의 순환성에 근거한 것으로 지금의 상실이 미래의 기대를 담보하고 있다

8) 김응교는 이 작품에서 시어 "나라"를 '조선'과 동일시할 근거는 없다고 언급하면서도 당시 1926년 6.10 만세운동 등의 일련의 상황을 미루어 봤을 때 아직 학생이었던 이찬이 많은 영향을 받았을 것이라고 보았다. 김응교, 「이찬 시 연구」, 『현대문학의 연구』 3호, 한국문학연구학회, 1991, 185쪽.

는 것을 전제로 한다. 이처럼 1920년대의 시편들에서 이찬은 상실감의 정서를 피상적으로 읊고 있기는 하지만 이면에 의지와 기대를 담고 있다.

또한 위의 두 작품 외에도 '봄' 이미지가 드러나는 작품은 1935년 작(作)인 「양춘」이다. 「양춘」에서는 '봄'이 현실의 세계와 대조를 이루는 세계로 제시가 되면서 현실의 피폐함을 강조하는 매개로 기능하기 시작한다. 이것은 1930년대 시편에서 볼 수 있는 이찬 시의 대표적인 시상 전개 방법인데, 1920년대 시편들과 비교했을 때 '봄'에 대한 인식이 변화된 지점을 알 수 있다.

> 1// 사월도 중순이라 풀나무에 꽃잎 피고 벌나비 춤추고....../ 불국 변지(邊地) 이곳에도 봄은 무르녹었건만
>
> 들에 한번 나갔으랴 산에 한번 올랐으랴/ 오늘도 왼하루를 일에 부대끼다가/ 아아 솜처럼 피로하야 외로이 잠든 거리 터벅여 오는 내 심사여/ 울고 조차 싶으다 …(중략)… 5//하로의 고역에 지친 몸이언만 이 봄 달밤 하도 좋아 내 여기를 찾았느냐/ 실실이 늘어진 수양버들 속 행복스럽던 예산의 정들은 잔디밭이여/ 아아 너는 그때나 이제나 변함이란 없건만 인생의 무상함이여/ 새삼스리 눈두던이 뜨거워진다// 6//봄은 약동의 시절이라 약동의 시절이라건만/ 말로 이슬 맞은 풀잎새처럼 쪼드러만지는 내 마음/ 봄은 웃음의 시절이라 웃음의 시절이라건만/ 아아 지아비 갓 여윈 시악씨처럼 울고만 싶어지는 내 마음이여
>
> -「양춘」, 『이찬 시전집』, 50쪽(『野望』; 『조선일보』, 1935.4.30.).

이 작품의 화자는 '노동자'라는 것을 추측할 수 있다. 그는 "온 하루를

일에 부대끼다가" 한 번도 밖에 나가지를 못하고(들에 한번 나갔으랴 산에 한번 올랐으랴) 지친 몸을 이끌고 모두가 잠든 시각에 귀가하고 있다. 그의 눈에 비친 봄의 정경은 "그때나 이제나 변함이 없"지만 화자는 그러한 자연 풍경과 자신의 처지를 대조하여 보며 "인생의 무상함"을 느낀다. 보편적으로 봄은 "약동"과 "웃음"의 시절이지만 화자는 "쪼그러만지는 마음", "울고만 싶어지는" 마음으로 봄을 맞이할 수밖에 없다.

앞선 두 편의 시들과 달리 이 작품에서는 '봄'이 비극적인 화자의 정서를 강조하는 기능을 하고 있다. 막연히 '봄'을 동경했던 1920년대 시편들과 비교할 때 이 작품의 화자는 자신이 처한 상황에 눈을 돌려 이상 세계로서의 '봄'보다는 현실의 암담함을 드러내는 데에 '봄'을 위치시키고 있다. 이것은 이찬이 드러내고자 했던 시세계가 이상 세계를 염원하기보다는 지금 처해있는 '현실'에 치우치게 되었다는 것을 의미한다. 1920년대의 시편들의 '봄'이 유토피아적 이상 세계였다면, 그것을 잃어버린(이러진 화원) 상황에 처한 화자에게, 이상적인 세계에 대한 동경이 현실 비판에 대한 원동력이 되었을 것이라 추측할 수 있다. 그리고 현실 비판의 시세계는 '어촌'과 '산촌'을 소재로 삼고 있는 작품에서 더욱 두드러진다.

3. '바다'와 어촌 : 아름다운 자연과 어촌의 피폐함

1920년대의 시편들에서 '봄'이 이찬에게 잃어버린 세계로서 되찾아야 하는 이상 세계를 상징했다면, 1930년대의 시들에서 두드러지게 나타나는 소재 중 하나는 이 장에서 살펴볼 어촌에 대한 애정이다. 여기서 주목해야할 것은, 그가 옥중편지로 보낸 것을 통해 알 수 있듯이 계급의식이 깃든 시를 지향했다는 점이다.[9] 헐벗고 굶주린 어촌민의 생활은 이찬에게 자연스럽게 예술적 영감을 주었을 것이다. 그리하여 함경남도가 고향인 이찬은 지속적으로 어촌의 풍경에 대해 묘사하며 그에 대한 애정을 드러낸다. 선행된 이찬 연구에서 대체적으로 '북방 정서'와 '어촌'의 이미지를 뭉뚱그려 구성하고 있는데, 이 연구에서는 '어촌'의 이미지와 '북방 정서'를 나누어서 고찰하고자 한다. '북방 정서'는 메마르고 척박한 자연환경을 배경으로 하는 독특한 정서표현으로 한정하여 다음 장에서 서술할 것이다. 여기서는 '어촌 이미지'로 국경지역의 어촌마을에서 삶을 영위하는 사람들의 위태로운 상황을 형상화한 시편들을 살핀다.

김용직의 서술대로, "이찬의 시가 개인적 체험에 토대하고 있다는 것은 그것이 현장적이고자"[10] 했기 때문이다. 그의 시들이 개인적 체험을 바탕으로 쓰였다는 것은 여러 연구를 통해 확인되고 있다. 특히 함경남도라는 그의 고향의 특성은 북으로는 만주의 국경과 맞닿아있고 동으로는 동해가 있는 지역이다. 이찬이 도일 후 돌아온 곳도, 옥중 생활을

9) '옥중편지'는 이찬이 옥중에서 쓴 편지로 수신인은 박세영으로 추정된다. "형, 시집을 편찬하겠다고요. 그러면 나의 시는 『신여성』의 「안해의 죽음을 듣고」, 『제일선』의 「잠 안오는 밤」, 『문학건설』의 「너의 들로 보내고」오. 『별나라』의 『소년시』인지 (가능하다면) 「단오날」와 「바다로 가자」를 넣어주시오. 다른 것들은 넣지 말았으면 좋겠습니다."에서 알 수 있듯이 이찬이 언급한 시들은 그의 시작(詩作) 활동 초기의 감상주의적 작품은 배제하고 카프시대에 썼던 시들 및 계급의식이 드러난 시들에 대한 선호가 뚜렷하다고 볼 수 있다. 김응교, 『이찬과 한국 근대문학』, 소명출판, 2007, 59쪽에서 재인용.

10) 김용직, 「이데올로기와 국경의식」, 『한국현대시사』, 한국문연, 1995, 605쪽.

끝내고 돌아온 곳도 경성이 아닌 고향인 점을 상기했을 때[11] 고향의 어촌 모습은 그가 자주 접할 수 있었던 삶의 터전이었을 것이다.

'어촌'의 모습을 묘사하는데 가장 크게 영향을 미치는 것은 '바다' 이미지의 서술이다. 특히 바다를 바라보는 화자의 시선에서 애정을 엿볼 수 있다. 동시에 그러한 환경에서 비참한 삶을 살아야 했던 어촌민의 참담한 모습을 비극적이고 사실적으로 묘사하고 있는 부분에서는 이찬의 날카로운 현실 감각을 알 수 있다.

> 씻은 듯이 해맑은 하늘/ 하늘엔 별이 총총// 총총한 별빛 아래/ 물결은 잔잔……// 오 잔잔한 바다에/ 點點한 漁火여// 청 · 화 · 적 · 백/ 백 · 황 · 청 · 적// 만획의 기를 날리며 돌오는 밴가/ 만획의 꿈을 실고 나가는 밴가// 오는 듯 · 가는 듯/ 가는 듯 · 오는 듯// 오든지 가든지 제속엔 뱃사람들/ 잦은 하품 깨물며 무슨 생각에 젖었을꼬// 고대할 님 여윈 님 그 님의 생각인가/ 잡은 기쁨 잡을 궁리 그것 뿐인가// 오호 동래의 어획은 예년에 곱가도/ 뱃사람의 호주머닌 여전히 하루살이// 하건만 오늘밤도 어화는 점점/ 망망한 한바다에 어화는 점점
>
> -「어화」,『이찬 시전집』, 69쪽(『待望』;『낭만』1호, 1936.).

1연에서 6연까지 하늘에서 바다, 다시 바다에서 바다 위에 떠있는 배로 이어지는 화자의 시선을 통해 그려지는 시의 배경은 아름답고 평화

---

11) 이찬은 3년 가까이 감옥생활을 한 후 1934년 9월에 고향으로 돌아오게 된다. 일본 유학과 서울 생활, 수감 생활 중에는 가족의 삶에 거의 관여하지 않았던 이찬이 출옥 후에는 고향으로 돌아가게 되면서 어머니의 병고에 대한 죄책감, 자신의 가족을 돌보지 못했다는 자책감에 열심히 생계를 위해 애쓴다. 윤여탁,「이찬시의 현실 인식과 변모과정에 대한 연구」,『한국현대리얼리즘 시인론』, 태학사, 1990, 103쪽-104쪽.

로운 '바다'의 모습이다. 특히 쾌청한 하늘과 그래서 더욱 빛이 나는 별은 잔잔한 바다가 더 돋보이도록 만든다. 하늘에는 총총 떠 있는 별이 있듯이 바다 위에는 점점이 고기잡이 배들이 떠 있다. 그러나 7연에서 화자의 시선이 배 위의 뱃사람들로 옮겨가며 바다의 평화는 깨어지고 만다. '잦은 하품'을 하는 뱃사람들에게서는 피곤한 기색이 역력하다. 이찬의 현실 인식이 극대화되는 지점은 9연의 "오호 동래의 어획은 예년에 곱가도/뱃사람의 호주머닌 여전히 하루살이"라는 구절이다. 어획량이 예년보다 곱절이나 늘어도 뱃사람들은 여전히 가난하게 산다. 당대의 현실을 꼬집는 부분이다. 이러한 화자의 현실 포착은 마지막에 담담한 어조로 다시 바다의 풍경을 제시하면서 비극성을 더 해준다.

이 시에서 '바다'는 화자가 궁극적으로 제시하려고 했던 어촌민의 궁핍한 생활상을 부각하려는 시인의 의도로 선택된 자연물이다. 이러한 시상의 전개는 이찬과 교우하고 있었던 카프 시인 박세영의 시에서도 두드러지는 부분이다.[12] 그러나 대부분의 리얼리즘 계열의 시들, 특히 카프 맹원으로 활동하던 시인들의 작품에서 당대인들의 궁핍한 삶의 묘사가 주로 농민계층, 노동자계층에 한정되어 드러나고 있었다면 이찬의 경우 비교적 구체적으로 어촌민의 삶을 포착하고 있었다는 점에서 차이가 있다. 또 북방 정서를 드러내는 시인이라는 점에서 이용악과 이찬이 공통분모가 있다 하더라도 '바다' 이미지에서는 차이를 보인다. 이용악은 압록강이 있는 국경지대에서 자란 이력을 중심으로 '바다'와 '강'

---

12) 박세영은 그의 시세계에서 일제의 착취 앞에서 고통 받는 농민들의 고달픈 삶과 그로 인한 좌절감을 효과적으로 드러내는 데 아름다운 자연으로서의 농촌 풍경을 시의 서두에 제시하는 경우가 많았다. 이 경우 자연물은 농촌의 비극성을 더욱 심화하는 요소로서 차용된 소재라고 할 수 있다. 김희원 · 김옥성, 「박세영 시에 나타난 자연의 의미」, 『문학과환경학회』 제16권 4호, 2017, 97쪽-132쪽.

의 이미지를 통해 자신의 시정신을 나타냈지만 그것이 궁핍한 어촌민에 대한 애정 어린 시선으로까지는 이어지지 않았기 때문이다.

한편 「어화」에서 뱃사람들이 생각하는 대상으로 화자가 지목한 것이 "고대할 님 여윈 님 그 님"이다. 그럼 이 대상들이 구체적으로 어떤 '님'을 뜻하는 것인지는 다음의 시를 통해 확인할 수 있다.

> 함경도 동녘바다 조그만 어촌/ 어촌의 늦은 가을 시월 중순 밤// 중천에 뚜렷이 걸린 명랑한 달/ 달빛 아래 망망히 뻗은 하이얀 백사장// 백사장가에 기어드는 잔잔한 파도/ 파도 가까이 충천하는 검붉은 우둥불// 우둥불 뒤에 옹기종기 모여 앉은 사람들/ 늙은이 젊은이 안악네 어린이 애기품은 시악씨……// 누구 하나 말도 않고 까딱도 않고/ 멍 하니 바라다만 보는 머언 수평선// 수평선엔 한들거리는 금파 · 은파뿐/ 아아 수평선에 난들거리는 금파 · 은파뿐// 한 시간 두 시간 …… 밤이 깊어 달이 기울고/ 문득 우렁차게 울려오는 남행차 고동// 고동 소리에 놀랜 듯이 외치는 한 시악씨/ "애구 오늘 밤에두 아니 오는겠슴메"// 뒤받아 "죽었다니까 죽어 그 바람에 어찌 사니"하고/ 엎드러져 와앙 우는 이웃 아낙네 // 아낙네따라 그 시악씨 울고…… 마침내 모두들 운다/ 목놓아 "○○야—……" "○○아바!" "난 어쩌람메—" "이 아아덜 어쩌겠슴메—" ……부르짖기도 하며// 그리면서도 간간히 두 눈을 부비고 바라다들 보는 머언 수평선 사흘래 바라다들 보는 머언// 수평선엔 난들거리는 금파 · 은파뿐/ 아아 수평선엔 난들거리는 금파 · 은파뿐
>
> -「待望」, 『이찬 시전집』, 75쪽(『대망』, 1937.).

시집의 제목이기도 한 「대망」이라는 시이다. 시집의 제목으로 선택했다는 점에서 이찬이 자신의 시정신이 가장 잘 드러난 시로 지목했을 가

능성이 높은 작품이다. 「대망」도 「어화」와 비슷한 시상의 전개를 보인다. 1연과 2연에서 이어지는 하늘과 바다의 평화로운 이미지는 우둥불(모닥불)을 중심으로 옹기종기 모여 앉은 여인들의 모습으로 치환되며 비극적인 어촌의 이미지를 자아낸다. 그들이 바라보는 '수평선'은 어찌 보면 평화로운 바다의 모습일 수 있으나 "애구 오늘 밤에두 아니 오는겠슴메"나 "○○야—……" "○○아바!" "난 어쩌람메—" "이 아아덜 어쩌겠슴메—"하고 부르짖는 여인들의 토로를 읽은 독자라면 그것이 무서운 죽음의 그림자라는 것을 알게 되는 것이다. 그리하여 화자 역시 '아아'라는 감탄사를 통해 '수평선의 난들거리는 금파 · 은파'의 잔잔한 물빛이 아름다움과 삶의 비극이라는 두 가지의 중의적 의미를 갖는다는 것을 드러내려 했던 것이다. 이렇게 '바다'의 아름다운 모습과 그 이면에 감추어진 어촌민의 비참한 삶이 대조를 이룰 때, 독자들은 비극성과 서정성을 동시에 느낄 수 있게 되는 것이다.

특히 이런 어촌의 사정은 「출범」에서도 그대로 드러나고 있는데 "오 떠나는 뱃사공들의 잔교(棧橋)에 던지는 침통한 일별(一瞥)이여/… (중략)…//오 어제 낮 폭풍에 간신히 생환한 저들/… (중략)…//눈물겨웁다 제 배 가진 사공은 모두 쉰다는 오늘/오호 고용사리 저네들의 가슴아픈 정경이여"라고 말하며 목숨을 내놓고 어획을 나가는 '고용살이' 어촌민의 삶을 포착하고 있다. 이런 어촌민의 비극성은 「대망」에서는 '우둥불'을 둘러싼 여인들의 절망적인 절규로 인해 공동체의 문제로 확대되고 있는 것이다.

4. '북방'과 산촌 : 척박한 자연 묘사와 현실 비판

'바다' 이미지를 통해 어촌민의 삶을 효과적으로 드러낸 이찬은 국경 지대로 대변될 수 있는 북방 지역의 정서를 드러내는 데는, '바다' 이미지를 차용할 때와는 다른 방법을 택한다. 다시 말해 어촌민과 대조되는 아름답고 평화로운 이미지의 자연물인 '바다'를 제시함으로써 시인이 궁극적으로 나타내려 했던 '어촌민의 비극적인 삶'을 효과적으로 드러냈다면, 북방 정서를 나타내는 작품들은 사실적으로 북방지역의 매서운 추위와 척박한 자연환경을 그대로 노출하고 있다. 이러한 작법의 차이는, '바다'를 통해 드러내려 했던 것이 어촌민에 대한 시인의 애정과 연민의 정서라면 '북방지역'의 자연물을 통해 시인이 드러내고자 한 것은 삼엄한 시대상황 그 자체이기 때문이 아닐까 짐작된다.

일제강점기 한만국경 지대는 처절한 감정을 유발하게 만든 곳이다. 당시 그 국경을 넘어 수많은 우리 동포가 망국의 한을 안은 채 망명길에 올랐고, 또한 국권회복을 위한 전투를 벌이기도 하였다. 그곳에서 삶을 영위하던 우리 민족은 언제나 삼엄한 경비와 혹독한 추위 속에서 공포에 떨어야했다. 이러한 북방 정서는 1930년대의 시인들에게서 동시다발적으로 드러나는 정서이기는 하지만, 이찬의 경우 작품에서 형상화하고 있는 북방 정서는 북방 지역의 자연 경관 묘사로 이루어져 있다는 점에서 다른 시인들과의 차이점을 찾을 수 있다. 이찬의 시에서 '자연'이란 당대의 시대현실을 형상화하는 매개로 작용하고 있는데, 특히 북방 정서를 형상화하고 있는 경우, 당대의 시대현실에 대한 은유로서의 '북방'이 아니라 실존하는 생활 지역으로서의 자연 환경 묘사에 많은 노력을 기울인 작품들을 적지 않게 접할 수 있다.

「국경의 밤」을 통해 이찬의 북방 정서[13]를 살펴보자.

준령(峻嶺)을 넘고 또 넘어/ 북으로 칠백리// 여기는 압록강/ 강안(江岸)의 일(一) 소촌(小村)// 동지(冬至)도 못됐건만 이미 적설이 척여(尺餘)/ 오늘도 휩쓸어치는 눈보라에 영하로 삼십여 도// 강은 첩첩히 평지인 양 얼어붙고/ 일대에 밤은 싶어 오가는 행인의 삐꺽이는 자욱 소리도 그치었다// 강가에 한 개 비뚜로 선 장명등/ 희미한 등빛 아래 간혹 나타나는 무장 삼엄한 순경들/ 오늘 밤은 몇이나 마적떼가 쳐든다 하느냐// 오오 저 강 건너 아득히 휘연한 북만(北滿) 광야/ 이름모를 촌촌(村村)에 어렴풋이 꿈벅이는 점점(點點)한 등화(燈火)여/ 순아 여윈 지 삼년 너는 오죽이나 컸겠니

오늘 밤은 몇 번이나 우리 고향 오리강변/ 꿈에 소스라쳐 깨느냐// 오오디서 울려오는가 애련한 호궁(胡弓) 소리

산란한 내 마음 더욱이나 산란쿠나/ 따라라 이 컵에 또 한 잔을// 루주어여쁜 입을 가진 짱꼬로 시악씨야/ 오오 나는 이 한밤을 마시며 새이련다

-「국경의 밤」, 『이찬 시전집』, 77쪽(『待望』; 『조광』4호, 1936. 2.).

1연에서 서술하고 있는 북방지역, '국경'의 지역 특성은 '준령(峻嶺)'을 넘고 넘어 '북으로' 수평적 이동이 필수적인 공간이다. 이미 그 지역 특성은 수직과 수평적으로 처절한 한계상황임을 드러내고 있다. 이러한

13) 흔히 북방 정서라 함은 마천령산맥을 경계로 한 함경북도에서 압록강, 두만강으로 이어지지는 국경지대의 정서를 담아낸 시들을 일컫는다. 1930년대에 북방 정서를 잘 드러낸 시인으로는 백석, 이용악, 이찬 등을 꼽는다. 북방 정서에는 대체적으로 험한 지세와 척박한 자연환경으로 인해 어렵게 살아야 했던 우리 민족의 삶과 국경지대를 넘어 가는 유이민의 삶, 북방에서 유랑하던 민족의 삶이 형상화 되는 경우가 많다.

상황이 집약되는 것은 '압록강'이라는 지명인데, 여기에 '동지'도 되기 전에 한 척이나 넘게 내린 '적설'이 누적되면서 고통스러운 자연환경이 조성되었고, 화자는 이것을 덤덤히 서술하고 있다. 동시대에 북방 정서를 드러내고 있던 이용악의 경우, 서사적인 성격을 시에 차용하면서 유이민의 비극성을 드러내고 있기는 하지만 그 형상화 방법에 있어서 '눈'과 '바람' 등의 자연적인 요소는 그들의 비극적인 삶에 대한 은유로 처리되는 경우가 많다.[14) 그러나 이찬은 북방의 척박한 자연환경 묘사에 그 초점을 맞추고 있다. 전체 8연 중에서 무려 5연을 북방의 자연 환경에 대한 묘사에 할애하고 있는 만큼, 우리는 「국경의 밤」에서 살을 에는

---

14) 이용악의 「전라도 가시내」의 경우 북간도 술막에서 만난 '함경도 사내'와 '전라도 가시내'가 시대의 슬픔을 체험하는 유이민으로 그려지고 있다, 이러한 시적 상황에서 '북방'이라는 지역은 '두터운 벽'도 '이웃'도 믿지 못하는 곳으로 비교적 추상적으로 그려져 있으며, 북방 정서를 느낄 수 있는 '눈포래'와 '얼음길'은 함경도 사내인 화자가 거처 가야 할 극복의 길로 제시되어 있다. 따라서 이용악의 이 작품이 리얼리즘을 구현하는 것은 북방이라는 정서를 감각적으로 느낄 수 있는 자연 묘사이기 보다는 서사성과 대화체에 의한 구체성의 획득에 있다고 볼 수 있다. "알룩조개에 입 맞추며 자랐나/눈이 바다처럼 푸를 뿐더러 까무스레한 네 얼굴/가시내야/나는 발을 얼구며/무쇠다리를 건너온 함경도 사내/바람소리도 호개도 인전 무섭지 않다만/어두운 등불 밑 안개처럼 자욱한 시름을 달게 마시련다만/어디서 흉참한 기별이 뛰어들 것만 같애/두터운 벽도 이웃도 못 미더운 북간도 술막/온갖 방자의 말을 품고 왔다/눈포래를 뚫고 왔다/가시내야/너의 가슴 그늘진 숲속을 기어간 오솔길을 나는 헤매이자/술을 부어 남실남실 술을 따르어/가난한 이야기에 고히 잠거 다오/네 두만강을 건너왔다는 석 달 전이면/단풍이 물들어 천 리 천 리 또 천 리 산마다 불탔을 겐데/그래도 외로워서 슬퍼서 치마폭으로 얼굴을 가렸더냐/두 낮 두 밤을 두루미처럼 울어 울어/불술기 구름 속을 달리는 양 유리창이 흐리더냐/차알삭 부서지는 파도 소리에 취한 듯/때로 싸늘한 웃음이 소리 없이 새기는 보조개/가시내야/울 듯 울 듯 울지 않는 전라도 가시내야/두어 마디 너의 사투리로 때 아닌 봄을 불러 줄게/손때 수줍은 분홍 댕기 휘 휘 날리며/잠깐 너의 나라로 돌아가거라/이윽고 얼음길이 밝으면/나는 눈포래 휘감아 치는 벌판에 우줄우줄 나설 게다/노래도 없이 사라질 게다/자욱도 없이 사라질 게다" 이용악, 「전라도 가시내」, 『오랑캐』,1938,

추위와 세상을 뒤덮은 눈, 그리고 험준한 고개가 연이어지는 자연의 무게를 먼저 경험하게 된다. 이러한 환경에서 '무장 삼엄한 순경들'은 그러한 자연 환경에서 위에 누적되어 있는 시대의 공포를 더욱 강조하고 있는 것이다. 이러한 환경은 아무리 노력하여도 화자가 바꿀 수는 없는 것이므로 결국 화자는 '한 잔'을 마시면서 밤을 샐 수밖에 없는 것이다. 이렇듯 이찬의 시에서 나타나는 '북방'에서는 이용악의 시에서처럼 '눈포래 휘감아 치는 벌판'에도 '우줄우줄' 나설 '사내'처럼 험난한 시대를 극복할 존재는 나타나지 않는다. 그저 한 잔의 술에 자신의 근심을 채울 수밖에 없는 힘없는 인물이 등장할 뿐이다.

다음의 「눈나리는 보성의 밤」과 「북방의 길」에도 이찬의 북방 지역 묘사는 계속된다.

> 시월중순이언만/ 함박눈이 퍼억 퍽……/ 보성의 밤은 한치 두치 적설 속에 깊어간다// 깊어가는 밤거리엔 '수하(誰何)'소리 잦아가고/ 압록강 굽이치는 물결 귓가에 옮긴 듯 우렁차다// 강안(江岸)엔 착잡(錯雜)한 경비등 · 경비등/ 그 빛에 섬섬(閃閃)하는 삼엄한 총검// 포대는 산비랑에 숨죽은 듯 엎드리고/ 그 기슭에 나룻배 몇척 언제 나의 도강을 정비코 있나// 오호 북만의 십오 도구(道溝) 말없는 산천이여/ 어서 크나큰 네 비밀의 문을 열어라
>
> -「눈나리는 보성(堡城)의 밤」 부분, 『이찬 시전집』, 85쪽(『待望』; 『조선문학』11호, 1937.1.).

위 시에서 역시 등장하는 '눈'의 이미지는 「국경의 밤」에서와 마찬가지로 모든 것을 덮어버리고 차단하는 이미지로 기능한다. 특히 '퍼억 퍽

……'이라는 음성 상징어는 소리 없이 내리는 눈의 깊이와 양을 가늠케 하는 것으로, '적설' 속에 깊어가는 '보성의 밤'이 고요하면서도 무섭게 내리는 눈앞에 무거운 침묵으로 존재한다는 것을 말해준다. 이러한 침묵의 밤은 강안 순찰을 의미하는 '총검'과 '경비등'의 시어로 인해 억압의 밤으로 변모하고 있다. 화자는 '말없는 산천'과 '숨죽은 듯 엎드리'고 있는 '포대'를 통해 혹독한 자연환경과 시대 현실을 의도적으로 병치시키고 있다. 이러한 자연 묘사는 감각적으로 읽혀 당대의 비극적 생활상을 생동하게 체험할 수 있게 한다. 이러한 북방 지역에 대한 묘사의 토대 위에서 다음의 시 「백산령상부감도」를 접하면 이찬의 눈에 비친 1930년대의 우리 민족의 삶의 단면을 더욱 소상하게 알 수 있다.

여기는 백산령 영(嶺)에도 영상(嶺上)/ 속칭 하늘이 두길 밤의 아아(峨峨)한 령상// 영상의 한 개 바위/ 바위에 기대어 서/ 눈을 놓아 사방을 굽어보노니// 아아 만목일도(滿目一圖)/ 높고 낮은 봉악(峯嶽)이여 깊고 옅은 계곡이여// 봉악에 누른 잎 든 단풍은 애기의 색저고리감/ 계곡을 꾸을렁 꾸을렁 기어내리는 낸 백사(白蛇)와도 같구나// 여저기 산비탈 산기슭에 노존작같이 점점(點點)한 밭/ 밭의 거드맨 이미 끝나고/ 다못 검누른 밭이랑에 낫극만 앙상히 줄쳐있을 뿐// 그 둘레에 띄엄띄엄 통이깔 오막살이/ 지붕마다 널어 말리는 통고추는 소담들 하나/ 울안 바자굽에 쌓여울린 단가리들 서글프기도 하구나// 오호 겨죽 쑥떡으로 연명해 온 삼년이여/ 올해 또한 황 · 얼굼에 손털어버렸는가// 게다가 신탄(薪炭)조차 있어도 없는/ 눈물의 시대 삼수일원(三水一圓)의 면모여// 수백리 이향(異鄕) 가을 깊은 영상에/ 외로이 선 내 마음같이 쓸쓸키도 하구나

-「백산령상부감도(白山嶺上俯瞰圖)」, 『이찬 시전집』, 151쪽(『焚香』, 1938.).

백산령은 서쪽으로는 평안북도 후창군, 북쪽은 압록강을 사이에 두고 만주의 장백현과 경계하고 있는 삼수군에 있다. 삼수군 자체가 높이 1,000m이상의 고산준봉들이 잇달아 이어지는 고원지대에 속하는 곳이다. 이 군의 중앙이 백산령이 위치하고 있는데, 이 백산령의 높이는 1,498m로 기록되어 있다.[15] 화자는 이러한 백산령의 "영(嶺)에도 영상(嶺上)"에서 마을을 내려다보고 있다. 계절은 거드매(수확)가 끝난 가을이다. 그러나 화자의 눈에 비친 마을에는 '소담한 통고추'와 '서글픈' 단가리(볏가리)만이 늘어져 있어 쓸쓸한 감회만을 불러일으킨다. 수확이 끝난 벼를 보며 서글픔을 느끼는 것은 그 뒤에 나오는 "겨죽 쑥떡으로 연명해 온 삼년"에서 알 수 있는 것과 같이 그것이 풍요와는 멀리 있기 때문이다. 이렇게 북방의 자연을 통해 억압과 고통 속에서 살아야 했던 우리민족의 삶이, 마치 그곳에 원래 존재하던 자연의 일부 마냥 지속되고 있음을 드러내고자 했던 이찬은, 「북방의 길」에서 그가 원하는 세계를 간접적으로나마 나타내고 있다.

영(嶺)이 영(嶺)을 불러 밀어를 주받는 곳/ 길이 눈꼴 틀려 비꼬기만 하고// 차는 갓 시집온 새악시같이/ 그 서슬에 옮겨놓는 자욱도 조심겨워……// 북으로 칠백리 나른한 여로에/ 시름은 조름인 양 살포시 안겨드노니// 아하 다고다고 무거운 눈두던 거들어주는 청신(淸新)한 풍경도 없고/ 가도가도 막막한 가슴 열어주는 호활(浩活)한 전야(田野)도 없고//

울고 싶다 이 울울히 '먹이 쫓는 북방의 길'이여/ 그러나 차륜(車輪)은 아무렇지도 않은 듯 제 의무를 반복하는구나

-「북방의 길」, 『이찬 시전집』, 139쪽(『焚香』, 1938.).

---

15) 한국학중앙연구원, 『한민족대백과사전』, 민족문화대백과사전 편찬부, 2010.

영(嶺)과 영(嶺)이 끝없이 이어지는 북으로 가는 길에서, 화가는 '청신한 풍경'과 '호활한 전야'를 보고싶어 한다. '청신한 풍경'이란 감기는 눈을 활짝 열어줄 신록(新綠)을 의미할 것이며, '호활한 전야' 역시 사람 사는 풍경을 의미할 것이다. 그러나 험준한 고개만 이어지는 북방에서 화자는 자신이 '먹이 쫓는' 처지가 된 것처럼 느낀다. 이렇게 볼 때, 이찬이 유토피아의 세계를 '봄'에 빗댄 것은 자연스런 흐름이라 볼 수 있을 것이다.

5. 1930년대 리얼리즘 계열 시에 나타난 자연의 다층적 의미

1) 리얼리즘 계열 시에서의 '자연'

이 세계를 이루는 모든 것을 '자연'이라는 말로 통칭한다면, 인간도 그 '자연'의 일부로 살아간다. 1930년대의 리얼리즘 계열의 시편들을 두루 살펴본 이번 연구는 "문학과 외부적 사회 환경과의 긴밀한 연관성"[16]이란 토대 위에서 이루어졌다. "텍스트 내에서 자연과 생태문제를 직접 드러내진 않지만, 텍스트 외적으로 문학 텍스트는 그것을 둘러싼 문화적 장치 혹은 문화적 현상과 동시적으로 분석될 수"[17]있기 때문이다. 결국 문학 텍스트 내의 '자연'은 당대의 문화적 (혹은 시대적) 현상을 시인들

16) 박현정, 「문화 : 생태문학과 문화생태학-문학의 문화생태학적 담론」, 『독일어문학』, 독일어문학회, 2010, 91쪽.
17) 박현정, 위의 논문, 91-92쪽.

이 어떻게 받아들이고 있었는가와 긴밀한 상호 연관성을 맺는다.

한편 앞의 연구들에서 언급된 '자연'이란 시인들에 의해 가공되고 의도적으로 선택된 자연이다. 하지만 원래 '자연'이라는 소재는 "늘 인간의 문화적 기능으로 존재하는, 인지와 인식 그리고 기술적 표현의 문화적 형태로만 정의될 수" 있는 개념이다.[18] 이와 연장선에서 자연은 문학작품에서 언제나 중심에 서 있는 소재였다. 인간의 삶과는 대조되는, 완벽하고 아름다운 풍경으로서의 자연은 한국 고전문학에서 '자연'이 차지하는 공식적 위치였다. 또한 미학의 대상으로서의 자연은 이상적인 대상으로 묘사되면서 현실 세계와 동떨어진 세계를 의미하거나, 물리적이거나 정신적으로 타락하고 오염된 현실 세계로부터 피난해 안락하게 거처할 수 있는 장소를 의미하기도 했다. 하지만 1930년대 식민지 시대를 살아야 했던, 그리고 그러한 사회와 역사를 문학을 통해 가장 충실히 드러내고자 했던 리얼리즘 문인들에게 '자연'의 의미는 그렇게 간단하고 단순하지가 않다. 1930년대 시에 등장하는 자연의 위치는, 세계와 주체를 인식적으로 이어주는 표상으로 기능하고 있다. 여기에서 '세계'란 시인들에 따라 억압과 착취의 지배 구조, 근대라는 시대의 흐름, 자아를 인식하는 매개 등으로 변주되며 나타난다.

다른 문학 장르에 비해 시문학의 경우 모든 시적 소재는 시인에 의해 "세계의 자아화"의 상태로 주관적으로 형상화된다. 특히 리얼리즘 계열의 시인들에게는 작품에서 선택된 '자연'은 완상의 대상이나 감각적 대상으로만 형상화되지 않는다. 또한 전통적 동양관에서의 물아일체적 자연관이나 문명의 반대급부로서의 자연관이 드러나지도 않는다. 리얼리

18) 박현정, 위의 논문, 96쪽.

즘 계열의 시인들의 작품에서 등장하는 자연은 기본적으로 인간의 삶과 분리된 자연이 아니다. 나아가 이상 세계로 설정되어 있는 자연일지라도 그 자연은 이미 시인의 주관으로 관념화한 자연이며 그렇기에 문학 속에서 자연이 위치한 지점의 좌표를 그리는 일은 중요하다.

이 장에서는 앞선 글에서 밝힌 1930년대 리얼리즘 시인인 이용악, 오장환, 박세영, 이찬의 작품에 나타난 '자연'을 의미에 따라 범주화한다. 이로써 1930년대 리얼리즘 시 작품에 나타난 '자연'이라는 소재의 지형도를 그려보고자 한다.

2) 삶의 터전으로서의 자연

리얼리즘 계열의 시인들의 1930년대 시편들에서 선택된 '자연'으로 가장 먼저 살펴볼 것은 삶의 터전으로서의 자연이다. 특히 계급주의를 내재하고 있던 박세영, 이찬의 경우 삶의 터전으로서의 자연을 통해 억압과 수탈을 당하는 피지배계층인 조선인들의 궁핍하고 처참한 생활을 나타냈다. 카프 맹원으로 활동한 박세영과 '별나라 사건'으로 수감 생활을 했던 이찬의 경우 계급의식은 대체로 하층민의 생활에 대한 관심을 통해 시에 드러낸 경우가 많았다. 이때 두 시인의 공통점은 삶의 터전으로서의 자연이 한편으로는 착취의 공간이자 한편으로는 노동의 공간으로 다른 한편으로는 아름다움을 나타내는 공간으로 드러나고 있다는 점이다.

박세영의 경우 이 삶의 터전으로서의 자연은 '농촌'으로 나타난다. 농부 화자를 빌려 서술하고 있는 「농부 아들의 탄식」과 「타적」에서는 수확철을 맞은 가을을 배경으로 풍요롭고 아름다운 자연과, 화자가 처한 부정적인 시적 상황을 대비하면서 비판의식을 드러내고 있다. 여기서 화자의 격양된 감정은 풍요로운 들이라는 외부세계, 즉 자연의 상황을 먼저 제시함으로써 효과적으로 고양되고 있다. 「강남의 봄」 역시 아름다운 자연 세계가 현실 세계와 대조되면서 시상이 전개된다. 즉, 아름다운 봄의 모습으로 가득 차 있는 자연의 모습을 서두에 제시하면서 뒤에 이어질 시상과의 반전을 꾀하고 있다.

박세영이 삶의 터전으로서의 농촌을 조명했다면 이찬은 어촌과 산촌에 관심을 기울였다. 대부분의 리얼리즘 계열의 시들, 특히 카프 맹원으로 활동하던 시인들의 작품에서 당대인들의 궁핍한 삶의 묘사가 주로 농민계층, 노동자계층에 한정되어 드러나고 있었다면 이찬의 경우 비교적 구체적으로 어촌민의 삶을 포착하고 있었다는 점에서 차이가 있다. 특히 이찬의 시편들에서 형상화되고 있는 자연물은 북방 정서를 드러내는 데 일조하고 있으며[19] 「어화」와 「대망(待望)」의 경우 아름답고 평화로운 바다와 궁핍한 어촌민들의 생활(오호 동래의 어획은 예년에 곱가도/뱃사람의 호주머닌 여전히 하루살이; 「어화」)을 대비시키거나 남편의 죽음을 감지해야 하는 여인들의 비극과 말없이 반짝이는 바다의 물결을 대조(「대망」)하고 있다. 이렇듯 이찬의 시에서 '바다'는 아름다움과 삶의 비극이라는 두 가지의 중의적 의미를 가지며 이로써 독자들은 비극성과 서정성을 동시에 느낄 수 있게 되는 것이다.

위의 두 경우(박세영의 농촌, 이찬의 어촌)와 조금 다른 방향에서 이

19) 그러나 북방 정서를 드러내는 시인이라는 점에서 이용악과 이찬이 공통분모가 있다 하더라도 '바다' 이미지에서는 차이를 보인다. 이용악은 압록강이 있는 국경지대에서 자란 이력을 중심으로 '바다'와 '강'의 이미지를 통해 자신의 시정신을 나타냈지만 그것이 궁핍한 어촌민에 대한 애정 어린 시선으로까지는 이어지지 않았기 때문이다.

찬이 주목한 또 다른 삶의 터전으로서의 자연은 바로 '산촌'이었다. 앞의 두 경우에서는 삶의 터전으로서의 자연, 즉 노동의 공간이자 수확의 공간이 결국엔 착취와 억압의 시대적, 역사적 공간으로 변모하는 시상 전개를 보이고 있었다면 「국경의 밤」에서는 전체 8연 중에서 무려 5연을 '눈'으로 뒤덮인 북방 산촌의 자연환경에 대한 묘사에 할애하고 있다. 「눈나리는 보성(堡城)의 밤」 역시 「국경의 밤」에서와 마찬가지로 '눈'이 모든 것을 덮어버리고 차단하는 이미지로 기능한다. 이러한 침묵의 밤은 강안(江岸) 순찰을 의미하는 '총검'과 '경비등'의 시어로 인해 억압의 밤으로 변모하고 있다. 화자는 '말없는 산천'과 '숨죽은 듯 엎드리'고 있는 '포대'를 통해 혹독한 자연환경과 시대 현실을 의도적으로 병치시킨다. 같은 맥락에서 「백산령상부감도」와 「북방의 길」을 읽을 수 있는데, 이러한 시상 전개는 '북방지역'의 자연물을 통해 시인이 드러내고자 한 것은 삼엄한 시대상황 그 자체이기 때문이 아닐까 짐작된다.

3) 문명 표상으로서의 자연

오장환이 근대 문명을 효과적으로 비판하기 위해서 근대의 반대극단에 있다고 여겨지는 '자연물'에 근대를 빗댄 것은 특이한 부분이다. 그러나 넓은 시각에서 보면 자연물 역시 우리가 살아가는 세계의 일부이므로 근대 문명의 특성이 자연의 특성과 닮아있을 수밖에 없다.

이러한 논의에 앞서 우리는 근대로 들어오면서 자연에 대한 인간의 지배가 문제로 인식되기 시작했음을 떠올릴 필요가 있다. 이 문제는 특히, 인간 사회에 내재하는 위계적 지배 구조가 인간과 자연을 파괴하는 중요 요인이라는 시각에서 출발한다. 오장환이 포착한 근대의 질서는 바로 자연에 대한 인간의 지배 관계와 유사한 것이었다.

인간과 자연의 이러한 구조 안에서 오장환이 근대라는 문명에 대응하는 자연물로 선택한 것은 바로 '바다'였다. 오장환에게 뿐만 아니라 한국 현대시에서 바다가 갖는 의미는 중요하다. 1910년 전후부터 1930년대에 이르기까지 '바다'의 이미지는 지속적으로 당대 시인들에게 매력적인 소재였다. 현대시에서 시어 '바다' 대한 논의는 계몽사상, 근대 사상과 맞물리어 해석되었다. 오장환의 시에서도 '바다'는 근대문명을 상징하는 것으로 해석하는 것이 자연스러우나 당대 다른 시인들이 그려낸 '바다'와 차이가 있다. 오장환의 '바다'는 1910년, 20년대에 '바다'가 가지는 명랑하고 생명력 있는 이미지는 사라지고 부패한 근대로 상징되는 육지와 연장선상에 있다.

「海獸」에서 '바다' 이미지는 견고하지 못한 근대 세계를 이미지한 것으로 해석하였다. 이러한 해석을 전제로 하면, 숙명적으로 바다를 항해해야 하는 선원의 운명은 1930년대를 살아가야 했던 당대인의 모습을 고도의 차원으로 상징화한 것으로 보아야 할 것이다. 근대로 상징되는 '바다'가 근대의 관념적인 면을 형상화한 것이라면 바다와 연관을 맺는 '항구'의 이미지는 관념적인 근대가 구체적, 실체적으로 실현되고 있는 공간을 형상화한 것으로 볼 수 있다. 「海港圖」에서의 '항구'는 미지의 근대 세계를 상징화한 '바다'에 맞닿아있는 곳이자 퇴폐의 공간이다. 또 화자에게 있어서 '항구'는 퇴폐의 공간 안에서의 자신의 모습을 확인하는 자기 해체의 공간으로 기능하기도 한다.

나아가 '선원'의 존재를 당대인의 은유로 본다면 「선부의 노래 2」에서 화자로 나타나는 선원을 통해 오장환의 근대에 대한 자기인식을 엿볼 수 있다. '바다'의 속성으로 인해 결국 선원은 바다를 부유하면서 "영원한 귀향"을 꿈꿔야하는 유랑자가 될 수밖에 없다. 당대의 시인 김기림도 「바다와 나비」에서 '바다'를 근대의 물결로 형상화하고 있다. 「바다와 나비」에서의 바다는 근대의 동경자인 '나비'에게 좌절과 시련을 안겨주는 부정성의 상징으로 형상화되고 있다. 이러한 점에서는 김기림의 '바다'와 오장환의 '바다'는 비슷한 면이 있다. 그러나 김기림의 시에서 '바다'가 '청무우밭'이라는 시어를 통해 낭만적으로 그려지고 있는 반면 오장환의 바다는 그보다 좀 더 직설적이고 음습하다. 이것이 바로 당대를 바라보면 오장환의 시각일 것이다.

한편 근대라는 세계의 흐름 속에서 행해진 자연에 대한 인간의 억압은 식민지라는 1930년대 조선의 역사 속에서 재탄생되었다. 즉 자연에 대한 인간의 억압은 '식민지에 대한 식민 자본주의의 지배'와 등가적인 것이었다. 「독초」와 「病室」을 통해서는 근대를 살아가야 하는 존재들을 드러냈다. 「독초」에서 드러나는 기괴한 '숲'과 '식물'들을 시적 제재로 한 이 시는 근대 문명으로 인한 '인간의 자연지배'와 '근대 세계의 근대인 지배'라는 두 층위가 모두 드러나 있다. 또 「病室」에서는 '어항'에 갇힌 유폐된 존재로서의 금붕어를 통해 자본주의의 논리에 복속된 주체를 드러낸다. 오장환뿐만 아니라 김기림의 「금붕어」에서는 도시 이미지가 '어항'의 이미지로 빈번하게 나타나며 정지용 역시 「유리창Ⅱ」를 통해 시적 주제를 구속하는 부정적 근대로 표현했다. 하지만 오장환의 '금붕어'들은 김기림의 '금붕어'처럼 '바다'를 그리워하지 않는다. 오장환에게 있어 '바다'는 유토피아 혹은 생명의 바다로 그려지지 않기 때문이다. 원초적 생명력을 상실한 '금붕어'는 무기력하게 살아가는 근대인을 의미하며 생명력의 상실은 자신의 의지와는 무관한 '외부'에서 비롯된 것이다. 여기서 '외부'란 근대 문명과 자본주의로 치환될 수 있으며 '금붕어' 인간은 반복되는, 자본의 노예로 살아가는 근대인을 의미한다.

이와 같은 병폐는 갇혀 있는 동식물에서 그치는 것이 아니라 나아가 여성에 대한 남성의 억압으로 이어지면서 성을 소비하는 자본주의 근대에 대한 비판으로 이어진다. 「溫泉地」, 「賣淫婦」 또한, 「온천지」에서의 '꽃'의 비유와 「매음부」에서의 '파충류'의 비유는 앞서 밝혔던 자연에 대한 인간의 억압을 떠올리게 하며, 결국 자연-식민지 근대인-여성이 등가적인 체계 안에 놓인다. 이를 통해 오장환은 거시적인 세계관과 구체적인 존재의 형상화를 넘나들며 식민지 근대에 대한 효과적인 비판을 가하고 있는 것이다.

이로 볼 때, 오장환의 시편들에 나타난 자연들은 그의 시편들의 큰 축을 담당하는 근대 비판을 효과적으로 드러내는 매개라고 볼 수 있다. 오장환의 시세계에서의 자연은 아름답고 평화로운 도식화된 의미로서의 자연이 아니라 오히려 '근대 문명'을 비판하고, 근대인의 소외된 존재와 병폐적 당대를 그려내는 매개로 사용되었다.

4) 극복 의지 표상으로서의 자연

'자연'은 우리가 속한 세계이기도 하지만 우리의 주관 속에서 관념화되기도 한다. 이때의 '자연'은 이상적인 자연으로 변모하게 되며 더이상 물리적 자연의 의미를 지니지 않는다. 특히 자연(물)은 세계의 본질이기도 하며 우리의 존재 이전부터 있었던 대상이기도 하다. 이러한 특성으로 우리는 때때로 자연을 우리가 닮아가야 하는 대상에 위치시키기도 한다. 이때의 "자연은 우리의 삶과 세계가 추동하는 가장 상위의 개념이자 영역"[20]이 된다. 특히 1930년대 리얼리즘 계열의 시인들이 현실을 이겨낼 방편을 미학적으로 형상화한 문학적 상상력 역시 '자연'의 속성을 바탕으로 하고 있다. 이때 그들이 '자연'이 가지는 순환적 속성, 그리고 인간과 대비되는 '자연'의 속성이 결국에는 당대 시인들의 정신적인 버팀목이 되었던 것이다. 여기서 '자연'이란 각 시편들에서 화자가 떠올리는 가장 완벽하고 우러러보는 대상이다. 즉 '숭고'로서의 자연과 유사한 측면이 있다. 룽기누스에 따르면 숭고는 "단순히 이간 이상의 세계를 표현하는 것에서 생기는 것이 아니라 미적 효과를 거두는 형식의 측면이 동반될 때 가능하다"[21] 나아가 칸트는 숭고에 대해 "인식 주체의 주관적인 요구를 통해 발생하는 보편적인 만족의 감정"이라고 보았다.[22]

박세영의 경우 「전원의 가을」에서 형상화된 자연을 통해 화자가 '살고 싶은' 이상적인 공간을 제시하며 피폐한 현실에 대한 위로를 건내고 있다. 「향수」에도 「전원의 가을」과 같이 상상 속의 자연, 기억 속의 자연이 나타난다. 은폭동 폭포를 마주하고 있는 화자의 감회를 드러낸 「은폭동」에서는 시적 대상인 '폭포'가 화자에게 "은사"와 같은 이미지로 다가온다. 이때 폭포는 화자의 내면을 일깨우고 성찰하도록 만드는 선구자적인 면모를 갖고 있는 대상이면서 화자가 우러러보는 대상, 경외의 대상으로까지 나타나는 것이다. 이러한 일련의 시편들에서 보이는 자연물들의 특성은 동양적 자연관과 일맥상통하는 부분이 있다.[23]

---

20) 조동범, 「아나키즘 시문학에 나타난 자연 인식 연구」, 『우리문학연구』 53호, 2017, 435-463쪽.

21) 이연승, 「유치환 시의 숭고미 연구-초기시를 중심으로」, 『어문연구』 76권, 어문연구학회, 2013, 240쪽.

22) 이연승, 위의 논문, 241쪽.

23) "동양적 의미에서 숭고는 도덕적인 것과 긴밀한 관계를 가짐으로서 자연과 인간과

"은폭동"이 화자가 생각하는 이상적인 대상을 형상화한 것이라면 「오후의 마천령」에서는 '자연'이라는 물리적 공간이 관념적 공간으로 변모하면서 화자에게 이상적인 대상으로 탈바꿈되는 지점이다. 「오후의 마천령」에서 화자가 선 산 정상은 승리의 공간으로 자리잡으며 여기서 '자연'은 관념적 이상 세계를 상징하는 것이 된다. 「오후의 마천령」에서 비탈진 산길을 오르던 화자는 「산제비」에서는 '산제비'라는 "자유의 화신"을 내세운다. 이것은 지상계와 천상계를 명확히 구분함과 동시에, 천상계로 설정된 '산제비'에게는 화자가 동일시될 수 없다는 것을 암시한다. 즉 화자는 땅에 있으면서 하늘의 세계를 동경하는 것에 그쳐야하는 것이다. 그러나 박세영에게 1930년대 후반을 살아가는 원동력이란 인간세계보다 위대한 이상적인 자연을 동경하고, 나아가 그러한 자연을 닮고자 하는 의지였다. 결국 위의 시편들에서 '자연'을 이상적 존재로 설정한 것은 박세영이 닮고자 했던 극복의지의 정신성, 그 정신성을 미학적으로 추구한 결과물로서의 자연이 두드러지는 것이라 할 수 있다.

이용악 역시 부정적인 현실을 이겨낼 수 있는 시정신의 발현으로 '자연'을 차용했다. 강에서 바다로 이어지는 물의 흐름은 이용악에게 이상적 세계인 '바다'에 언젠가는 도달할 것이라는 희망을 안겨주었다. '강'과 '바다'는 이용악에게 있어 연속성을 가지는 소재이다. 「港口」에서처럼 '바다'는 화자에게 있어 고통의 나날들을 잊게 해 줄 수 있는 상징적인 공간이자 화자가 자기 자신을 믿을 수 있고 스스로를 다독여 나갈 수 있는 힘을 주는 공간이다. 「두만강 너 우리의 강아」에서는 이상적 세계

의 관계를 융합적인 것으로 보고 있다."(이지언, 「칸트의 숭고미학과 동양의 숭고미학에 관한 비교 고찰」, 『조형연구』 12권, 건국대학교 조형연구소, 2004, 99-118쪽)

를 상징하는 '바다'에 도달할 수 있는 '강'의 저력을 확인하고 있다. 쉬지 않고 흐르는 강의 속성이 화자로 하여금 극복 의지를 갖게 하는 것이다.

이러한 화자의 극복 의지는 「冬眠하는 昆蟲의 노래」에서 자연의 순환론적인 사유에 입각하여 겨울이라는 어둠 뒤에는 푸르른 봄이 찾아온다는 자연의 섭리를 통해 드러난다. 즉 '동면하는 곤충'의 섭리를 통해 인내를 동반한 극복 의지를 형상화한 것이다. 「雙頭馬車」에서도 비슷한 상상력이 드러나는데 특히 '우거진 풀속'에서 발견한 '푸르른 진리의 놀라운 진화'는 끊임없이 죽음과 소생을 반복하는 자연의 본성을 내포하고 있다. 이처럼 이용악에게 있어 순환하는 자연의 섭리는 외적, 내적인 폭력을 견디는 방편이었으며, 이것을 '곤충'과 '푸르른 진리의 놀라운 진화'라는 시구를 선택함으로써 작품에 구현하고 있다.

살펴보았듯이 1930년대 리얼리즘 계열 시에서 자연은 복합적이고 다층적인 의미를 지닌다. '삶의 터전으로서의 자연'의 이미지는 착취 당하는 민중의 삶을 비판적으로 폭로한다. 한편으로 자연은 식민지 근대의 왜곡된 현실을 비판하는 이미지로도 활용된다. 나아가 이상적인 자연의 이미지는 현실 극복 의지를 함축하기도 한다. 이처럼 1930년대 리얼리즘 계열의 시인들은 '자연'을 다채로운 의미로 활용하면서 그 의미의 깊이와 넓이를 강화하였다는 점에서 의의를 지닌다.

그러나 한편으로는 시 텍스트 내에서의 '자연'의 의미를 포괄적으로 적용한 감이 있다는 한계가 있다. 또 당대 문학장 안에서의 비교연구를 충분히 하지 못했다는 아쉬움이 남는다. 이와 관련된 연구는 후속 연구로 남겨두면서 1930년대 리얼리즘 시인들의 시에 나타난 '자연'의 의미에 대한 지도를 그리는 데 작은 자취를 남기기를 바라며 연구를 마무리하려 한다.

참/고/문/헌

1. 기본자료

- 김기림, 『기상도』, 창문사, 1936.
- 김기림, 김학동 · 김세환 편, 『김기림 전집』, 심설당, 1988.
- 김기림, 박태상 편, 『원본 김기림 시전집』, 깊은샘, 2014.
- 김기림, 『태양의 풍속』, 학예사, 1936.
- 김달진, 최동호 편, 『신냉이꽃(외)』, 범우, 2007.
- 김달진, 『(김달진시전집) 올빼미의 노래』, 시인사, 1983.
- 박세영, 이동순 · 박영식 편, 『박세영 시전집』, 「소명출판」, 2012.
- 오장환, 김학동 편, 『오장환 전집』, 국학자료원, 2003.
- 유치환, 『生命의 書』, 행문사, 1947.
- 유치환, 『青馬詩抄』, 청색지사, 1939.
- 유치환, 남송우 편, 『청마 유치환 전집』1~6, 국학자료원, 2008.
- 윤곤강, 송기한 · 김현정 편, 『윤곤강 전집』1-2, 다운샘, 2005.
- 윤곤강, 『대지』, 풍림사, 1937.
- 윤곤강, 『동물 시집』, 한성도서주식회사, 1939.
- 윤곤강, 『만가』, 중앙인서관, 1938.
- 윤곤강, 『빙화』, 한성도서주식회사, 1940.
- 윤곤강, 『살어리』, 시문학사, 1948.
- 윤곤강, 『피리』, 정음사, 1948.
- 이용악, 곽효환 · 이경수 · 이현승 편, 『이용악 전집』, 소명출판, 2015.

• 이찬, 이동순 · 박승희 편, 『이찬 시전집』, 소명출판, 2003.

2. 논저

• 강경희, 「오장환 시의 근대적 미의식 연구」, 『어문연구』33-2, 한국어문교육연구회, 2005.
• 강연호, 「이용악 시의 공간 연구」, 『현대문학이론연구』23, 현대문학이론학회, 2004.
• 강정구, 「식민지 시기의 김기림 비평에 나타난 민족 표상의 성격 재고」, 『한민족문화연구』45, 한민족문화학회, 2014.
• 곽효환, 「한국 근대시의 북방의식 연구: 김동환, 백석, 이용악을 중심으로」, 고려대학교대학원 박사학위 논문, 2007.
• 구모룡, 「김기림 재론」, 『현대문학이론연구』33, 현대문학이론학회, 2008.
• 권영민, 「유치환과 생명의지」, 청마문학회 편, 『다시 읽는 유치환』, 시문학사, 2008.
• 금동철, 「박두진 초기시에 나타난 자연 이미지의 이중성과 그 의미」, 『韓民族語文學』, 한민족어문학회, 2012.
• 김경훈, 「디아스포라의 삶의 공간과 정서백석, 이용악, 윤동주의 경우」, 『비교한국학』17-3, 국제비교한국학회, 2009.
• 김관웅, 「만주의 항일 영웅 조상지의 '수급'과 유치환의 시 「수」」, 『근대서지』12, 근대서지학회, 2015.
• 김무경, 『자연회귀의 사회학』, 살림, 2007.
• 김미화, 「한국-달력체계의 근대적 전환」, 한국학중앙연구원 한국

학대학원 박사논문, 2017.
- 김병호, 「한국 근대시 연구-주제의식을 중심으로」, 중앙대학교 박사논문, 2001.
- 김봉희, 「신고송 문학전집 2」, 소명출판, 2008.
- 김수기, 「1930년대 단편 서사시 연구」, 건국대학교 교육대학원 석사학위 논문, 1997.
- 김억, 『해파리의 노래』, 열린책들, 2004.
- 김영식 외, 『과학사』, 전파과학사, 1995
- 김영화, 「실향문학의 연구」, 동국대학교 교육대학원 석사학위 논문, 2015.
- 김예림, 「전시기 오락정책과 '문화'로서의 우생학」, 『역사비평』73, 역사문제연구소, 2005.
- 김옥성, 「김달진 시의 선적 미의식과 불교적 세계관」, 『한국언어문화』28, 2005.
- 김옥성, 「모윤숙 시의 종말론적 사유와 자연 지향성」, 『語文學』,120, 한국어문학회, 2013.
- 김옥성, 「신석정 초기시의 근대적 자연미와 공동체 의식」, 『정신문화연구』133, 한국학중앙연구원, 2013.
- 김옥성, 「신석정 초기시의 근대적 자연미와 공동체 의식」, 『정신문화연구』36-4, 2013.
- 김옥성, 「유치환 초기시의 노마디즘 연구」, 『어문학』, 2017.
- 김옥성, 「윤곤강 시에 나타난 자연의 의미」, 『문학과 환경』14-3, 문학과 환경학회, 2015.
- 김옥성, 「조지훈의 생태시학과 자아실현」, 『한국문학이론과 비평』

37, 2007.

- 김옥성 · 유상희, 「윤곤강 시의 식민지 근대성 비판과 자연 지향성」, 『문학과 환경』15-3, 문학과 환경학회, 2016.
- 김용직, 「계급의식과 그 이후: 윤곤강론」, 『현대시』, 한국문연, 1996.
- 김용직, 「이데올로기와 국경의식」, 『한국현대시사』, 한국문연, 1995.
- 김용직, 「절대의지의 미학」, 청마문학회 편, 『다시 읽는 유치환』, 시문학사, 2008.
- 김욱동, 「에코페미니즘과 생태중심주의 세계관」, 『미국학논집』29-1, 1997.
- 김유중, 「김기림의 역사관, 문학관과 일본 근대 사상의 관련성」, 『한국현대문학연구』26, 한국현대문학회, 2008.
- 김윤정, 「유치환 시에서의 '절대'의 외연과 내포에 관한 고찰」, 『한국시학연구』26, 한국시학회, 2009.
- 김은주, 「농촌진흥운동기(1932~1937) 조선총독부의 생활개선사업과 '국민' 동원」, 서울대 석사논문, 2011.
- 김은철, 「박세영 시의 형성과 변모양상 고찰」, 『우리문학연구』28, 우리문학회, 2009.
- 김응교, 「리찬 시와 수령형상 문학-이찬 시 연구(3)」, 『현대문학의 연구』17, 한국문학연구학회, 2001.
- 김응교, 「아오바 가오리, 이찬의 희곡 「세월」과 친일문학: 이찬 문학 연구(5)」, 『민족문화연구』 41, 고려대학교 민족문화연구원, 2004.

• 김응교, 「이찬 시 연구」, 『한국현대문학의 연구』3, 학국문학연구학회, 1991.
• 김응교, 「이찬의 일본어와 친일시-이찬문학연구(6)」, 『현대문학의 연구』25, 한국문학연구학회, 2005.
• 김응교, 『이찬과 한국 근대문학』, 소명출판, 2007.
• 김응교, 「리찬의 개작시 연구: 『리찬 시선집』(1958)을 중심으로-이찬 시 연구(2)」, 『민족문학사연구』17-1, 민족문학사학회, 2000.
• 김인섭, 「월북 후 이용악의 시세계: 『리용악 시선집』을 중심으로」, 『우리文學研究』15, 2002.
• 김인옥, 「해방 전후 이찬 시의 특성 연구」, 『한국문예비평연구』32, 한국현대문예비평학회, 2010.
• 김일방, 「데카르트의 자연관: 그 형성배경과 공과 그리고 대안」, 『환경철학』23, 한국환경철학회, 2017.
• 김재용, 『협력과 저항』, 소명출판, 2004.
• 김재홍, 「박세영론, 대륙주의 풍모와 남성주의」, 『월북문인연구』, 문학사상사, 1988.
• 김재홍, 『그들의 문학과 생애-이용악편』, 한길사, 2007.
• 김정현, 「정지용 후기 시에 나타나는 '자연'-이미지의 다층성 연구」, 『한국현대문학연구』49, 한국현대문학회, 2016.
• 김종태, 「유치환 시에 나타난 죽음과 윤리의 문제」, 『한국언어문학』74, 한국언어문학회, 2010.
• 김진희, 「1930년대, 식민지 근대의 불모성과 여성」, 『여성문학연구』7, 여성문학학회, 2002.
• 김학동, 「오장환 평전」, 『새문사』, 2004.

• 김희원 · 김옥성, 「박세영 시에 나타난 자연의 양상과 현실 인식」, 『문학과 환경』16-4, 문학과 환경학회, 2017.
• 김희원 · 김옥성, 「이용악 시에 나타난 자연의 의미 연구」, 『문학과 환경』17-2, 문학과환경학회, 2016.
• 김희원 · 김옥성, 「오장환 시에 나타난 근대와 자연」, 『문학과 환경』 18, 2019.
• 남기혁, 「오장환 시의 육체와 퇴폐, 그리고 모럴의 문제」, 『한국문학이론과 비평』54, 한국문학이론과 비평학회, 2012.
• 남진숙, 「윤곤강 시의 생물다양성과 생태학적 상상력」, 『문학과 환경』13-2, 문학과환경학회, 2014.
• 노용무, 「이용악 시에 나타난 길의 의미」, 『현대문학이론연구』21, 현대문학이론학회, 2004.
• 노용무, 「해방기 문학의 내적 형식과 길 모티프 연구: 이용악의 시와 허준의 「잔등」을 중심으로」, 『한국문학이론과 비평』26, 2005.
• 류순태, 「1930년대 전기 김기림 시론의 탈감상주의적 태도 연구-"감상주의"의 공백적 가능성을 중심으로」, 『배달말』52, 배달말학회, 2013.
• 류찬열, 「1930년대 후반기 리얼리즘시 연구」, 『어문논집』35, 중앙어문학회, 2006.
• 문광훈, 『가면들의 병기창』, 한길사, 2014.
• 문덕수, 『청마 유치환 평전』, 시문학사, 2004.
• 박경수, 「1930년대 시의 현실 지향과 저항적 문맥」, 『비교문화연구』, 부산외국어대학 문화연구소, 1991.
• 박명옥, 「조지훈 시에 나타난 자연 인식과 미의식의 범주」, 『한국문

학이론과 비평』76, 한국문학이론과 비평학회, 2017.
- 박수연, 「식민지적 디아스포라와 그것의 극복」, 『한국어문연구』, 2007.
- 박승희, 「이찬의 북한시와 남북한 문학의 단절」, 『배달말』30, 배달말학회, 2002.
- 박영식 · 이동순, 「해방 이후 박세영 문학 세계의 전개와 변모 과정」, 『순천향 인문과학논총』, 순천향대, 2012.
- 박영식, 「박세영 시문학과 북한문학사 초기 형성 과정」, 『남북문화예술연구』, 남북문화예술학회, 2011.
- 박용찬, 「이용악 시의 공간적 특성 연구」, 『어문학』89, 한국어문학회, 2005.
- 박은미, 「1930년대 시에 나타난 가족 모티프 연구」, 건국대학교 박사학위 논문, 2003.
- 박은미, 「박세영 시에 나타난 현실 인식과 시적 형상화 방법 연구」, 『겨레어문학』, 겨레어문학회, 2002.
- 박주식, 「제국의 지도 그리기」, 『비평과이론』6-1, 한국비평이론학회, 2001.
- 박철희, 「의지와 애련의 변증」, 청마문학회 편, 『다시 읽는 유치환』, 시문학사, 2008.
- 박태일, 「청마 유치환의 북방시 연구: 통영 출향과 만주국, 그리고 부왜시문」, 『어문학』98, 한국어문학회, 2007.
- 박해영, 「김달진 시에 나타난 선적 자연관 연구」, 신라대학교 석사논문, 2007.
- 박현정, 「문화: 생태문학과 문화생태학-문학의 문화생태학적 담

론」, 『독일어문학』, 독일어문학회, 2010.
- 방민호, 「김기림 비평의 문명비평론적 성격에 관한 고찰」, 『우리말글』34, 우리말글학회, 2005.
- 방연정, 「1930년대 시언어의 표현방법-백석 · 이용악 · 이찬의 시를 중심으로」, 『개신어문연구』14, 개신어문학회, 1997.
- 방연정, 「1930년대 시에 나타난 북방 정서」, 『개신어문연구』15, 개신어문학회, 1998.
- 방인태, 「한국현대시의 인간주의 연구: 유치환의 시를 중심으로」, 서울대학교 박사학위 논문, 1990.
- 배석호, 「"가족"과 "고향" 모티프의 시적 양상-이용악론」, 『새국어교육』84, 한국국어교육학회, 2010.
- 서지영, 『경성의 모던걸』, 여이연, 2013.
- 손민달, 「물화가 보여준 오장환 시의 근대성」, 『국어국문학』, 국어국문학회, 2015.
- 송기한, 「유치환 시에서의 무한의 의미 연구」, 『어문연구』60, 어문연구학회, 2009.
- 송기한, 「정지용 시에서의 바다의 의미」, 『한중인문학연구』42, 한중인문학회, 2014.
- 송숙이, 「해방 이후의 이찬의 시세계」, 『우리말글』52, 우리말글학회, 2011.
- 송지선, 「월북 후 이용악 시의 서사지향성 연구: 『조선문학』 발표 작품을 중심으로」, 『한국언어문학』69, 한국언어문학회, 2009.
- 송지선, 「이용악 시의 변방지역에 나타난 공간의 이동성 연구」, 『우리말 글』75, 우리말글학회, 2015.

- 송희복, 「유치환의 경주 시절과 시의 공간 감수성」, 『국제언어문학』 33, 국제언어문학회, 2016.
- 신기욱 외 편, 『한국의 식민지 근대성』, 삼인, 2006.
- 신명직, 『모던쌧이, 경성을 거닐다』, 현실문화연구, 2003.
- 신익호, 「이용악 시의 형태 구조 연구」, 『한남어문학』26, 한남대학교 한남어문학회, 2002.
- 심재휘, 「이용악 시와 공간 상상력」, 『현대문학이론연구』53, 현대문학이론학회, 2013.
- 안연선, 「한국 식민지 자본주의화 과정에서 여성노동의 성격에 관한 연구」, 『여성학논집』4, 이화여대 한국여성연구소, 1987.
- 양소영, 「오장환 시에 나타난 훼손된 여성의 의미 연구」, 『국제어문』60, 국제어문학회, 2014.
- 양은창, 「유치환의 「首」의 해석과 친일 성격」, 『어문연구』70, 어문연구학회, 2011.
- 오성호, 「이용악의 리얼리즘시에 관한 연구」, 『연세어문학』23, 연세대학교 국어국문학과, 1991.
- 오세영, 「김기림의 '새로운 시'」, 『한국시학연구』8, 한국시학회, 2003.
- 오세영, 「유치환에 있어서 허무와 의지」, 『한국시학연구』2, 한국시학회, 1999.
- 오세영, 『20세기 한국시의 표정』, 새미, 2002.
- 오양호, 「청마시와 북만공간」, 청마문학회 편, 『다시 읽는 유치환』, 시문학사, 2008.
- 우대식, 「해방 후 월북 시인의 행방」, 『한국문학과예술』12, 한국문

학과예술연구소, 2013.

- 유성호, 「이찬 시의 낭만성과 비극성」, 『비교문화연구』19, 경희대학교 글로벌인문학술원, 2010.
- 유성호, 「프로시의 미학」, 『한국시학연구』38, 한국시학회, 2013.
- 유성호, 「한국의 아방가르드 시인, 오장환」, 『실천문학』66, 실천문학사, 2002.
- 윤영천, 『한국의 유민시』, 실천문학사, 1987.
- 윤여탁, 「박세영론」, 『한국문학의 리얼리즘과 모더니즘』, 민음사, 1988.
- 윤여탁, 「서정시의 시적화자와 리얼리즘에 대하여: 이용악의 시를 중심으로」, 『한국현대문학연구』4, 한국현대문학회, 1995.
- 윤여탁 · 오성호, 『한국현대리얼리즘 시인론』, 태학사, 1990.
- 윤은경, 「유치환 시에 나타난 디아스포라적 의식과 혼종성」, 『비평문학』54, 한국비평문학회, 2014.
- 윤지영, 「1920~30년대 시에 나타난 자연의 심미화 연구」, 『한국문학이론과 비평』69, 한국문학이론과 비평학회, 2015.
- 윤진현, 「일제 말 조선인을 위한 차선의 모색과 그 한계-해방 전 이찬의 시와 희곡」, 『민족문학사연구』60, 민족문학사학회 · 민족문학사연구소, 2016.
- 윤한태, 「이용악 시의 서사적 구조에 관한 연구」, 『어문논집』28, 중앙어문학회, 2000.
- 이경수, 「박두진 시의 자연 공동체를 구축하는 형식적 특성과 그 현재적 의미」, 『현대문학의 연구』60, 한국문학연구학회, 2016.
- 이경수, 「월북 이후 이용악 시에 나타난 청년의 표상과 그 의미」,

『한국시학연구』35, 2012.
- 이근화, 「현대시에 나타난 "북방"과 조선적 서정성의 확립-백석과 이용악 시를 중심으로」, 『어문논집』62, 민족어문학회, 2010.
- 이길연, 「이용악 시의 공동체 의식 상실과 공간 심상」, 『우리어문연구』26, 우리어문학회, 2006.
- 이길연, 엄성원, 「이용악 시에 나타나는 북방 정서와 디아스포라 공간의식」, 『국제어문학회 학술대회 자료집』3, 국제어문학회, 2008.
- 이수남, 「한국 현대 서술시의 특성 연구」, 부산외국어대학교 석사학위 논문, 1995.
- 이승하 외, 『한국현대시문학사』, 소명, 2005.
- 이연승, 「유치환 시의 숭고미 연구」, 『어문연구』76, 어문연구학회, 2013.
- 이연승, 「유치환 시의 숭고미 연구-초기시를 중심으로」, 『어문연구』 76권, 어문연구학회, 2013.
- 이원규, 「한국시의 고향의식 연구: 1930년~1940년대 시를 중심으로」, 성균관대학교대학원 박사학위 논문, 2004.
- 이재훈, 「유치환 시에 나타난 허무의식 연구」, 『한국문예비평연구』22, 한국현대문예비평학회, 2007.
- 이지언, 「칸트의 숭고미학과 동양의 숭고미학에 관한 비교 고찰」, 『조형연구』12, 건국대학교 조형연구소, 2004.
- 이진경, 『근대적 시 · 공간의 탄생』, 푸른숲, 1997.
- 이진경, 『노마디즘』1-2, 휴머니스트, 2002.
- 이창익, 「한국적 근대는 어떻게 만들어졌나」, 『역사비평』, 2002,
- 이현승, 「오장환 시의 부정의식 연구」, 『한국시학연구』25, 한국시학

회, 2009.
- 이현승, 「이용악 시의 발화구조 연구, 간접화법을 중심으로」, 『비교한국학』14-2, 국제비교한국학회, 2006.
- 임수만, 「청마 유치환의 '고독'과 '생명'에의 열애」, 『한국시학연구』22, 한국시학회, 2008.
- 임철규, 『눈의 역사 눈의 미학』, 한길사, 2009.
- 장유정, 『다방과 카페, 모던보이의 아지트』, 살림, 2008.
- 장윤수, 『노마디즘과 코리안디아스포라 문학』, 북코리아, 2011.
- 전병준, 「이용악 시에 나타난 고향의 의미 연구」, 『현대문학이론연구』34, 2008.
- 전봉관, 「1930년대 한국시의 아방가르드와 데카당스: 김기림 「기상도」의 현재적 의미를 중심으로」, 『한국시학연구』20, 한국시학회, 2007.
- 전봉관, 「박세영 초기시에 나타난 중국의 의미」, 『국제학술대회』, 중한인문과학연구회, 2003.
- 정우택, 「오장환과 남만 서점의 시집들」, 『근대서지』, 근대서지학회, 2015.
- 정지용, 김학동 편, 『정지용 전집』, 민음사, 1988.
- 제해만, 「이용악 시의 고향의식 고찰」, 『국문학논집』14, 단국대학교 국어국문학과, 1994.
- 조동범, 「아나키즘 시문학에 나타난 자연 인식 연구」, 『우리문학연구』 53호, 2017.
- 조영복, 『문인기자 김기림과 1930년대 '활자-도서관'의 꿈』, 살림, 2007.

- 조용훈, 「한국 근대시의 고향 상실 모티프 연구」, 서강대학교 박사학위 논문, 1994.
- 조윤경, 「현대 문화에 있어서 노마디즘과 이동성의 의미」, 『불어불문학연구』66, 한국불어불문학회, 2006.
- 조윤경, 『새로운 문화 새로운 상상력』, 이화여대출판부, 2006.
- 조은주, 「공동묘지로의 산책」, 『만주연구』18, 만주학회, 2014.
- 조은주, 『디아스포라 정체성과 탈식민주의 시학』, 국학자료원, 2015.
- 주영중, 「오장환 시의 낭만성 연구」, 『비교한국학』16-1, 비교한국학회 2008.
- 주창윤, 「1920~1930년대 '모던 세대'의 형성과정」, 『한국언론학보』52-5, 한국언론학회, 2008.
- 주창윤, 『한국 현대문화의 형성』, 나남, 2015.
- 차성환, 「이용악 시에 나타난 식민지 민중 표상 연구」, 『우리말글』67, 우리말글학회, 2015.
- 최낙민, 「일제 강점기 안동을 통한 조선인의 이주와 기억」, 『해항도시문화교섭학』16, 한국대항대학교 국제해양문제연구소, 2017.
- 최동호, 「『금강저』에 수록된 김달진의 현대시와 한시」, 『한국학연구』29, 고려대학교 한국학연구소, 2008.
- 최동호, 「『룸비니』에 수록된 김달진의 시와 산문」, 『한국학연구』31, 고려대학교 한국학연구소, 2009.
- 최동호, 「1930년대 후반 김달진의 발굴 작품에 대한 검토」, 『한국학연구』43, 고려대학교 한국학연구소, 2012.
- 최명표, 「해방기 박세영의 시와 시론」, 『한국시학연구』, 한국시학

회, 2008.

- 최병우, 「한국현대소설에 나타난 두만강의 형상과 그 함의」,『현대소설연구』39, 한국현대소설학회, 2008.
- 최은자, 「이용악 시 연구: 공간을 나타내는 시어를 중심으로」, 『한국어문교육』17, 고려대학교 한국어문교육연구소, 2015.
- 최항섭, 「노마디즘의 이해」, 『사회와 이론』12, 한국이론사회학회, 2008.
- 최현식, 「만주의 서정, 해방의 감각-유치환의 만주시편 선택과 배치의 문화정치학」, 『민족문학사연구』57, 민족문학사학회, 2015.
- 최혜은, 「윤곤강 문학 연구」, 충남대학교 박사논문, 2014.
- 하상일, 「해방이후 박세영 시 연구」, 『한국문학이론과 비평』, 한국문학이론과 비평학회, 2005.
- 한계전, 「1930년대 시에 나타난 '고향' 이미지에 관한 연구: 백석, 오장환, 이용악을 중심으로」, 『한국문화』16, 서울대학교 한국문화연구소, 1995.
- 한국학중앙연구원, 『한민족대백과사전』, 민족문화대백과사전 편찬부, 2010.
- 한만수, 『그들의 문학과 생애, 박세영』, 한길사, 2008.
- 한상철, 「1930년대 후반기 시의 현실 비판적 경향과 '벌레/곤충' 표상」, 『한국문학이론과 비평』19-2, 한국문학이론과 비평 학회, 2015.
- 한상철, 「초기 현대시의 동물 표상 연구」, 『한국문학이론과 비평』65, 한국문학이론과비평학회, 2014.
- 한성우, 「박세영시 연구」, 중앙대 박사, 1996.

- 한형구, 「해방 후 김기림의 행적(업적) 속에 담긴 문화정치사적 함의에 대하여」, 『어문논집』58, 중앙어문학회, 2014.
- 홍기돈, 「식민지 시대 김기림의 의식 변모 양상」, 『어문연구』48, 어문연구학회, 2005.
- 황정산, 「리얼리즘 서정시로서의 박세영의 시」, 『어문논집』, 안암어문학회, 1990.

- Attali, Jacques, 『호모 노마드-유목하는 인간』, 이효숙 역, 웅진닷컴, 2005.
- Bell, Michael, 『원시주의』, 김성곤 역, 서울대출판부, 1985.
- Braidotti, Rosi, 『유목적 주체』, 박미선 역, 여이연, 2004.
- Buck-Morss, Susan, 『발터 벤야민과 아케이드 프로젝트』, 김정아 역, 문학동네, 2004.
- Deleuze, Gilles · Felix Guattari, 『천개의 고원』, 김재인 역, 새물결, 2001.
- Giddens, Anthony, 『현대성과 자아정체성』, 권기돈 역, 새물결, 1997.
- Lefebvre, Henri, 『현대세계의 일상성』, 박정자 역, 주류 · 일념, 1995.
- Maffesoli, Michel, 『노마디즘』, 최원기 · 최항섭 역, 일신사, 2008.
- Mies, Maria, 『가부장제와 자본주의』, 최재인 역, 갈무리, 2014.
- Nietzsche, Friedrich Wilhelm, 『신과 인간: 니체의 인생론』, 함현규 역, 빛과향기, 2007.

- 水野直樹 · 문경수, 『재일조선인』, 한승동 역, 삼천리, 2016.

발표지 목록

- 제1장 「김기림 시의 보편주의와 초월적 시선 연구-초기시를 중심으로」, 『어문학』 129, 한국어문학회, 2015.
- 제2장 「유치환 초기시의 노마디즘 연구」, 『어문학』 136, 한국어문학회, 2017.
- 제3장 「김달진 시의 현실 인식-근대성 비판을 중심으로」, 『문학과 환경』 20-3, 문학과환경학회, 2021.
- 제4장 「윤곤강 시의 식민지 근대성 비판과 자연 지향성」, 『문학과 환경』 15-3, 문학과환경학회, 2016.
- 제5장 「오장환 시에 나타난 근대와 자연」, 『문학과 환경』 18-3, 문학과환경학회, 2019.
- 제6장 「이용악 시에 나타난 자연의 의미 연구」, 『문학과 환경』, 17-2, 2018.
- 제7장 「박세영 시에 나타난 자연의 양상과 현실 인식」, 『문학과 환경』, 16-4, 2017.
- 제8장 미발표

찾/아/보/기

ㄴ

ㅈ

ㅎ

김옥성

단국대학교 현대문학연구소 소장

단국대학교 국어국문학과 교수

서울대학교 종교학과와 동대학원 국어국문학과 박사 졸업

시인, 문학평론가

김희원

단국대학교 현대문학연구소 연구원

단국대학교 국어국문학과 현대문학 전공 박사과정 수료

단국대학교 교육대학원 국어교육 전공 석사 졸업

희원국어교육 대표

유상희

단국대학교 현대문학연구소 연구원

단국대학교 대학원 국어국문학과 현대문학 전공 박사과정 수료

단국대학교 대학원 국어국문학과 현대문학 전공 석사 졸업

자연과 근대와 현실
-1930년대 한국 현대시의 일면

초판 인쇄 | 2023년 2월 15일
초판 발행 | 2023년 2월 15일

지 은 이 김옥성 · 김희원 · 유상희

책임편집 윤수경

발 행 처 도서출판 지식과교양
등록번호 제2010-19호
주 소 서울시 강북구 우이동108-13 힐파크103호
전 화 (02) 900-4520 (대표) / 편집부 (02) 996-0041
팩 스 (02) 996-0043
전자우편 kncbook@hanmail.net

ISBN 978-89-6764-193-1 93800 정가 20.000원